百期百会《ひゃくごひゃくえ》

令和のいまに顧みる
昭和・平成文壇私史

岳 真也

牧野出版

百期百会 ● 目次

第一部 青春時代

「マルチ考爵」を名乗った若きころ

第二部 岐路の季節 朱夏の坂を登る

百期百会《ひゃくごひゃくえ》

第一部

青春時代

「マルチ考爵」を名乗った若きころ

序話

「きみの問はなにか」に始まる

きみの問はなにか——なんとも、衝撃的なタイトルであった。内容も面白かったが、私はとくに、タイトルに搏《う》たれた。文芸誌「新潮」の昭和四十三（一九六八）年四月号に掲載、作者は氏原工作である。

その氏原さんは、私の母校・私立駒場東邦高校の隣接校、国立東京教育大学（現在は筑波大学）付属駒場高校の出身で、たしか私と同じ一九四七年、昭和二十二年の生まれのはずだ。

高校時代、私は駒場東邦の雑誌文芸部にいて、校内誌「山なみ」の編集長だった。在学（在部）中、私ら「駒東」の文芸部員は、相当に氏原さんを意識していた。いや、彼個人というより、「東駒」文芸部の氏原、藤沢成光、大久保喬樹、石倉秀樹といった面々だ。

それというのも、彼らも偶然、「やまなみ」なる雑誌を出していて、その第十九号に発表された藤沢さんの「羞恥に満ちた苦笑」が「文學界」の昭和三十九（一九六四）年十月号に転載されるなど、当時の文芸ジャーナリズムに取りあげられていた。「天才・秀才の集団」と、もてはやされていたからである。

そうでなくとも東駒は、われらが駒東より歴史がふるく、偏差値や東大合格率も、だいぶ高かった。

そんな彼らが高校卒業後も、ともに文芸活動をつづけていて、「しまぞう」なる同人誌を出していることを、やがて私は知る。そのころ、私は慶応の学生で、「文学早慶戦」などといった、いま思えば赤面ものの雑誌を出したりしていたのだが、「しまぞう」はずっとレベルが高い。

そして早大生だった氏原工作が、ついに「きみの問はなにか」を発表するのだ。

前年の四十二年、十九歳のときに私は「三田文學」に小説「飛び魚」を書いて、作家デビューを果たしてはいた。同じころに氏原さんも同誌に「さるにあったか」という、これまた不思議なタイトルの作品を発表。ところが、さきの「きみの問はなにか」の直後に別の短篇(「直子・傾く船」)を同じ「三田文學」に掲載し、それ以来、なぜか小説らしきものを発表していない。

その前後に、私は同人誌「痴」を創刊、氏原さんや藤沢さんらとの座談会を企画し、また数年後にイギリスのシェフィールド近辺で、同国に留学中だった氏原さんと再会している。そのおりにも私は彼に「どうして小説を書かないのか」と訊いたように思うが、よくは憶えていない。

おそらく彼は、自分でもよく分からない……そういう曖昧《あいまい》な返事をしたのだったろう。

じつは氏原さんや私がデビューするより少しまえの昭和四十一年、三田誠広さんが「Mの世界」で「文藝」学生小説コンクールで佳作、翌四十二年には金井美恵子さんが太宰治賞候補となった「愛の生活」で注目をあつめ、早熟の才を発揮している。

けれども金井さんはともかく、三田さんは前作を発表してから何年も沈黙の時をすごし、十一年後の昭和五十二(一九七七)年夏、「僕って何」で芥川賞を受けることとなった。

だが、しかし、とにもかくにも、「きみの問はなにか」だ。

この「きみの問はなにか」と「僕って何」――その間の昭和四十八年、忸怩《じくじ》ながら私が「きみ空を翔《か》け、ぼく地を這《は》う」を書いて同名の処女小説集を角川書店から刊行しているが、それこそは何か、この三つには通底するものがあるように思えてならない。

このあと、中上健次、高橋三千綱、宮本輝、立松和平、北方謙三、赤川次郎、津島祐子、そして春樹・龍の「両村上」が登場して、「蒼《あお》の世代」とよばれた作家たち(＝団塊の世代)が一世を風靡《ふうび》する。

それにしても、だ。氏原さんがずっと沈黙を保っているので、なおのこと、そう思うのであろうか。きみの問はなにか。私には、すべてがそこから始まっているような気がしてならないのである。

第一話

金子光晴の末弟として

面白いじじぃさんだなぁ、と私は思った。

会ってから、まだ十五、六分しか、経ってはいない。挨拶してすぐに、じぃさんは褞袍《どてら》の懐中に手をやり、赤、白、黄と色とりどりの丸薬を取りだして、てのひらにのせ、私に見せてくれたのだ。十数粒もあったろうか。私に向かい、

「きれいなものだろう、きみ。これをわたしは一日に全部、飲むんだよ」

そう言うと、二、三錠えらびだして、わきに置いたコップの水といっしょに、ぐいと飲んでしまった。よく間違えないものだなぁ……まるで手品でも見るようで、私は眼を白黒させていた。

私はそのとき十四歳、中学の二年生だった。当時の義兄(あとで姉とは別れた)に連れられて、彼が「師匠」とよぶ吉祥寺の金子光晴宅をおとずれたのだ。

後日しらべてみると、金子さんは明治二十八(一八九五)年の生まれで、まだ六十四、五歳だったはずだ。現在の私より、だいぶ若い。だのに「かなりのじぃさんだ」と感じ、その後も「光晴翁《おう》」などと言ったりしていたのは、ごま塩で短髪の頭と、古めかしい褞袍を着ていたせいもあり、よほどに老けて見えたのだろう。

義兄は当人も詩人だったが、私が小学二年のときに書き、父の会社の労働組合新聞に「文芸

コンクール第一席」として掲載された詩作（「カエル」）を持ってきていて、じぃさんに読ませた。すると光晴翁、大きなぎょろんとした眼を、ふいに細めて、

「なかなかのものだねぇ、素質あるよ、坊や、きみ」

私の頭を撫でてくれた。私は素直に嬉しかった。そして、たちまち目のまえのじぃさんが好きになった。

ほどなく私は金子光晴の詩を片っ端から読んで、すっかり虜《とりこ》になってしまい、弟子入りした。末弟――おそらくは「最後の弟子」ではなかったろうか。

それから十余年、私は詩作や文学はもちろん、それ以外のこともたくさん、この「師匠」から学んだ。光晴翁や義兄らが発行していた「あいなめ」や「原形」といった詩誌にも拙い詩文を書かせてもらったし、個人的に吉祥寺のお宅にうかがうばかりでなく、公《おおやけ》の場でも二度ほど対談させてもらった。

最初の対談は、私が主宰していた文芸同人誌「痴《ち》」に掲載され、のちにこれは『乱暴な幕開け――反骨人間探訪』なるタイトルで、ブロンズ社から一冊の対談集（他の対談者は小田実、野坂昭如、深沢七郎、瀬戸内晴美の各氏）として刊行された。

金子さんとの対談は文学や政治、社会など多岐《たき》にわたるものだったが、第二次世界大戦（太平洋戦争）を体験した翁の話には、たいへんな説得力があった。

たとえば、こうだ。人間などというものは、さほどに強いものではない。

「戦争によってでも何とかそれにたよって、自分の弱体を、そこでささえていきたいという心理もあるんだな、人間のなかには」

「ただ戦争は人を殺すからという否定のしかただけじゃ、たちむかえないと思うんだ」

事は単純ではない、と言う。戦って手にする平和は、結局また戦う、という繰り返しになりかねない。だからといって、いたずらに「絶望」しても仕方がないし、結論は簡単には出せない。が、金子さんは独自の対応で反戦、というより「非戦」を実行している。

立派に成長して戦後は早大の教授になったご子息（乾さん）を生松葉でいぶって、喘息《ぜんそく》発作を起こさせ、兵役を忌避させたのである。

「日本人も戦争を絶対にしないですますためには、もっと、なまけものだったら良かったと思うんですよ」

日本人は勤勉にすぎる。

「もっと複雑な精神構造をつちかってね、のらりくらりとなまけて、そういうものから逃避するテクニックのようなものを、身につけても良いと思うんだ」

ここで私がいちばん好きな光晴翁の詩「おつとせい」を一部、引用させてもらおう。

…………
だんだら縞《じま》のながい影を曳《ひ》き、みわたすかぎり頭をそろへて、拝礼してゐる奴らの群衆のなかで、
侮蔑しきつたそぶりで、
ただひとり、
反対をむいてすましてるやつ。

おいら。
おつとせいのきらひなおつとせい。
だが、やつぱりおつとせいはおつとせいで
ただ
むこうむきになつてる
「おつとせい」

これを散文化したものとおぼしき文章が、翁の自伝『詩人』（平凡社）のなかにある。

自分一人でもいい踏み止《とど》まろう。踏み止まることがなんの効果もないことでも、それでいい。（中略）一億一心という言葉が流行っていた。それならば、僕は、一億二心ということにしてもらおう。つまり、一億のうち、九千九百九十九万九千九百九十九と僕一人との、相容れない、ちがった心を持っているのだから。

金子さんの日本そして日本人に対する本物の「批判精神」は、「食《は》みでる程人間がつまつてゐる」鮫とか、「鉤爪《かぎつめ》をかくした猫のやはらかな蹠《あしうら》」というようなメタファーからも充分に感じ取れる。
さらに、詩や文学への全体的な姿勢としては、つぎのような言い方をしている。
「サァト・モルタルっていう言葉があるんだけれど、死の跳躍《ちょうちゃく》という、これは軽業《かるわざ》にあるんですよ……ブランコにのって、相手をつかまえるやつね、一ぺん、つかまえそこねると大変なんですよ。ああいうふうにね、危なっかしい空間で何かをつかまえるということが、文学にはできるわけで、殊に詩の修業なんていう場合にも、詩が巧くなるってことじゃなくて、何かわからないものを、危険をおかしてでもつかまえるということが大切なんですね」

そのあとで翁は「私は自分が詩人だなんて思っていないから言えるんですがね」と発言しているが、なーにをおっしゃいますか……詩も文学も、いつも「危ない空間」に置かれている。だからこそ、光晴先生、私も先生のあとを追いかけて、五十年、半世紀あまりも文学をつづけてきたってわけですよ。

この対談は昭和四十三(一九六八)年四月になされた。

ちょうど二十歳《はたち》だった私は、その夏に「中東戦争」直後のイスラエルやエジプトなどを旅し、いくども危うい目にあって、帰国した。そして同四十七年にまた、こんどは金子光晴翁と旅にまつわる対談が企画された(「日本と世界の旅」(山と渓谷社/現在は廃刊))。

そこでも金子さんと私は、ヨーロッパやスマトラ、マラッカなどアジア諸国での翁の放浪体験のほか、「帰らないことが最善だよ/それが放浪の哲学」なる翁の詩をめぐって、充実したやりとりをかわした。

放浪者はたえず好奇心をもち、かつ貧乏であらねばならぬ——まさに、私たち師弟はそれを実践していたのだ。

さらに三年後の昭和五十年、私は前妻とシベリア鉄道経由でヨーロッパへ三ヵ月ほど「新婚貧乏旅行」に出かけることとなり、金子さんのもとへ二人でいっしょに旅立ちまえのご挨拶に行った。

そのおりにはまるで変わった様子は見られなかったのだが、まさかのことに、それが金子光晴翁とお会いした最後となった。シベリア鉄道を降りて、モスクワのホテルに着いたとき、当時つきあっていた「面白半分」誌の編集長から電話がかかってきて、翁の死を知らされたのである。

ついでながら……というのもおかしなものだが、事情《わけ》あって八年後に私は前妻と別れ、インドへと一年近くにおよぶ放浪の旅に出る。翌年帰国した私は、ノンフィクションの「インド三部作」（情報センター出版局）と、前妻との訣別の経緯《いきさつ》をつづった長篇小説『水の旅立ち』（文藝春秋）で再デビューする。

今も私の代表作とされている、その小説のタイトルこそは翁の詩「水の流浪」中の一節であり、同著の序にも掲げられている。

人生は花の如く淋しい海の流転である。
破れ易い水脈《みお》の嘆き、
水のなかの水の旅立ち……。

第二話

日本浪曼《ろうまん》派の大御所・檀一雄

檀一雄は私の「あこがれの作家」の一人だった。最後の「日本浪曼派」とか、太宰治や坂口安吾とならぶ「無頼《ぶらい》派作家」などともよばれていたが、いずれにしても、私は檀さんの小説の大ファンだった。

初期の(二十歳のときに書かれた)『花筐《はながたみ》』や、脂《あぶら》の乗った中年期の佳品『リツ子・その愛』『リツ子・その死』。昭和三十六(一九六一)年から晩年の五十年まで、十五年にわたって「新潮」誌に連作され、亡くなる直前に単行本化されて彼の代表作となった『火宅の人』(新潮社)も、初出時から愛読していた。

けれど、本当を言うと、私がいちばん好きだった作品は伊達麟之介なる日本男児が戦時中、蒙古の大平原を舞台に暴れまわる『夕日と拳銃』(角川文庫)なのである。

檀さんの旅行記や旅のエッセイも好きで、その豪放磊落《ごうほうらいらく》な文体に魅了されていた。明治四十五(一九一二)年の生まれだから、私より三十五歳も年上か。その檀一雄さんと会える日が来ようとは……夢としか思われないような出来事が現実に起こった。しかも「日本と世界の旅」誌上で、晴れて対談することが出来たのだ。「トラベル対談」という連載もので、その第一回目として、

「ぜひとも檀一雄先生と……」

と、私が編集長に直訴し、檀さんの側の二つ返事でかなえられることになった(ちなみに、この連載は五回つづき、二回目がさきの金子光晴翁、三回目が落合恵子さん、四回目が羽仁進さん、五回目がサトウ・サンペイさんだった)。

何から何まで、ラッキーそのものであった。

忘れもしない、それは昭和四十七年の秋のことだ。檀さんは私を、石神井にある竹垣に囲まれた古民家風のご自宅に招待し、美味しい地酒ばかりか、鴨鍋だったか鹿鍋だったか、珍味の手料理(檀流クッキング)までご馳走してくれた。

対談はなんと、初《しょ》っぱなから燗酒での乾杯ではじまった。盃《さかずき》をぐいと呷《あお》ってから、檀さんは居間の窓辺を指さして、言う。

「そのうち、安吾がそこの窓からひょいと顔を出し、仲間に入れろって、乗りこんでくるんじゃないかなぁ」

なんと、ポン友の坂口安吾がときどき玄関ではなく、窓から現われ、窓から去ってゆくというのだ。

「……残念ながら、太宰はとっくのとうに、この世から消えちまったがね」

そう。太宰治には会えるはずがなかった。太宰は、私が生まれて半年余後に、玉川上水で心中して果てているのである(その遺児の一人、津島佑子さんとは、のちに親しくなったが)。

対談中に、三、四歳の子どもが私と檀さんのいる客間を往ったり来たりしていて、あとで私は、「あれが今や人気女優の檀ふみさんだったのか」などと思ったが、じつは私とふみさんは七つしか歳がちがわず、当時、彼女は十代半ばに達していたはず。どうやら長男のエッセイスト、檀太郎さんのご子息で、のちに中大教授となった一平太さんだったようだ。
さて、檀さんとの対談の中味も、たいそう濃いものであった。

年間を通して自宅、というより日本にいるのは一ヵ月に満たない、という檀さん。幼いころに母方の祖父のもとへ預けられたり、父方の祖父母のところへ預けられたり……そういう幼時体験のせいかとも言ったが、この私は新宿生まれの新宿育ち、だからこそ、かえって「故郷」を求めて旅をする。その考えにも共鳴し、

「放浪こそが人生だ」という話になった。

いや、そう言いきってしまうと、語弊《ごへい》があるかもしれない。けれど、放浪——無茶苦茶な旅こそが、生きる意味を如実に問える場であることは間違いない。

『リツ子・その愛』などの小説にも、戦時中の中国を旅したおりのことが描かれているが、それが小説に深みをあたえている。生者と死者とが入り乱れ、生き死にの境におかれる。

「そういうときのほうが(今の日本で凡々と生きているときよりも)充実している気がするね。生き死にの場にいるほうが、人間の生命というものに緊密に対面しているような……ひきしまっているような、そしてまた、愉しいような、不思議なもんだね。それを礼賛してるわけじゃないけど、いちばん充実していたって気がするね」

ヘミングウェーが通っていたというマドリッドの「天上が高くてえらく殺伐とした」酒場の話をして、こんなことも話していた。

「あそこで飲みながら、ヘミングウェーは雄大な考えにふけっていたのかも知れないけど、彼は殺伐な叙情みたいなものを持っていた人だからね……それは、必ずしも人間を幸福にすると

は限らない。『人間は何物であるか』ってことを考えているだけだからね」

まさに無頼派の真骨頂、といったところだが、そのうちの一人、太宰治について。

「太宰という人は臆病な人だったから、うろついたり、自分勝手にどこかへ行くことは出来なかったね……でも、あの人も絶えず旅行しているような人だったね。玉の井にいたと思ったら、もう、すぐ新宿に行っちまったりね」

安吾の場合も似ていて、出版社の費用持ちでも海外旅行などは出来なかった。けれども「精神の放浪」みたいな突飛《とっぴ》なことは、しじゅうしていたという。

「まぁ、酔っ払ってはいたんでしょうが、浅草の劇場の二階の観覧席からとび降りるバカ者がいると思ったら、彼なんだよね(笑)。ウチに来てたって、まっ裸になって芝生の上をころげまわったり、突然、だれかに殺されるみたいなことを言いだして、塀をよじ登って逃げだそうとしたりね」


惜しいかな、その夜、坂口安吾はついに姿を現わさなかった。だが「生身」の日本浪曼派の巨匠とじかに対面できただなんて、奇特《きとく》としか言いようがない。

その後、私は何度か、同じ石神井のお宅を訪ねたような気がするのだが、それは私の錯覚だったようだ。

昭和五十八(一九八三)年ごろ、インドを旅する前後にしばらく私は上井草の友人のところに居候《いそうろう》していた。そのおりに、しじゅうそばを通り、あの晩のことを懐かしく思いだしていたせいだろう。

じっさいには、昭和五十一年正月、檀一雄さんは他界しているのだ。

私の記憶では、ポルトガルだったか、長いあいだあの辺りを旅していたようだが、肺がんに冒され、石神井から福岡の能古島《のこしま》に移転。そこが、終《つい》の棲処《すみか》となった。

私と会って、対談してから三年と少ししか、経ってはいない。もっともっと飲みたかったし、いっぱい文学や旅の話をしたかった。それはもう、かなわない。文字どおりの「一期一会《いちごいちえ》」であった。

第三話

三島由紀夫と小田実

二十代前半の私は、「マルチ考爵」などと自称していたが、かなりチャランポランな生き方をしていた。

大学では当初、ユースホステルクラブなどというけっこうヤワな山岳(体育)系、それに演劇研究会の両方に属し、やがては「劇研」をやめて、みずから「M&D」なる劇団をつくり、ミュージカルを自作自演。そのほか、石坂浩二さんといっしょに芝居をしたり、永六輔さんの門下になって、女子大生との「合同コンパ」だのに出かけては、途中で抜けだして、「ベトナム戦争反対」のデモに駆けつける、といった具合である。

そんなある日、どこのホテルでだったか、なにか文壇関係のパーティーがあって、知人のS出版の編集者、T氏にさそわれ、顔を出してみた。そのころすでに、私は「三田文學」で小説デビューしていて、一端《いっぱし》の学生作家気取りでいたのだ。

会場にはいろんな有名作家がいたが、なかでもやはり目立っていたのが、三島由紀夫だった。小柄ながら、がっしりとして、ダンディな三つ揃えのスーツがよく似あい、目鼻立ちがきわだっていた。たしか雑誌のグラビアなどにも登場していたし、何よりその愛国主義というか、「天皇崇拝」の右翼的な言動でよく知られていた。

そういう点では、私とは真逆に近い思想の持ち主だったが、彼の小説はデビュー作の『花ざかりの森』はもとより、『仮面の告白』『金閣寺』、最晩年に完結された四部作の『豊饒の海』（新潮社）など、ほとんど読んで、その見事な文章・文体に感服させられていた。高校時代、それらの作品をノートに丸写しにしていたことさえあるのだ。

そうでなくとも根がチャランポランな私は、よほどに興味ぶかげな顔をしていたのだろう。

そばにいたT氏が、

「よし、ガクくん。せっかくだ、三島さんを紹介してやろう」

そう言って、私を手まねき、三島さんのもとへ。私の名を告げて、

「『三田文學』や、最近では『新潮』にも発表したのかな、なかなか才能のある若手なんですがねぇ、全共闘にもはいってるんですよ」

「……うん？」

と、小首をかしげて、三島さんは私の顔を見た。例のするどい、キリッとした眼で。私は、ほとんど睨《にら》まれているように感じた。

「全共闘？」

やばい、と思った。T氏の言葉の前半分は無視、あとの一言だけが気になったようだ。

「どこの全共闘かね」

「あの……日本でいちばん弱い慶大全共闘……しかもぼくは、その末端です」

「慶応か？」

「は、はい」

「ふーむ。まぁ、良い。おたがい、立場や考えは変わっても、国の現状を憂える気持ちはいっ

しょだ。頑張りたまえ」

そう告げると、私の肩を大きく叩いたのである。それきり三島さんは他の作家に話しかけられて、そちらを向いてしまった。

ノートに写し取るほどに熱中して彼の本を読んだこと、また私の仲の良い学友のなかには三島さんの結成した民兵組織「楯《たて》の会」のメンバーもいることなど、伝えたかったのに、ついに口にできずじまいだったのだ。

それでも同じ業界にいれば、必ずやまた会って、文学論をかわすことが出来る。いつか、きっと……と思っているうちに、「あの日」が来てしまったのである。


ある意味で小田実は、三島由紀夫の対極にあった（さきの三島さんの言い方からすると「いっしょ」か）。今日的に言うと「超リベラル」な作家であり、その時分の市民運動の中心に位置する「ベトナムに平和を！　市民連合」の代表でもあった。

その小田さんと私が会ったのは、昭和四十五（一九七〇）年の七月のことである。

そのころにはもう、私は「ヘルメットとゲバ棒」に象徴される全共闘の運動とは（勝手に）一線を画していて、デモといえばべ平連のデモにしか行かず、それもただ一人で、その名も「反戦ひとりぼっちの会」もしくは「ニャロメ派」を称していた。

強敵が来たら、いつでも諸手《もろて》をあげて降参し、退却してから「あっかんべー」をする――故赤塚不二夫の漫画『もーれつア太郎』の一キャラクターである。

このときも出版社（K書房）の編集者Iさんの紹介で、「痴」誌上で対談することになり、小田さんが教師をしていた代々木ゼミナールの教員休憩用の一室で、あれこれと語りあった。

その対談の内容に関しては、いちいち引用していると長くなるので、かいつまんで明かしておこう。

まずは小田さんは戦時中(昭和七年)の生まれで、太平洋戦争の真っ只中で育った。それに対して、私は戦後二年目にして生まれた「戦無派」である。そういう世代間のちがいというか、体験や環境によって、反戦や平和ということに関しても、微妙なズレはある。

でも、そんな「あやまてる原点主義」は捨てよう。日常のなかにも非日常はあり、逆もまた真だからだ。

「人間」への根本的(ラディカル)な問いかけは必要だ、ということでも、私と小田さんは一致した。

私は、ベストセラーになった小田さんの世界旅行記『何でも見てやろう』(河出書房新社)を愛読した一人だが、さきの金子光晴や檀一雄と同様、旅が好きで、自分をヒッピー的な人間だ、と言う小田さんもまた、「人生とは旅だ」と思い、文学でも市民運動でも、すべてそれが発想の源になっているらしい。

「今の日本が決して、してはいけないことがある」

とも、小田さんは言った。それはアジアやアフリカなどの諸国の「おだてに乗らないほうがいい」ということだ。「新大東亜共栄圏みたいなものを必要としていますか。アアそうだそうだ、と言わないほうが良いと思う」

むすびは、私が呈したジャン・ポール・サルトルの言葉「人間を信じることが問題なのではなく、信じようと欲することが問題なのだ」に、二人して共感。ただし、小田さんは人間の「性善説」を選択し、私は「性悪説」を支持した。

「それは結局、同じことでしょう」

と小田さんは言って、笑った。

「それこそ皆、生きているから生きているんで、いちばん根本的な原理はそこにあるんじゃないですか。しゃァないじゃないですか」

対談後に私は小田実の印象を、こう記している。

「人間・小田実のなかには、べ平連の代表として、脱走米兵を生命《いのち》を賭けてでもかくまうという対社会的なある種の『闘士』の貌《かお》、一個の自立した作家として、ただ一人、黙々と創作作業にふける孤独な『魂の放浪者』の顔とが、同時的に存在している——その日、ぼくは実感として、それを感じたのだった。つまり、あぶらぎった、いかにもエネルギッシュな巨体に、ぼくは前者を見、神経質そうな声と鋭敏な眼の光りに後者を見たのである」

それからまもなくのことだった、と思う。どこでだったか、小田さんと私は、ばったりと行き会った。私の顔を見るなり、

「おう、ガクさん、良いところで会った。これからベトナム戦争に反対する文学者の記者会見がある……ぼくに付いておいでよ」

いきなり、そう言うではないか。うながされ、たまたま他に用がないこともあって、私は小田さんに同行した。

行ったさきは現在の渋谷のパルコのあたりにあった、リベラル派の拠点で知られるプロテス

タントの教会。その一隅に長テーブルが用意され、すでにして何人かの作家や評論家、ジャーナリストがならんで坐っていた。中央部が小田さんの席で、隣にたしか大江健三郎がいたような気がする。当然のことに、私はいちばん端の席に腰をおろした。

そこで大勢の記者団をまえに、小田さんや大江さんが何を話したのかは憶えていない。自分のところにまでマイクがまわってきたが、そのときの応答もまるで記憶にない。

その後、小田さんとはデモや集会の場だけではなく、いろんなところでお目にかかった。京都で落ちあって円山《まるやま》弁当をご馳走になったり、入院先の徳島の病院へ見舞いに行ったこともある。

アメリカの某機関にねらわれているとか、日本の右翼がどうこうしたとか、いろんなことが言われていたが、私の倍近くありそうな巨漢の彼でも、さすがに疲れはてたのだろう、重い胃病を患ってしまったのだ。

そういうときに、よせばいいのに、私はなぜか急に文学論がしたくなり、小田さんと初めてと言っていいくらいに大きく対立してしまった。

一つは例の対談でも話題に出た彼の「全体小説」について。小田さんはいわゆる「私小説」が嫌いで、かねて、いろんな階層、いろんな職業、いろんな環境に育った人間でも、共通する何かをもっているはずだ、というのが持論だった。いわば「丸い輪」のごとき小説を提唱していた。

それに対して、私は「私」とか「個」、もしくは限られたテーマ、モチーフのみにしぼった（芯《しん》とか、棘《とげ》とか）小説が良い、と主張していたのだ。

もう一つが、まさに「三島由起夫」評価、であった。簡単に言うと、政治的な思想と文学上の表現、である。

それはつながっている、と小田さんは言い、私は別々にとらえるべきだ、と唱えた。そうでなければ、私が三島さんの小説をノートに丸写しにするまでした事実が無駄・無益ということになる。

そうした「行きちがい」が原因というわけではなかったが、以来、私は私的な場で小田さんと会うことはなく、長い時間がすぎてしまった。

その間にも、いろんなことがあった。が、決定的な衝撃が私を（というより、日本人全体を）襲ったのが「あの日」——小田さんと対談して四ヵ月しかたたない昭和四十五（一九七〇）年の十一月二十五日のことである。


じつは、それより十日ほどまえに私の最初の本（旅行記『ばっかやろう』仮面社）が発売され、まえの晩、つまり二十四日に当時、神楽坂にあった日本出版クラブで、出版記念会がひらかれた。

果ててのち、初台の私の実家の二階に何人かの友人たちがあつまり、徹夜で麻雀をしていた。

朝になって、さすがに疲れ、適当に布団を敷いて、雑魚寝《ざこね》し、うとうとしていた。そこへ、階下から母の大声が聞こえたのだ。

「あんたたち、大変だよ。市ヶ谷の自衛隊でミシマとかいう作家が切腹したとか……テレビでやってるよ」

あわてて私と友人たちは一階の居間に行き、テレビの生放送を見た。語呂合わせなどではなく、本当に生々しい映像が流れていた。

三島由紀夫がさきの「楯の会」の若者たちとともに市ヶ谷の自衛隊駐屯地に闖入《ちんにゅう》して、演説をし、その場で腹を切って自死した。

この日のことは、いずれまた語る機会があると思うが、とにもかくにも、大揺れに揺れた「七十年」であった。

第四話

大演出家・石坂浩二を待望する

石坂浩二と言えば、俳優もしくは「何でも鑑定団」なるテレビ番組に出ていたタレント(コメンテーター)だと思う人が多かろう。俳優は俳優だし、たしかに名だたるタレントの一人でもある。

しかし石坂さんがみずから小劇団を主宰して、舞台の台本を書き、演出家を志していたことを知る人は、少ない。

じつは今でこそ文学(小説)三昧《ざんまい》で生きているように見える私も、かつては大の「お芝居好き」であった。

これは自叙伝風の他の本にも書いたことだが、小学校の三年まで私はひどくおとなしい子で、いつも本箱やタンスの脇に隠れるようにして本を読んでばかりいた。

内気で、人見知り。家族ともほとんど口をきかず、黙ってばかりいるものだから、両親は、「この子は口がきけないのではないか」あるいは「耳が不自由なのではないか」と本気で心配したらしい。

それが忘れもしない、小学三年生の秋に学芸会の主役にえらばれてしまい、一大転換ともいうべきか、大きく私は変わった。

何だか、どこかの国の王さまの役だったのだが、一所懸命に練習して台詞をおぼえていくう

ちに、

「そうか。人生とは、こういうものなんだ」

と思うようになった。すべてが芝居だと思えば、何も怖くない。陰に隠れて、こそこそしている必要もない……幼な心に、そう私は結論づけてしまったようだ。

それからは何をするのでも、人一倍、積極的になった。

学級委員だの、校内委員長、生徒会長を歴任。芝居のことだけに限っても、高学年になると自分から望んで演劇部にはいったし、中学・高校を通じてずっと、学校演劇にたずさわってきた。

大学に進んで、演劇研究会(劇研)の一員となったのも、私にとっては、ごく自然な流れといえた。

ときあたかもアンダーグラウンド演劇の全盛期で、のきなみ小劇団が誕生し、大学演劇もかなりの活気を呈していた。私の属した慶大演劇研究会もその例外ではなく、春秋二回の公演時はもとより、ふだんでも演劇論、芸術論がひんぱんに話しあわれ、熱っぽい雰囲気につつまれていた。

ブレヒトがどうの、ベケットがどうの、ジロドーがどうの、バタイユだの、サルトルやカミュまでが、もちだされたりする。

そうしたなかにあって、私はおおいに芝居熱にうかされてはいたものの、他の学生たちのあまりに観念的にすぎる話の内容にうんざりさせられ、何か違和を感じるようになっていった。

「芝居は芝居だ、そんなに肩肘《かたひじ》はったりせずに、もっと愉しんでやれないものだろうか」

そんなとき、劇研の先輩の一人に紹介されて「ふえろう」という劇団を知り、それをひきいる慶応の先輩、武藤兵吉こと石坂浩二に出会ったのである。

はじめ、私は「ふえろう」の仕事を手伝うことになろうとは露《つゆ》とも思わず、ただその劇団が近々打つ公演の稽古を中目黒でやっていると聞いて、冷やかし半分でおもむいたのだった。

慶応の予科のある日吉からは東急東横線の途中で、寄りやすいということもあった。

中目黒の駅から十分ほどか、そこは洋品店か何かの店の二階だったように思う。狭い階段を昇っていくと、入り口のところに、たくさんの靴が脱ぎ捨てられている。その奥に、大きな畳敷きの部屋があった。

若い男女が十人近く集まっていて、すでに立ち稽古の真っ最中。軽く頭を下げて部屋の隅に坐り、私はしばらく黙って、その様子を眺めていた。

やがて一段落ついたとき、私のすぐまえに腰をおろし、それまで役者の面々にいろいろと注文をつけていた青年がふりかえった。眉が濃く、目鼻立ちのはっきりとした顔で、すぐに彼がいま、お茶の間で人気絶頂の石坂さんだと気づいた。

案の定、彼は聞きおぼえのある低音で、

「……石坂、いや、武藤兵吉です」

気さくに挨拶する。応えて、私も自己紹介し、自分が慶応の劇研の者であり、先輩に教えられてここを訪ねてみたのだ、と言った。石坂さんは、

「ふーん、劇研ねぇ」

うなずいたのち、いきなり私の手に、自分が持っていた演出家用の台本を渡して、

「よしちょっと、つぎのとこ、きみに任せてみよう」

「えっ？」

おもわず口にして、彼の特徴あるギロリとした眼を見つめかえしてしまう。

いずれは本格的な演出や台本も手がけてみたいとは考えていたし、高校時代すでに演出をこころみている。が、基本的に私は、役者志望だった。というより、まずは役者としての実績を重ねてから、演出家をめざすべきだろう、と考えていたのだ。

この少しまえに、私は初台の実家に近い参宮橋にあった劇団四季の研究所へ見学に行き、一度だけだが、三田誠広さんの実姉の女優、三田和代さんに演技の指導を受けている。また、文学座の研究生に応募したこともある。

そのときも「俳優部門」を志願していて、選考側との面接のとき、シェークスピア劇で名高い福田恒存氏から「わたしのもとで、じっくり演出の勉強をしたら、どうか」と勧められたが、首を縦に振らず、結果として私は入団試験に落ちた。

そういう経緯《いきさつ》までは語らなかったが、私は躊躇《ちゅうちょ》した。第一に、いかに多少の心得があるとはいえ、初対面の相手に、すぐさま芝居の演出をしてみろと言うのである。私は心底、驚いてしまった。

だが、どうやら彼は本気らしい。

私は意を決して、稽古の続行をうながし、数頁分の演技を役者の人たちにしてもらった。その間、何度かストップをかけ、自分の意見を述べて、やり直しくれるよう頼んだ。むろん、半ば冷や汗をかきながら、ではある。

「うん、疑問な点は多々あるが、筋は良い」

と、石坂さんは言った。

「……明日から来てもらおう。良いですね」

またまた、私は驚いた。が、やはり彼は、本気の表情である。

こうして、私はその翌日から「ふえろう」の稽古場に通うようになった。夏休みを、まるまる返上。秋に有楽町の第一生命ホールで上演される予定の『やまぶき』という芝居に、演出助手のかたちで参加するはめにおちいったのである。

一つには石坂さんの強引さが気に入ったからであり、みずからも脚本めいたものを書きだしていた私にとって、彼が力説する創作演劇の重要性に共感し、心惹かれたためでもあった。


当時の石坂さんは、たいへんな人気者だった。それも演出家としてではなく、新劇の俳優として、さきの劇団四季では浅利慶太演出の『オンディーヌ』に主演。かと思えば、ＮＨＫの『太郎』をはじめ、いくつもの人気ドラマに出演していたのだ。

あのころの石坂浩二というと、「ちょっと気取った二枚目スター」といったイメージがあった。が、素顔の彼は武藤兵吉という本名にふさわしく、もっと純朴というか、無骨《ぶこつ》というか、何とも人なつこく親しみやすい面があったように思う。

『やまぶき』上演の日、楽屋には彼のファンの女の子たちがサインをねだったりして、わんさと詰めかけてきていた。その石坂さんのすぐ脇にいて、彼女らの熱気にあてられているうちに、私は急に腹痛をおぼえた。ここ一両日の不眠不休の稽古の無理がたたったのにちがいない。

慌てふためいてトイレに駆けこみ、長時間、洋式の便座に腰かけて、私は唸り声を発しつづけた。ようやく事を終え、出ようとすると、ズボンのチャックが壊れ、なかなか上にあがらない。

そうこうするうちに、開幕を知らせるベルが鳴った。私は焦った。二ヵ月あまりも、この日のために頑張ってきたのだ。その成果を、ぜひともこの眼でたしかめなければ……。

だがチャックは、いっこうに言うことを聞いてくれようとはしなかった。いま一度ベルが鳴り、あきらめて私は「社会の窓」を開けたまま、トイレを出ようとした。そのとき、

「どうしたんだ。急に見えなくなったから、心配したぞ」

トイレのまえに立って、石坂さんが声をかけてきた。私は自分のおちいっている苦境を説明し、壊れたチャックを示してみせた。

「なぁんだ」

と、彼は苦笑を洩らした。

「ま、とにかく劇場のなかは、もうライトを消して暗くなっているからね、大丈夫だよ」

そう諭《さと》して私をいざない、客席にはいる。空いた座席に二人してならんで坐った。

中休みになった。すると彼は、ふいと立ちあがって、外へ出ていった。そのまま楽屋に向かったとみえ、自分のコートを持ってきてくれたのである。

「これで隠したら良い。きみにはちょっと、大きいかも知れんがね。ボタンを全部とめておけよ」

クールな顔と声をして、心あたたかく、優しいことを言う人だ、と私は思った。

千秋楽の晩が来た。芝居がはねたのちに、劇団の仲間一同、こぞって青山の石坂さんのアパートへと押しかけた。楽日《らくび》のつねで、したたかに酔いしれて、ふと窓の外を見ると、墓地が見えた。黒々とした闇のひろがるなかに、おびただしい数の墓石が林立している。

「死ぬんだな、いつか皆……」

私がつぶやくと、石坂さんは真顔で私の顔を見すえて、

「死ぬのが怖いか？……おれは少しも怖くないよ。おれが死んでも、だれかの記憶のなかに、おれの舞台が残ればいい」

といって、さらに、こうつづけた。

「あるいは、ただの一篇でもかまわない。おれの作品が残ればいい……おれの書いた戯曲がね」

そのころすでに、私もまた何か物を書きはじめようと考えていた。そんな私にとって、それはひどく暗示的な言葉だった。

この私の「岳」というペンネームの名付け親が、石坂さんだということも明かしておこう。石坂さん自身、武藤兵吉なる本名が嫌いではなかったようだ。しかし俳優、それもスター俳優となると、「石坂浩二」のほうが断然しっくり来る。この名は友人の女優・大空真弓さんが、好きだった作家の石坂洋次郎、俳優で歌手の鶴田浩二の二人から取って進呈してくれたらしい。

私も井上裕という本名は好きだが、どうも「小市民」臭が漂う。それに同業の作家だけでも、

井上靖、井上ひさし、井上光晴、と有名作家が目白押しではないか。そこで石坂さんと親しくしていたころ書いた小説「飛び魚」(「三田文學」に載ったデビュー作)の筆名を、彼に考えてみてはくれまいか、と頼んだ。

石坂さんは喜んで引きうけ、当初、私が大の山好きと知って、日本の、どこか高い山の名がいい、と言った。

「北アルプスとか南アルプスあたりの名山は、どうかなぁ」

そこで私は、燕《つばくろ》とか槍とか赤石《あかし》、穂高《ほだか》、空木《うつき》などをもちだしてみたが、どうもピンと来ない。

「それならばいっそ、岳にしたら良い」

結果、「岳真也」が誕生したというわけだ。いや、最初は先輩作家の石原慎太郎の一字をもらって「慎也」を名のった。それが、どうして「真也」になったのかは、あとのお楽しみ……というか、慎太郎氏とのテレビ番組での口論をつづった項で明かそうと思う。

真也の「也」のほうは、千田是也と内村直也の両氏から頂戴したものだ。知る人ぞ知っていよう、そのころの日本演劇界の大御所二人である。

ついでに言えば、これも慶大の先輩詩人・村野四郎さんが姓名占いに凝っていて、「井上裕は小さな幸せを生きる」、「岳真也のほうは、蛮勇をひきいて天下に名をなす」と告げてくれたのを思いだす。

その後、劇団「ふぇろう」は一、二度公演をしたようだが、私自身はふたたび大学にもどり、みずから学園内部の劇団を組織して、創作劇に取り組もうとしていた。「M&D」(ミュージックとドラマ)というサークルをつくり、ミュージカルの真似事をしたりしていたのだ。

じっさい大学二年の文化祭のころに、渋谷の児童文化会館ホールで『妖精ローラ』なる作・演出・主演のミュージカルをやった。

ちなみに、そのおり、バックでエレキギターを弾いていた一人のSさんは、のちに西武百貨店の渋谷店長(重役)となり、Tさんは東販の専務、ドラムを担当したIさんはなんと、味の素の社長の座についている。

そんなこんなで、石坂さんとはやがて、現実の場で会うことは少なくなり、実物よりも、テレビの画面を通してだけ出会う関係になった。ただ私はその後も、しばらくテレビやラジオの構成台本を書く仕事をしていて、みずから出演することも少なくはなかった。だから、たまさかに放送局の一角でばったり石坂さんと行き会うようなことはあった。

けれども二十代の後半、角川書店から第一小説集(『きみ空を翔け、ぼく地を這う』)を出したのを機に、私は「芸能マスコミ」の世界とはいったん縁を切り、文学に専念することにした。おのずと、石坂さんと会う機会は減った。ほとんど顔をあわせてはいなかったように思う。

ところが、である。平成十(一九九八)年のことだから、それ自体がすでに、今から二十五年ほどまえになる。

私は『吉良の言い分―真説元禄忠臣蔵』(KSS出版)なる小説を書き、それが朝日新聞の「ひと」欄や各紙誌の書評欄に取りあげられるなどして、評判になった。そしてついにはベストセラーになったのだが、その功の陰には石坂さんの協力がある。

翌十一年に放映されたＮＨＫの大河ドラマ『元禄繚乱』は「忠臣蔵」をもとにしたものだったが、石坂さんが赤穂浪士の敵にあたる吉良上野介の役につくことになっていたのだ。

私は「旧友」の石坂さんにオビの推薦文を頼み、さらに二人して上野介の墓のある東中野の万昌院功運寺に参詣。吉良上野介を慰霊するイベントをもよおした。

これが当時のマスコミのいっそうの関心をあつめ、私の本の売れ行きに貢献したことは間違いない。

そんなふうで、石坂さんは私の「恩人」でもあるのだが、正直言って、いまだ「大演出家・石坂浩二」の雄姿を拝んではいない。

だが、まだなのだ。まだまだ、彼は老けてはいない。もう八十に近いはずだが、数年まえ、最後に会ったときも、なお青年の眼をしていた。いつかやるだろう、と思っている。

すでにして彼はスター・タレントではなくなった。「名優」の誉れは高い。そう、名優から名演出家へ。優しくて、かつ冷たい石坂浩二が、根っからの芝居好きの本領を発揮して、「夢」を実現させることを、なおも私は願っている。

第五話

狐狸庵先生遠藤周作に「ケンカ・ガク」とよばれて

大学二年、十九歳のとき、岳のペンネームをもちいて書いた初の小説が、某文芸誌の新人賞こそ逸したものの、「三田文學」に掲載された。それが私の「文壇デビュー」とされているが、当時の「三田文學」の編集長は狐狸庵《こりあん》先生こと遠藤周作ではなかった。

私が同誌の依頼で二作目を書いている最中に、編集長が交代して、そのころ売れに売れていた遠藤さんが就任したのである。

売れっ子作家で超多忙なはずなのに、遠藤周作さんは「三田文學」のすべてを取りしきり、表紙や目次などの体裁も本文の中身も一新し、第一歩からやり直すこととなった。すでに寄せられていた作品はどれも再検討されることになり、まったく無名の私の小説にいたっては「一大政変」のドサクサに紛れて、ものの見事に吹きとばされてしまった。

その気になっていた矢先だっただけに、私はすっかり意気を阻喪《そそう》し、途方に暮れるばかり。まさに、寝耳に水の体《てい》であった。

だが、そうそう引っこんでもいられない。六本木の喫茶店で「新編集長をかこむ若者の集い」なるものが開かれると聞いて、のこのこと出かけていった。

行ってみて、まず私は、その場のいかにも健康そうな雰囲気に戸惑いをおぼえた。たしかに若者ばかりで、慶応の学生がほとんどのようだったが、見知った顔は見あたらない。しかも、だれもが皆、きちんとした服装をしていて、長髪にジーパン、ゴム草履などという格好をした者は、私だけなのだ。

「場ちがいなところへ来ちまった」

と感じた。すでに天下は薩長のものとなり、佐幕派ごときの出番はない。

まとめ役の学生も髪をきれいに七三《しちさん》に分けた、まさしく「勤皇の志士」——遠藤新編集長の直参《じきさん》らしく、どうにも肌があいそうにない、と私は思った(じつは、その筆頭格だった加藤宗哉さんとは後年、昵懇《じっこん》になり、彼自身が「三田文學」の編集長になったとき、何度も拙作を載せてくれたのだから、人生は分からない)。

それでも、なかに一人、旧「三田文學」で私の作品を読み、それなりに評価してくれている女子学生がいて、

「新鮮で、なかなか読みごたえがありましたよ」

「ほう、もうファンがいるじゃないか。それも若い女性とは幸先が良いぞ。これからも頑張りたまえ」

そう言って、遠藤さんは例の私の第二作目を再検討してくれることになった。すると翌日、さっそく、お呼びがかかった。早い話が、ボツ——採用とはならないのであるが、どこがどう悪いか、遠藤編集長がじきじきに教えてくださるという。

その時分、「三田文學」の編集室は慶大構内ではなく、新宿紀伊國屋《きのくに》書店の五階にあって、同階奥の紀伊国屋サロンというこびろい部屋に、私は通された。

「なるほど、感覚に新しさはあり、閃きの才能はみとめるが、肝心の表現がアカンねぇ」

例によっておかしな関西弁をまじえて、遠藤さんはそう言った。が、眼鏡の奥の両眼はするどく光り、一方の看板である「狐狸庵先生」の面差しはまったくない。私より一廻りも二廻りも大きな身体《からだ》、そして大きな声……まわりにたくさんの人がいたときには感じなかったのに、こうして二人だけで向かいあってみると、どうにも圧倒されそうになる。

けれども、ここでそう簡単に折れたのでは、これまで自分なりに新たな小説に取り組んできた意味がない。負けてはならじと、声を張りあげ、私は自作の表現に関する自己弁護をはじめた。

それに対して、遠藤さんの側でもいっそう声を大にし、何やかやと説き伏せてこようとする。口角《こうかく》泡を吹きとばし、とはこのような光景を言うのであろう。

その雄弁さと、ぐぐっと迫ってくる赤ら顔の迫力に、ついに私は負けた。が、いま考えれば、やはり正論を説いていたのは、遠藤さんのほうだったようだ。私の原稿をテーブルの上にひろげて、彼は比喩の使い方や、形容詞のえらび方など、幾多の欠点を指摘し、文章表現上のイロハを細かく教えてくれた。

それはなべて的を射ていたが、一つだけ、

「きみの作品には『むっ』が多すぎる……ほんらい擬態語の『むっ』をこんなに使《つこ》うたらアカン」

そう言っていたのに、帰路に書籍売り場に立ち寄って、遠藤さんの長篇小説『おバカさん』(角川文庫)を手に取り、パラパラと頁を捲ってみると、「むっとした」「むっときた」などの言葉にあふれていたのだ。

む、む、むっとは思ったが、まぁ、「得てして名人とはそういうものヤナ」と、べつの「お勉強」にはなった。

書き直して、もう一度持ってくるように、との忠言を無視し、生来負けん気の私は、推敲すらもせず、その作品は放ったままにしておいた。

ただ、いろいろと為になるので、いくどか遠藤さんのもとへ「教え」をこうむりには行った。フランス文学が好きで、バルザックやスタンダールのような古典、そしてカミュとサルトルに傾倒していた私に対し、仏文出身の遠藤さんが、

「ヌーボーロマンね……ル・クレジオとかフィリップ・ソレルス、M・ビュトールのような新しい作家のものも読まんと、アカンでぇ」

細かく名をあげて、ご指導。まもなく渡仏したおりに、私は彼らの本のほか、ソレルスが発行していたフランスの文芸同人誌「テルケル」まで購入、土産に持ち帰ったのを憶えている。

そうして、「文学」全般に関しては、さまざまなことを学びはしたが、編集長としての遠藤さんには、なおも私は批判的な態度を取りつづけた。

「三田文學」誌の向上とか充実、有能な新人を押しだしたいといったことについては、おおいに賛同した。

しかし遠藤さんの場合には、その手立てとして、まずはジャーナリスティックな方法で「三田文學」の名を高めようとはかっていたようだ。つまり、既成の著名な作家、評論家に登場してもらい、それによって文壇的地位をかためるとともに、読者層をひろげるということであ

る。

たしかにそれは、一般的な雑誌づくりの基本だろう。けれども、逆に言えば、「三田文學」独自の持ち味みたいなものが、消え失せはしないか……何のことはない、他の大手出版社から出ている文芸誌のミニチュア版になってしまう。

私がそんなふうに考えたことの裏側には、せっかく自分がつかんだ「文学の道」への足がかりを、編集長の交代、路線の変更などによって、つぶされてしまったことに対する恨み辛みのようなものがなかったとは言えない。

じっさい、私は以前には「三田文學」を自分などとはずっと遠い存在としてとらえていた。何しろ永井荷風以来の伝統をもち、近代日本の文学史を彩《いろど》ってきたほどの雑誌なのだ。そこに自分の作品が掲載され、急速に近づいたのに、それもつかの間、あっという間に、ふたたび遠ざかってゆこうとしているのである。

私は焦《じ》れた。その焦燥感が若い私をいっそう思いあがらせ、例の持論を振りかざして、何度となく遠藤さんに喰いさがった。そしてある日、とうとう遠藤さんの逆鱗《げきりん》に触れてしまった。

「きみは『三田文學』が一体どんなものであるのか、ちっとも分かっとらんっ」

叫ぶや、遠藤さんの茹《ゆ》で蛸《だこ》のように紅くなった顔が目のまえに迫った。殴られるのかな、と一瞬、眼をつぶった。編集室の事務机が大きく揺れている。遠藤さんの握り拳は、かろうじてその机の上にとどまっていた。

以来、私は三田文学会をやめ、編集室にもまったく顔を出さなくなった。やがては持論のユニークな文学観を活かすべく、自身で「痴」「蒼い共和国」などの同人誌を主宰するようになるのである。

三田文学会を去って一年ほどののち、私はこともあろうにリトル・マガジンのもう一方の「雄」たる「早稲田文学」の騒動に巻きこまれることになった。

早大出身の一線級文学者からなる編集委員会と対立する学生たちの側に、助っ人のような格好で駆りだされたのである。私としては、それほどひどく立ちまわったつもりもないのに、「三田文學」での一件以来、いつのまにか、その筋では「ケンカ・ガク」なる綽名《あだな》を頂戴してしまっていたらしいのだ。名付け親は当然、「狐狸庵先生」のほかはない。

もっとも、それよりもまえから、彼ら早稲田の学生たちとの付きあいはあって、座談会みたいなものにひっぱりだされたり、いっしょに前衛映画の上映会をひらいたりはしていた。そのグループのリーダー格だった清水英雄さんという人が、ながらく「早稲田文学」の経営面の中心になり、編集にも少なからず関与していたのだが、突然、さきの編集委員会から解雇の通告を受けた。

そのことがきっかけとなり、問題は「早稲田文学」の悪しき体質や、あるべき文学とは何か、というところにまで発展。ときあたかも学園闘争盛んなりしころのこと、学生側の名称も「早稲田文学解放学生会議」と勇ましく、大挙して委員らのつどう編集室に押しかけたりして、週刊誌沙汰《ざた》にまでなった。

そのおりに委員会のまとめ役のようなことをしていたのが、第一回芥川賞作家の石川達三だった。その石川さんから、私は、

「きみは慶応の学生だそうだね、余計なところに首を出突っこんで……これで、きみの作家生命は終わり、文壇には出られないな」

そんなふうに言われてしまう。さらに、これは後日、耳にした噂話にすぎないが、当時「早稲田文学」の編集長をしていた有馬頼義氏のもとに「三田文學」の遠藤編集長が電話を入れたという。

「こんどのお宅の騒ぎに、うちのオッチョコチョイが一枚、噛んでいるそうですな。あいスマンことです」

むろん「オッチョコチョイ」とは、私のことだろう。ご両人から直接聞いたわけではないので、真偽のほどは定かでない。が、それと知って、私は何やら恥ずかしく、また一方で、なぜかひどく嬉しい思いがしたものである。離れてみたとき初めてオヤジの良さが分かる、というが、案外それに似た感情を抱かされたのかもしれない。

じっさいに遠藤さんから電話を受けた人に、似たような話を聞いたこともある。その人とは、女流作家の第一人者だった瀬戸内晴美さん。ずっと後になって、対談した機会に明かされたのである。

それより少しまえ、私は小学館から発行されていた「小説セブン」誌（現在は廃刊）の新人賞候補になった。その審査員として松本清張、瀬戸内晴美のほか、遠藤さんが名を連ねていると知って、私は以前「三田文學」に載るはずだった二作目の小説を書き直して応募したのである。かなり意識的に、そうしたのだと思う。

結果、社内選考で最有力馬とされ、「受賞の言葉」なるものまで用意していたのに、私は落ちた。観念的にすぎる、若書きで読み物としては楽しめない、というのが主な落選理由であった。

それでは納得できない、といった内容の手紙を私は遠藤さんにあてて書き送ったらしい。私自身は忘れていたのだが、そのときにやはり、遠藤さんが瀬戸内さんのもとに電話をかけて、

「困った奴だ。昔っからケンカ早くてね、今回も遠藤、瀬戸内は駄目だ、大馬鹿者だと殴り書きしてきよった……」

そう言って、大笑いしていたという。このあとの話は、いずれ語るつもりだが、瀬戸内晴美こと寂聴さんは、私の文才はもっとちがう方向に行く、大器をめざしなさい、と親切に忠告してくれ、

「遠藤さんもずいぶん心配してたわよ。根はやさしい、思いやりのある人なんだから……」

そうと聞いたせいもあるが、私は一つ、遠藤さんに甘えてやろうと思った。何を今さら図々しい、と一蹴されるかもしれない。が、それを覚悟のうえで、マルチ考爵を自称しはじめたシリーズ物の第一作目『青春学入門』の推薦文を依頼することにしたのである。

思いのほか、いや、案の定と言うべきか、それは快諾された。

「岳真也さんは、私の大学の後輩である。

数年まえ、私が『三田文學』の編集長をしていた時、はじめてお目にかかった。残念ながら、その時の彼の作品は、老いたる私には認めることのできぬものだったので、大いに彼の怒りをかってしまった。……だが、その後の岳さんの神出鬼没の活動と、恐れを知らぬ冒険心には、ただ、ただ、脱帽せざるを得ない。

この本は、そういう岳さんの姿があらわされていて、ぐうたらな私を慙愧《ざんき》せしめるに十分である」

これを読んで、慙愧させられたのは、むしろ私のほうである。できることなら時間をさかのぼって、いま一度出発点にもどりたい、とすら願ったが、私はすでに「ケンカ・ガク」として、ひたすら突き進んできた。

今となっては、このまま神出鬼没、ではなく、鬼出鬼没をつらぬくしかないだろう。そして、それこそが遠藤さんの「思いやり」に応える唯一の返事であろう、と思ったのだった。

第六話

永六輔師匠の「鬼《おに》十訓《じゅっくん》」とニコニコ堂

「三田文學」や「早稲田文学」と係わり、みずから同人誌を発刊するなどして、文芸活動もしていたが、一方で私は演劇にも手を出した。その延長で、ということではないものの、いわゆる「芸能マスコミ」にも浅からぬ縁があった。

大学の二、三年のころには、めったに大学には行かず、六本木の交差点下にあった、とあるマンションの一室に入りびたっていた。永六輔師匠のもと、十数人のシナリオライターの卵が集う「ニコニコ堂」なる摩訶ふしぎな一派に属していたのである。

そもそも、この「ニコニコ堂」という名称からして、怪しい。何をやっている集団なのか、と問われること、しばしばであった。

名前だけを告げると、

「パン屋さん?……それとも、お菓子屋さん?」

と言われたりする。

それでは肝心の正体はというと、これがまた、うさん臭い。

いくらかでもシナリオライターめいた仕事をしているのならともかく、ごく少数を除き、他の者は毎日毎晩、ただ酒をかっ喰らい、よもやま話に興じたりして、ぶらぶらとすごしていたのである。

いやいや、そんな私たちに都心のマンションの一室を提供し、何やかやと世話をしてくれた六輔師匠と、井上祥一、松原敏春、喰始など、その後、押しも押されもせぬ一線級のライターとして活躍した、かつての仲間たちの名誉にかけて言っておこう。

傍目《はため》には、ヨレヨレの風体《ふうてい》をした二十歳《はたち》そこらの若者たちが日々遊び暮らしているように見えても、当人たちはそれなりに真剣に、その道の勉強にいそしんでいたのだ。

一杯飲んでは、シャレをとばし、それがつまらなければ酒代を払わされる。雑談のなかにキラリと光るキャッチフレーズのようなものが見いだされたりすれば、さっそくそれをノートに書きつける。

愉しくも、半面また、厳しい試練の日々であった。

私がニコニコ堂のことを知ったのは、大学構内の掲示板で見た一枚の貼り紙による。

「放送作家を志す若者よ、来たれ！」

とかいったアジ文句が書かれた募集要項である。放送作家になる気はなかったが、学生生活そのものにウンザリし、大学演劇にもとうに魅力を失っていた私は、すぐさま応募することに決めた。

書類選考をパスし、六本木の事務所のほうで面接がある、との通知が来た。

「いやに大がかりだなぁ」

と、入社試験でも受けるような気分でおとずれてみると、通されたのは畳の間。仰々しい屏風がおかれていたり、和机、昔懐かしい方形の火鉢まであって、どうも想像していたのとは勝手がちがう。

墨で「若年寄《わかどしより》」「代貸《だいがし》」「舎弟《しゃてい》」などと書かれた和紙が壁に貼られているのを見たときには、暴力団のたまり場ではないか、とオドオドさせられたものである。

ところが、面接の試験官というのが皆、私と同年輩の若者ばかり。訊いてみると、すべて学生で、一年まえに永さんのもとに寄り、大学での学業のかたわら、放送やCMの分野で実地に役立つ勉学に励んでいるのだという。

大会社でも暴力団でもないことが分かって、まずは一安心。諸先輩も気さくな善《い》い人たちと知れた。大仰な体裁《ていさい》の面接も雑談に終始し、ともあれ、私はそのふしぎな集団にワラジを脱ぐことをゆるされたのである。

さきにあげたヤクザめいた言葉のほか、師匠に弟子、兄分だの客分だのといった言い方が飛びかっていたが、それは落語や講談をはじめ、古典芸能を愛する昔気質《かたぎ》の永さんの好みのゆえらしい。

私たちの面倒をみてくれたのは、表向き、その永六輔師匠だったが、実質的にはちがっていた。クリエイト・プロモーションなる会社が隣室にあり、師匠のマネージメントだけではなく、修業中の身である私らのもとにも、ときおり仕事らしきものがまわってくる。

そういうおりのニコニコ堂の面々の様子は、まさしく卵から孵《かえ》ったばかりの雛の群れが黄いろい嘴《くちばし》を突きだして、親鳥のあたえる餌を待ちかまえる、といった情景によく似ていた。

そして、餌をみごと腹中におさめるのは、いつも数人の者に限られていた。もちろんそれは、才能の問題である。ふだんは他の社会以上に先輩後輩のけじめを、はっきり付けているものの、その点に関してはしごくシビアで、いかな新入りでも、提示された仕事に十二分の才を発揮しそうとあれば、「即採用」ということになる。

いずれ、この私はシナリオはおろか、キャッチコピーにしろ、CMソングの作詞にしろ、その道の才は、はなはだ芳《かんば》しからず。仲間のなかにはワイドショー番組の構成の仕事まで手がけている者もいるというのに、鳴かず飛ばずで、まったくうだつが上がらなかった。十数人の仲間たちのなかでも、もっとも目立たないひよっ子だったにちがいない。

その私が変わったのは、あるイベントでただ一度目立ち、師匠の永さんにみとめられ、激励されたせいだった。それは仕事の腕前ではない。なんと、マラソンの勝利者としてである。

私がニコニコ堂の一員になって半年ほど後の早春の夜、皇居一周のマラソン大会がもよおされた。クリエイト・プロとニコニコ堂の有志、約二十名が参加。寒空のもと、皇居前広場に寄りあつまった。昨年も同様の企てがなされ、永さんがトップになったという。

V2をねらう永さんは、Tシャツにジーンズの短パンという若やいだイデタチで、

「さぁ、今年はだれか、ダークホースが混じっているかなぁ」

我こそは本命、とでも言いたげな口ぶりである。

私は内心、ほくそえんだ。他のスポーツはからきし駄目な私だが、なぜか長距離走にだけは、自信がある。何しろ高校時代、多摩川土手でおこなわれた校内マラソンで、千人中二位に喰いこんだ実績があった。

結果は当然、と言いたいところだが、さすがは昨年の優勝者、永さんと抜きつ抜かれつ、激しく競《せ》りあったすえに、私の側がどうにか逃げきって勝利をつかんだ。小さな賞杯が手わたされ、大盤振る舞いの饗応も受けたが、何よりの褒美は、「好敵手」永六輔師匠からじかに頂戴

した、こんな褒め言葉であった。

「いやぁ、きみは良い根性してるよ。何だかんだ言っても、この世界で生きてゆくには、スタミナとド根性が必要だ……ひょっとして、きみは大物になるかもしれないなぁ」

半ば冗談で口にしたのだろうが、その「読み」は当たらずとも遠からず、だったかもしれない。

まだ学生だったのだから、アルバイトのかたちではあったが、しだいに仕事が増えていったのだ。

最初はたしか関西テレビだったと思うが、なぜか大阪のテレビ局での台本書きの仕事で、開通してまもない新幹線で東京と大阪をしじゅう往復していた。そのうちTBSラジオやフジテレビなど、東京での仕事もはいり、CMコピーやCMソングも書いた。

まるで売れなかったが、作詞を担当したレコードも二、三枚、出した。作曲は森田公一氏で、女優岡田茉莉子の甥のポール岡田が唄った「聖少女」など、今でも歌詞を憶えていて、くちずさむことがある。

いちばん実入《みい》りが多かったのがCMコピーで、酒の菊正宗も何か一つ書いたが、インスタントうどんのキャッチ(うどんならスガキヤ、どんどん)を考えて、じつに二十万円ものギャラを入手。当時の大学(院)の一年分の授業料と同額で、そのまま現金を持って三田まで払いに行ったことがある。

後年、法政の兼任講師をしていたとき、授業中、学生たちに、

「おれは勤労学生でね、大学の授業料は、自分ではたらいて払ってたんだよ」

などと威張ったものである（もちろん、すぐにネタを明かし、そのほうがウケたのだが）。

すべてこれ、永六輔師匠とクリエイト・プロさんのおかげであるが、エンタメ系の文筆の仕事もしていた。

そう、当初は「井上裕」の本名で少女小説を書いていたのだが、師匠の盟友だった矢崎泰久氏に紹介され、「話の特集」だの「若い生活」だのといった、矢崎さんの編集する雑誌にも寄稿させてもらった。そのころ人気の週刊誌「平凡パンチ」に、海外旅行記の連載をしていたこともある。

そのうちに自分が、司会やコメンテイターとして、テレビやラジオに出演するようになるのだが、永六輔師匠は「生意気だ」とも言わずに、いつも温かい眼で見守ってくれていた。

一般に知られる永六輔と言うと、ユーモアあふれた個性的な話術。特徴ある、いかにも愉しげな笑い……等々、明るく陽気な人物のイメージが強いが、素顔の永さんは相当に神経質で、反骨漢《はんこつかん》でもあった。嫌なものは断固として嫌だ、と言いきれる性格は、彼が生粋の「東京っ子」であるという、その一つの表われかもしれない。

あるテレビのワイド番組の生放送中、突如、怒りだしてマイクを投げだし、レポーター役を降りてしまった件など、その好例だろう。

それはちょうど私がニコニコ堂の一員となった前後のころのことだが、ずっと語りつがれてきた「エイロク神話」であり、その事件を機に、永さんはテレビ・メディアの表面から、ほとんど姿を消している（アメ玉やコーラのＣＭ出演などは、師一流のゴアイキョウだったのだろう）。

私たち「弟子」に対しても、ときにすこぶる厳格な「師匠」としてのぞんだ。

たとえば、こんなことがあった。仲間のうちの一人、Kくんが、永さんのお宅に電話をかけた。師匠は留守で、奥さまが電話口に出られたのだが、Kくんは奥さまに対して、

「あ、そう……じゃ、けっこう」

といった、ひどくぞんざいな接し方をしたらしい。

私自身、何度か渋谷のお宅に遊びに行っており、奥さまのことも、いくぶん憶えがある。もともと女優さんだったというだけあって、なかなかチャーミングで、やさしく朗らかな婦人であった。プロポーズのとき、永さんは彼女に、こう言ったという。

「きみは女優に向いてない」

「じゃあ、何に向いているというの？」

「ぼくの奥さんさ」

これまた有名な「エイロク神話」の一つだが、とにもかくにも、永さんは自他ともにみとめる愛妻家であった。

奥さまに対して失敬な態度をとったKくんは、翌日から出入り差し止めを喰らうことになった。

永さんは周囲の人びとに細かく気を配り、人一倍、礼儀を重んずる人である。これから世に出ようという若者にはなおさらに、そういう自分の生き方に応えてもらいたかったのにちがいない。

仲間うちではないが、ちょっとした用事があって、同い年の友人とTBSの制作部室に六輔師匠を訪ねたときのことも思いだされる。

応接用のテーブルをはさんで向かいあい、私と永さんが話しあっている最中、友人が煙草を取りだして、おもむろに火をつけた。とたん、永さんがものすごい剣幕で怒りはじめたのだ。

「きみぃ、煙草を吸いたいんなら、他の人に許しを得てからにすべきじゃないか。しかも、ぼくらはいま、大事な話をしている最中なんだ、失礼だよ」

永さんは数年まえに煙草をやめている。そして他人の吸う煙草の臭いが気にかかる性分らしい。が、ふだんの私たちは、一々断わって喫煙する習慣をもたない。永さんの礼儀大事は分かるが、少々言いすぎではないか、と私は思った。

しかし世の中というのは、ふしぎなものである。永さんに叱られた友人は、あとで二人きりになったとき、

「見なおしたなぁ、永六輔なる人物、たいした硬骨居士《こうこつこじ》じゃないか」

しみじみ、そうつぶやいたのだった。

「師匠」とは言っても、永さんは私たちに作詞やコピー、放送台本などのイロハを、手とり足とり教えてくれたわけではない。むしろ、芸とは何か、マスコミとは何か、さらには一個の人間としての生きざまにいたるまで、より大きな問題を何か事あるごとに諭《さと》してくれたのである。

ニコニコ堂の部屋の壁には「鬼十訓」なる、もろもろの教えが列記された紙が貼られていた

が、そこにあるのもすべて、放送作家としての出世法などではなく、人間の生き方そのものを示唆するような言葉ばかりであった。

「お金は使わなければ、はいってこない」「百万使ったら、一千万取り返せ」などともいうのもあったけれど、

「だれかに何かを借りたら、その相手でなくとも、別の他人にでも返せ」

という言葉が、私には印象強く残っている。

十年まえ、八十三歳で師匠が亡くなり、青山での葬儀のあと、喪主の娘さんから贈られた、濃紺地に白抜き文字のタピストリー。そこには、こんな言葉が書かれていた。

「生きているということは　誰かに借りをつくること　生きてゆくということは　その借りを返してゆくこと」

第七話

北山修の『花嫁』に負けたおかげで

なにも自分がすでに七十をいくつもすぎ、若者だの青春だのという言葉からは遠く離れたから言うのではないが、「若者文化」と聞くと、五十年も六十年も昔のことだったような気がしてならない。

むろん昨今だって、何かを創りだそうとしている若者は少なくないにちがいないし、たとえば、手作りのニュー・ミュージックを聞かせるライブ・ハウスがつぎつぎと生まれたりしているのが、良い証しだろう。けれども、何かが欠けている。こう、自然発生的に、

「あちらでもこちらでも、創造の火の手が上がる」

という雰囲気ではなくて、無理矢理、それこそ思いきりツッパったところからでないと何も出てこないような、そんな気配に浸されている感じなのだ。

半世紀以上前の七〇年前後のころには、ただぶらりと街を歩いているだけで、ふっと私の胸ぐらをつかんで揺らすような刺激的な出来事にぶつかることが、たびたびあった。

一つにそれは、当時が若者の心をとらえるに足る「政治の季節」に重なっていたためだろう。日本全国にひろがった七〇年アンポの闘争と、ニューヨークでもパリでも、国際的な盛りあがりを見せた学園闘争を抜きにして、あの時代を語ることはできない。

そうした政治上の闘いと、表現、文化の面での高まりとを、ちょうど車の両輪のようにして

進ませてゆこうとしていたのが、あのころの若者の動きの大きな特徴だった。アンダー・グラウンドの演劇や映画、音楽、そして各種のミニコミ雑誌の発刊が頂点に達したのも、あの時分である。

幸か不幸か――やはり、幸いというべきだろう、そのころ、私はまさに青春の真っ只中。二十歳《はたち》の多感な学生だった。例によって、「車の両輪」をあぶなっかしく操り、いろんなことにクビを突っこみ、さまざまな連中と知りあった。

ザ・フォーク・クルセダーズのメンバーの一人だった北山修と知りあったのも、そのころである。和製フォークがしだいにマンネリ化しつつあるとき、

〽おらは死んじまっただ……


という意表をついた唄『帰ってきた酔っぱらい』をヒットさせて、日本中の話題をさらったフォークルのことは、同年配の人なら、たいてい記憶にとどめているにちがいない。チビの端田宣彦とノッポの加藤和彦にはさまれて、ボボンボボンとベースの弦を弾いていた自称「ピエロのサム」こと北山修のとぼけた表情を、懐かしく思いうかべる御仁《ごじん》も多いだろう。

私が北山さんを知ったのは、フォークル解散後、彼がラジオのDJやテレビの司会をやりはじめてからのことなので、フォークルそのものとの付きあいはない。

しかし、北山さんを通じて端田さんを知り、彼が新しくつくったグループの面々とも親しく口をきくようになった。ただ加藤さんとは、まったく面識を得ることがないままにすぎてしま

った。

いずれにせよ、私はいま、若者文化↓七〇年前後↓フォークル↓北山修と、かなりはっきり連想することが出来る。おそらくそれば、たんに個人的交友関係だけから来るものではなくて、彼らフォークのグループやサムくん自身がもっていた強い個性と、同世代への心やさしい呼びかけのせいだったのにちがいない。

北山さんとの出会いのきっかけは、前項に書いた「ニコニコ堂」の直接の世話役、永六輔師匠のマネージャー氏によびだされ、

「おい、ガクくん、テレビに出てみる気はないかね」

と言われたことにある。

TBSの『ヤング720(セブン・トゥー・オー)』という朝のワイド番組で、毎週土曜日に「ヤング朝食会」というのをやっていた。各界の若者たちが数人あつまって、朝食をとりながら座談をかわすのだが、一人、物書きの卵をさがしているらしい。

それに、この私を推そうというのである。

たまたま台本書きの仕事を一つ終えたばかりで、からだが空いていた。さっそくTBSのスタジオへ出向いてみると、何だか、すぐさま起用されることになった。

北山さんはすでにシンガーとしてよりも、若手の司会者として売れっ子になっていて、その番組の司会をしていたのである。

文学青年めいた衣はスッパリ脱いで、ずけずけと物を言うところ(ケンカ・ガク?)が気に入られたとみえ、私は「ヤング朝食会」のレギュラーの一人にされた。そうして何度も出演して

いるうちに、北山さんとも親しくなったのだが、この『ヤング720』なる番組、やはり七〇年前後の若者文化をマスコミの側からとらえた、一つの代表といった趣きがないでもない。

じっさい、私が出演していた前後のころには、イラストレーターの横尾忠則、作家の森村桂、歌手のいしだあゆみ、女優の太地喜和子などが朝食会のメンバーだったし、フォーク界を席捲《せっけん》していた高石友也、岡林信康、早川義夫とジャックス、はしだのりひことシューベルツなど、じつに多くの歌手やグループが、この番組のなかで唄っていた。


さて、私が彼に対して感じたのと同じように、北山さんのほうでもまた、同世代の若者として何か相通じるものを、私のなかに嗅ぎわけてくれたのであろう。『ヤング720』ばかりでなく、TBSラジオの『パック・イン・ミュージック』やNETテレビ(現・テレビ朝日)の『23時ショー』など、北山さんがDJや司会をしていたいろんな番組に、私は彼みずからを介して出演する。そうした放送メディアを通じて、おおいに自分の意見を語ることが出来た。

わけてもふかく記憶に残っているのは、昭和四十五(一九七〇)年の十一月、三島由紀夫が市ヶ谷の自衛隊駐屯地において自決した、その晩に『パック・イン・ミュージック』のスタジオによびだされ、彼とともに事件の感想めいたことを、ほとんど夜っぴて語りあったことである。

今でも私は三島の死について、確固とした見解やら立場やらを表わすことが出来ないでいるが、その晩はひどく興奮していて、生番組の場で自分が一体どんなことを喋ったのか、それ自体はさだかに思い出せない。

ただ、一度だけ三島さんに肩を叩かれ、国や社会を憂える「同志」扱いされたことや、「三島文学」の絶対的な愛読者であったことは話したと思う。また、

「やっぱり、ショックだな。ぼく自身がこれから、物を書きだそうと志した矢先の出来事だけにねぇ」

といった意味のことを、くりかえし語ったような気がする。

じじつ、さきにも明かしたように、奇《く》しくも三島由紀夫が熾烈《しれつ》な割腹自殺をとげた、ちょうど同じ十一月二十五日付で、私が初めて世に問うた本が出ているのだ。

北山さんは北山さんで、

「おれは医者の卵だからね、何としても生命《いのち》は大切だと思ってしまう……一人の人間の死をどうしても、そういう観点からとらえがちなんだ」

そんなことを、しきりに話していたのを憶えている。

対談の途中、北山さんは『赤い橋』を流した。彼が作詞した数々の唄のなかでも、とくに、ユニークでナーバスなものである。

〽ふしぎな橋がこの街にある
渡った人は帰らない……

浅川マキが独特の節まわしで、けだるげに唄っていた、この「死の唄」を、衝撃的な事件のあった当日に、あえてえらんでラジオに流した北山修の心根に、つい少しまえに聞いた彼の言

葉よりも強く、私は共感した。

多才にして多彩――「マルチ考爵」の名は、あのころの北山修にこそ、ふさわしいのではないか、と私は思う。何しろ、もともとが医科学生のミュージシャンで、ディスクジョッキーにテレビの司会……何でもござれで、とうとう本まで出版。作詞した『戦争を知らない子供たち』と同じタイトルで出した本がたちまちにして、一大ベストセラーになってしまったのだ。

一応、それより一足先に、私が『ばっかやろう―生きて、旅して、考えて』なる旅行記を出していたために、

「ガク先輩、本の書き方を教えて下さいよ」

などと言ってきたから、

「サムさん、気張ることはない。エッセイ書くんなら、ただそのおりおりの自分の考えや心情を、素直に表わせば良いんですよ」

そう答えておいたのだが、教えたはずの私のほうが圧倒されてしまった。

北山さんは、フォークル解散後に端田宣彦さんが結成したシューベルツの『風』の作詞を引きうけて、これも大ヒット。端田さんはまた解散し、こんどはザ・クライマックスなる新たなグループを組み、私に最初の曲の作詞を依頼してきた。私は二つ返事で承諾し、はりきって作詞に励み、彼が送ってきたテープをもとに『旅人』というタイトルの唄をつくった。

ところが、である。なんと端田さんは、私ばかりでなく、北山さんにも同じ曲の作詞を頼んでいたのだ。つまりは「競作」であった。

その企みは端田宣彦個人ではなく、発売元の東芝のプロデューサーやディレクター、端田

のマネージャーなどの発案だったようだが、「旅人は……」ではじまる私の詞よりも、「花嫁は……」の北山修作詞のほうが、会議の結果、僅差で採用と決まったとかで、結局、私の作詞はボツになった。

レコード発売後、その『花嫁』も『風』をしのぐヒット曲となり、あちこちの結婚披露宴で唄われるようになった。要は私の「完敗」なのだが、いま思いかえしても、『旅人』もわるい詞ではなかった。

もしや、そちらが採用されていて、いくらかでも売れていたなら、私は亡き売れっ子作詞家のあとをつぎ、「第二の阿久悠」をめざしていたにちがいない。

再会し、あらためてそのときの話をしたのが、ほぼ二十年後の平成七(一九九五)年秋のことだった。『花嫁』の唄がちまたでよく聞かれるようになったころ、北山修は芸能やマスコミの世界から遠ざかり、京都の医科大にもどって、イギリスなどに留学し、精神科の医師になる。

翌八年に発売された拙著『われら団塊の世代』の取材をすべく、私は当時・南青山にあった「北山研究所」を訪ねたのだが、「競作」の件について、彼は明かした。

「いや、ぼくもまさか、あなたにも依頼していたなんて、知らなかったんだけど、結果論として、ガクさん、採用されなくて良かったんじゃないの」

じっさい、北山さんが芸能界から去ったのは、そういう「騙しあい」みたいなことが日常茶飯事になっている、そんなこともからんでいたようだ。

「ぼくの場合はね、とにかく、どこかへ逃げようと思った……マスコミという巨大な怪物世界に足を突っこみすぎたからね。無名性に徹して一から、じっくりやり直そうと思ったわけですよ」

　ちょうど同じ時期に、私も斯界《しかい》、少なくとも芸能マスコミの世界とは一線を引こう、作家として――文学者として生きよう、と考えたのだったが、それは甘くはなかった。本は売れず、小説はボツの連続で、ボツ原稿のはいった段ボール箱が山積みとなった。

「……でも、けっして後悔はしてないでしょ？」

「文学のみを見つめていこう、と志したことに関してはね」

　本が売れない。出ない。それは、ほとんど時代錯誤的な貧乏生活を送ることを意味するのだが、前妻と別れてインドを放浪したのち、再デビューした今となっては、そのことも悔いのタネとはならない。

　北山さんは黙って私の話を聞いていたが、やがて大きくうなずきかえして言った。

「ぼくもいろんなことがあったけど、現在は一人の精神科の医師として、非常に個人的な、パーソナルなところに潜んでいる『病める心』ね、これと、とことん付きあってみたいと思ってるんです」

　同じ「怪物世界」から脱けだして、新たな地平をめざした二人。

　北山修はその後、九州大学で教鞭をとり、精神医学に関する論文や書を数多く著わし、同大学を退官後は白鵬大学の学長を務め、昔以上に多忙そうに見える。が、三年まえ、もよおされた私の「作家デビュー五十周年」の記念の会に出席してくれて、みたび、私たちは巡り会った。

　ただ、そのおりにはゆっくり膝をつきあわて話すことが出来なかった。近々、会おうな、北山（キンタ）のサムさん、元気でいろよ。

第八話

五木寛之の唄う「ぼんぼ子守唄」

五木さんの唄声は情感にあふれ、なかなかに味わいぶかいものであった。

五木ひろしではない、ここで私が言うのは作家・五木寛之のほうである。

ときは、今より五十余年まえ、昭和四十六(一九七一)年の二月吉日のこと。ところは、芝のプリンスホテル、五木さんと私の共通の友人である清水英雄氏の結婚披露宴の席でのことである。

清水さんのことはすでに第五話、「遠藤周作」のところで簡単に紹介した。以前に「早稲田文学」の仕事をしていて、不明瞭な解雇通告を機に造反をくわだて、「早稲田文学解放学生会議」なるグループをひきいた御仁である。

中砕けではあったが、その問題も一応は片が付いて、清水さんはめでたく早稲田(大学院)を卒業、就職と同時に細君をめとることになった。何となくおかしなことではあるが、例の造反グループがそのまま清水さんの披露パーティーの進行を引きうけることになって、私が「余興の部」の構成と司会役を仰《おお》せつかった。

そうした席には付きものの一言インタビューなどをしてまわった挙げ句、酒の勢いも手伝って、ワル乗りした私は、予定外の迷案を思いついた。

ふだん口の重い人にはスピーチを、めったに唄わない人には祝いの唄を所望《しょもう》しようというものだ。それも、まったく打ち合わせなしで、突然にマイクを突きつけるというやり方で。

五木さんは、その私の小さな悪戯《いたずら》に、みごと乗っかってくれたのである。

マイクを手わたされて、しばし首をかしげたのち、おもむろにこう唄いはじめた。

〽ひとつ　昼間する炭鉱のぼんぼよ
ふたつ　船でする船頭のぼんぼよ

パーティーは、立食のかたちでおこなわれ、動きまわる人も多く、皆はすでにホロ酔い加減で、周囲はざわついている。だから、初めのうちは、だれが一体どんなものを唄っているのやら、気づかぬ客が多かったようだ。が、やがて、

「あっ、五木さんよ。流行作家の五木寛之っ」

「面白い唄だなぁ」

そんな囁きがかわされはじめ、一同は神妙な顔つきで耳をかたむけるようになった。

いつつ　いつもする夫婦《めおと》のぼんぼよ

司会役の私自身が、その唄の意味するところを知り得たのは、そこのあたりまで来たところである。

「ぼんぼ」が北九州(筑豊《ちくほう》)の方言で、男女の交わりを、指す言葉であることをようやく思いだ

したのだ。五木さんのエッセイのなかにも、そのことを書いたものが、いくつかあるはずだった。

ふと思って、まわりを見まわすと、たいていの人は生真面目な表情で聞き入っているが、ニタリ顔の酔客《すいかく》もいくらか見うけられる。

ははぁ、やって下さったな……わが迷案の予期せぬ展開を願っていただけに、半ば驚きながらも、私は内心ほくそえんだものである。が、ひょっとして、五木さんのほうでも、私の側のワル乗りを重々承知のうえで、わざと半畳《はんじょう》を入れたのかもしれない。

後日、「週刊読書人」に連載していた『作家のノート』(文春版の作品集8では、『作者の日記』と改題)のなかで、五木さんみずからは、そのおりのことを、こう綴っている。

「元早稲田文学解放同盟(〜学生会議＝作者)のリーダー、清水氏の結婚式に出る。編集室実力占拠をはかったほどの過激な闘士が、両親に花を捧げるため新婦と並んで頬を赤らめて行進し、やがて涙ぐんで目頭をおさえたのには吹き出してしまった。岳真也氏の構成の妙というべきか。女房もらってうれし泣きする奴がいるか!」

新庄嘉章、平岡篤頼の両先生(のちに本作に登場予定の秋山駿先生も同席)と「憤慨することしきり」と書いているが、おそらく大笑いしていたのだろう。ともあれ、五木さんはつづける。

「もっとも花嫁は私の同郷の美人で、すこぶるチャーミングな娘さんだった。無理やりマイクを押しつけられて、仕方なしに〈ぼんぼ子守唄〉を歌う。七つ泣いてする別れのぼんぼよ、と歌ってから、はっと気づき、結婚式でこんな歌を歌うべきではなかったと反省したが間に合わなかった」

五木さんを最初に私に引きあわせてくれたのも、やはり清水英雄(のちに著述業のほか、多様な会を組織し、講演家としても活躍)さんであった。以前に彼を中心とする「早稲田文学」の若手グループが早大校舎の一室を借りて、五木さんなどをまねき、文芸講演会をもよおした。そのときに、

「かの悪名高き三田のアバレ者ですよ」

と告げ、狐狸庵先生の付けた「ケンカ・ガク」という例の綽名《あだな》をもちいて、私を紹介してくれたのである。

その紹介の仕方が、かえって私を気楽にさせた。それより少しまえ、五木さんが前述の『作家のノート』で、当時私が主宰していた「痴」という同人誌のことを取りあげ、

「ようやく現われた敵の予感」

なるホメ言葉を書き記してくれていたので、当人と会った当初、私はかなり固くなっていたのである。

「ケンカ・ガク」と紹介されたのを良いことに、私はズケズケとものを言い、その後も私信のかたちで、ずいぶんと生意気な五木寛之評を当人あてに書き送った。正直のところ、それまでの私は『さらばモスクワ愚連隊』(新潮社)や『蒼ざめた馬を見よ』(文藝春秋)など、初期の作品だけは読んでいたものの、五木文学の熱心な読者とは言えなかった。

つぎつぎと五木作品を買いあさり、そのために自分の本棚の一隅に特別のコーナーを設ける

までにいたったのは、その出会いより以後のことである。

まもなく、私自身が初めての本を出すことになった。例の中近東を旅した間のことを書きつづった旅行記である。

版元側から、だれか名のある人の推薦文をもらえまいか、という話があったとき、真っ先に頭にひらめいたのが、五木寛之の名であった。が、知りあってからまだ日も浅いし、じっさいに顔をあわせたのは、ほんの一、二回、ケンもホロロに断わられるのが、落ちだろうと私は思った。

何しろ、私がまったくの無名なら、仮面社なる版元も、一部の文芸愛好者向けの本ばかり出している小さな出版社だったのだ。

ところが、五木さんのほうでは、私のことをよく憶えてくれていて、仮面社の仕事にも好感を抱いているとのこと、二つ返事で引きうけてもらえることになった。

ほかにも金子光晴、永六輔、北山修の各氏から同様の推薦文を頂戴したのだが、とりわけて五木さんのそれを無視しがたく思うのは、そんな経緯があったせいもあるのだろう。また、奥さまからの直々の電話で、全文を伝えてもらったせいもある。

そしていま一つ、「未完成の青春の書」と題された、その一文が、のちの私の生き方に大きく影響をあたえたのではないか、と思われるからだ。一部を抜粋する。

「……素顔の彼はナイーブで率直な気持の良い若者であるが、こと社会にたいする自己表現という面では、きわめて危険の多い、型破りの生き方をこころざしているようだ」

これが私に対する忠告なのか、あるいは期待をこめた励ましの言葉なのか、私は思い迷っ

た。電話送稿のさいに、奥さまがふと、

「ごめんなさいね……」

と洩らしたことから察すると、やはり忠告なのかもしれない。だが、どうやらその後しばらくの私の生き方は、まさしく五木さんの言ったとおりの方向に進んでいたのだ。「マルチ考爵」などと称して、文学ばかりではなく、いろんな分野・世界に顔を出し、失敗に失敗を重ねることとなった。

だからといって、思いきって「文学」一本にしぼりこんだ結果、単純に「オーライ」とは行かなかったのではあるが。——

ちなみに、さきに記した「奥さま」とは五木玲子画伯のことで、ずっと後になって、画伯の描いた絵を拙作(『平成妖《あや》かし物語』KSS出版)のカバー装画として使わせてもらったこともある。


それからも五木さんとは、新宿の「ナジャ」とか「茉莉花《まつりか》」「風花《かざはな》」などの、いわゆる「文壇バー」で、何度か行き会ったように思う。

たぶん、そういうときだったのだろう、酔いにまかせて、私は五木さんを先生にしたい、といった意味のことを口走った。そのとき、即座に五木さんはこう応えた。

「ぼくはね、師をもたず、弟子をとらず……一貫して、この主義で通すつもりなんだ。良いじゃないか、敵同士で。きみは一所懸命、こっちの足を引っぱったら良い。ぼくはぼくで、何とか振り払おうとするだろうよ」

それと同様のことは、のちにも、いくどとなく聞かされた。五木さん自身のエッセイにも書かれている。自分は若者の味方ではない、ときに志を同じくする若い人たちと共闘しようとは思うが、協賛や協力はしない——それを私個人との係わりにもあてはめたうえで、付きあおうというのだった。

私も、それには同感であった。五木さんと私とではちがう。これは、当りまえの話だ。体験も異なれば、年齢もちがい、おのずと考え方もちがってくる。それでも、どこかで通じあうものがあるのなら、いつか「敵」が「味方」と変わるときもあるのではなかろうか。

「付かず離れず」が五木さん独特の交友法だが、一度など、軽井沢のホテルから私のもとへ電話がかかってきて、文学論やジャーナリズム論を、えんえん一時間余も闘わせたことがある。

「まぁ、そのうち、どこかの雑誌かなんかで、ゆっくり対談でもしようよ」

そうも言ってくれたのだが、ほどなく私は前妻との離別問題を抱えこみ、それを理由にインドへと逃避することとなり、十年近くも無沙汰をつづけていた。

ところが、である。インドからの帰国後、インド三部作(『インド塾の交差点』『今の、インドと日本』『在日ニッポン人の冒険』=情報センター出版局)を発刊。たまたま読んだ視聴者が、「ぜひ出演させて」との投書を寄せたとのことで、そのころ五木さんがホストになって放送されていたTBSラジオの『五木寛之の夜』にゲストでよばれることとなった。

今や中堅出版社となった幻冬舎社長の見城徹氏(いずれ再登場するが、彼との付きあいも長い)のアレンジによるもので、昭和六十(一九八五)年の正月元旦に出演依頼の電話がかかってきた。

五木さんを相手に三十分話すだけで、ラジオ局からのギャラのほか、ＰＲ誌、夕刊紙の記事になり、「最後は、ウチから本になります」と、見城氏。十万、いや二十万近くになるだろう、というのだ。

「良いお年玉だと思いませんか」

いかにも「金儲け至上主義」の見城氏らしい言い方、考え方だが、私はその話に集った。だのに、肝心の三十分間――五木さんとの対談の内容は何一つ、記憶にない。おそらくインドとその周辺の国々を旅していて遭遇した、いろんな出来事、場面について問われ、答えたのだろう。カルカッタ（現・コルカタ）の宿でアメーバ赤痢にかかり、三日三晩、意識不明の重態におちいった話はしたのだったか、どうか。

いつか五木さんに訊いてみよう、と思いながら、さらに四十年近い時が経ってしまった。

六年まえの平成二十九（二〇一七）年、私が古希《こき》となり、初めて日本ペンクラブの理事になった年に、当時齢《よわい》八十四にしてご健在の五木さんが「ペンの日」の会場にまねかれて、講演をした。

たしか自分とペンクラブの関係などを思い出語りに語ったように思うが、途中ユーモアなどもまじえ、矍鑠《かくしゃく》としていた。

壇上を去るとき、近くに寄って、

「……五木さん」

と、声をかけると、笑顔で、手をかざした。その顔はしかし、

「まーだ、まーだ、きみには負けんよっ」

早く足を引っぱってみろ、と言っているようにも見えた。

第九話

あの「ハルミさん」が瀬戸内寂聴だったとは

「もしもし、ガクさん……わたくし、ハルミですけど」

ある朝、私のもとに突然、そんな電話がかかってきた。今から五十年ほどもまえ、私が二十五歳のときのことである。思わず、私は訊きかえしてしまった。

「えっ、どちらのハルミさんですか?」

そのころ付きあっていた女友達にも、文字はいろいろながら、同じ名前の娘《こ》がいたし、たまに飲みに行く銀座のクラブにも、同名のママがいたからだ。私は当時、神楽坂のマンションの一室をかりて、気ままな一人暮らしをしていた。しじゅう友人の誰彼がいっしょに飲んでは泊まりにきていて、居候同然にしていた高校の同窓仲間のジャズマンなど、夜明け近くにもどってくる。

当然、寝床につくのはその刻限で、夜が遅いぶんだけ、起きるのも遅く、昼近くまで寝ていた。私は枕もとに電話を置いていたのだが、たぶん寝ぼけていて、さきに彼女が「瀬戸内」の姓を告げたのを聞き逃したものだろう。けれど、相手の瀬戸内さんは変にも取らず、まじめな声で、

「せ、と、う、ちです。瀬戸内の晴美……」

それならば、もちろん、知っている。当時すでに著名な女流作家であったし、私も『花芯《かしん》』

（講談社文庫）『夏の終わり』（新潮文庫）『美は乱調にあり』（岩波現代文庫）など、たくさんの小説を読んでいる。そういう「愛読者の一人」のところへ「天下の晴美さん」が、わざわざ電話をかけてきたのだ。だからこそ、よけいに混乱もしたのだが、用件は対談日時の変更要請であった。

さきに金子光晴翁や小田実氏の項で語ったように、私はみずから主宰していた「痴」なる同人誌を中心に、世の反骨的な詩人や作家との対談をつづけていて、若者向けの本を数多く出版していたブロンズ社から、「これまでの対談を一冊にまとめて、出しましょう」との依頼を受けていた。

『乱暴な幕開け—反骨人間探訪』というタイトルまで決まっていたのだが、出版間近になって、女流作家が一人もいないことに気づき、「ここは瀬戸内先生のほかはない」ということになったのである。

電話での日時の調整はうまく付いて、数日後、私は担当編集者のKさんとともに、瀬戸内さんの暮らす本郷ハイツをおとずれた。Kさんと相談して、自宅を訪問するのなら……と、みちみち花屋に立ち寄り、いくらか見栄《みば》えのする大振りの花束を抱えていった。

瀬戸内さんはそれに感動して、お目にかかるなり、破顔一笑、

「若い男性から、お花をいただけるなんて、久しぶり……いいえ、初めてのことかもしれないわ」

言って、何とも優しく温かい顔をしてみせた。

そういう瀬戸内さんの顔を眼にするのは、じつは最初ではなかった。それより五年ほどまえ

の在学中、彼女が慶大の三田校舎で講演したとき、演壇下まで押しかけてゆき、稚拙そのものの同人誌「三田っ子早稲田っ子」を無理無理、手わたした憶えが私にはあるのだ。
新宿の文壇バーなどで行き会ったこともあるが、ゆっくりと話しあったことはない。
ただ狐狸庵先生こと遠藤周作の項でも触れたように、この対談以前に、ちょっとしたカラミがある。いま読みかえしてみて、私自身、面白いと思うので、対談の冒頭に近い部分をそっくり引用させていただこう。

岳　これも昔の話ですけど、今はもう廃刊になった中間小説雑誌の新人賞候補にぼくが選ばれて、瀬戸内さんがその時の審査員だった……。

瀬戸内　あっ、思い出した。そうそう、そのすぐ後で、いっしょに審査員をひきうけた遠藤(周作)さんから電話がかかってきて、岳真也というエラク威勢のいい男が抗議の手紙をよこしたと……。

岳　ええ、まだ若い、観念的すぎるということで落とされてしまったでしょう……その辺がアイマイだということで手紙を書いたんです。それ以前に、遠藤氏とは一悶着あったんで、この際はっきりさせようという気負いもありましてね。

瀬戸内　「三田文學」の関係で、遠藤さんとはあなた、面識があったわけでしょう。

岳　そうなんです。ぼくは遠藤さんが編集長に就かれるよりもまえに、「三田文學」にタッチしていまして……復刊後、三田の学生としては初めて作品を採用されたという妙な誇りがあった。ところが、そこに遠藤氏が突如現われて、編集部が入れかわり、新体制が発足、ぼくの二作目の小説はボツになり、ぼくとしては面白くない……おまけに、小説観、文学観の決定的な喰いちがいもあって、ぼくは「三田文學」から離れちゃったんです。

瀬戸内　何でも、遠藤や瀬戸内はケシカラン、そんなバカな作家がいるから今の日本文学は駄目なんだ、発展しないんだ、というようなことを彼のところに書き送ったとか(笑)。

岳　それは言いすぎですよ、そこまで、ぼくは書かなかった……お二人とも、現代日本を代表する秀れた小説家であることはちゃんと認めたうえで、書いたんですから。ただ、具体的にはヌーボーロマンみたいなものを日本文学のなかに取りこむことが出来るかどうかといった、その辺で喰い違いが生じたわけです。

瀬戸内　遠藤さんはわりと伝統的な文章法を重んじるタイプだから……私はヌーボーロマン、好きですけどね。

岳　でも、もともとぼくにル・クレジオとか、ヌーボー・ロマンを読むように勧めて下さったのは、遠藤先生なんですよ。それが裏目に出て、ぼくのほうが凝りすぎてしまって……いま考えると、バカバカしいことなんですが、小説のなかにゴチックや大文字を使ったりするのは邪道だとか言われて、尻まくってしまった……ぼくは自意識過剰で、とくにあのころは傲慢を絵に描いたようなところがあったから。

瀬戸内　遠藤さん、言ってらしたわよ。とにかく噛みついてきてしようがないって……。

岳　ケンカ・ガクだとかカミツキ・ガクだとか、変てこなあだ名もつけられてしまって、「早稲田文学」の内部で紛争が起こったときにも、ヤクザの出入りのさいの「客人」みたいなかたちで巻きこまれたり……近ごろでは、筆一本で喰っていかねばならないという自覚もあって、だいぶ大人しくなりましたけどね（笑）。例の「早文闘争」のとき、遠藤さん、やっぱり、わざわざ当時の「早稲田文学」の編集長だった有馬（頼義）さんのところに電話をかけて、「うちの鬼っ子がどうもご迷惑かけてすみません」とおっしゃったとか……。

瀬戸内　遠藤さん、善い人ですよ。根はやさしい人ね。

岳　それは、分かってはいるんですけどね。つい（笑）。

瀬戸内　だけど、例の新人賞はもらわないほうが良かったんじゃあないの。あなたの志からすると……。

岳　そう、いま思うと、落ちて良かったと思います。ただ、あのときは外国に旅行する間際で、賞金がほしかったものですから……。

瀬戸内　正直な人ですね（笑）。

対談ではこのあと、そのころ、世間で注目されていたウーマンリブ運動や学生運動について、男と女の関係、もちろん「瀬戸内文学」の話もした。

年齢の差もあり、意見を異《こと》にすることも、いくつかあった。しかし、考え方はほとんど似ていて、一致した点も多い。

たとえば、基本的にウーマンリブは正しいかもしれないが、実社会（会社や役所など）のなかで働いてみて、運動のリーダーたちはどう周囲に対するか。彼女たちに、もし好きな男性ができて、「結婚して家事一切をまかせる」などと言われたら、どうするか――将来的には運動をつづけていくのは難しいだろう、との結論に達した。

じっさい、ほぼ半世紀をへた現在、「ウーマンリブ」じたいが忘れ去られようとしている。

恋や性愛は、あけっぴろげにするものではない、ということでも同感。「密事」、「隠し事」にするからこそ、心動くし、楽しいのだ、と。

世にいう「不倫」も、けっして悪いものではない。その共通項をもとに、正妻の保子のほかに伊藤野枝、神近市子と、三人の女性を同時に愛しつつ、刑死した社会主義者・大杉栄を話題にしたし、平安時代の光源氏のような「通い婚」こそが理想的なのではないか、ということも話した。

瀬戸内作品で私がナンバーワンだと思うのは、そうした複雑な男女関係、心理を描いた『夏の終わり』だが、『田村俊子』(講談社文庫)や『かの子撩乱』(講談社文庫)『美は乱調にあり』などの伝記小説も面白い。それは、たんなる評伝ではなく、そこに作者の瀬戸内晴美が重なっている、投影されているからで、そこが魅力なのだ。

瀬戸内さんみずから、その事実はみとめたが、本当は『花芯』や『夏の終わり』のような、ありのままの自分をさらけだした小説を書きたいのだという。

彼女と対談したころには、どちらかというと、その手の「私小説」は苦手で、ヌーボーロマンやSFめいた小説が好きだった私だが、三十代の半ば、最初の妻と別れたころから、自分でも「私」と「私の周辺」にまつわる小説を書きはじめた。

前妻との離別を描いた『水の旅立ち』(文藝春秋)は、私の代表作とされているし、つい最近も、三年まえに三十歳で急逝した次男と私の足取りをたどった小説『翔《しょう》』(牧野出版)を上梓したばかりである。

瀬戸内さんとは、政治的に右だの左だのといった思想だとか信条などなく、「ただ権力が嫌いなのだ」という点でも一致したが、対談の最後のころに彼女は、

「わたくし、出家するかもしれない」

と、つぶやくように言った。そしてなんと一年後の昭和四十八(一九七三)年、瀬戸内さんは頭を丸めて仏門にはいり、晴美ではなく「寂聴」と名乗り、京都嵯峨野《さがの》の「寂庵」に移り住むのである。

いわゆる仏縁ではないだろうが、さきの対談を機に、私と瀬戸内さんは急接近。彼女の移転後も、京を訪ねるたびに寂庵へ押しかけて行き、昼から二人で「般若湯《はんにゃとう》」など飲んだりするような仲になった。

対談のなかでも語っているように、瀬戸内さんと私とでは二十五も年齢《とし》がちがう。私は勝手に「京都の母」とよんでいたが、彼女は早くに夫君と離婚し、一人娘とも別れ別れになっていた。その娘さんが、ちょうど私と同い年らしいのだ。

そんなこともあるのだろう、瀬戸内さんのほうでも「東京のどら息子たち」の一人と思っていた節がみられる。

けだし。自身のエッセイのなかで、私のことを横尾忠則や青山南らとともに「私の若きボーイフレンド」と書いてくれたこともある。

あくまでも「友達」であり、「仮りの母子」のような仲ではあったが、ここで告白しておこう。同人誌「えん」の創刊時だから、今から四十年近くまえの昭和六十一(一九八六)年の秋のこ

とだ。目玉の随筆を依頼し、頂戴した原稿のゲラ刷りができた。そこで、瀬戸内さんが上京したおりに、滞在していたパレス・ホテルの宿泊室まで届けに行った。ゲラ刷りを受けとるや、瀬戸内さんは部屋の机に向かい、ベッドのほうを指さして、こう言うではないか。

「ここでいま、校正するから、そこに腰かけて、待ってて下さいね」

とうの昔に剃髪し、僧衣姿でいたが、背後から見ると、襟足《えりあし》のあたりがかえって艶っぽい。彼女のベッドに坐って、様子を窺いながら、私はちょっとドキドキしていたのだが、それこそは「妄想」以外の何物でもない。瀬戸内さんの側には、まるで妙な気などなく、

「さて、と……校正、終わったわ。さ、下のバーに行きましょう」

飲みに誘われて、まさに「一巻の終わり」である。

その後もいくどか、都内や京で行き会ったように思うが、いつのまにか無沙汰することとなった。のちに本稿にも登場予定の秋山駿師が亡くなったとき、「偲ぶ会」で再会し、立ち話をかわしたきりである。

けれど、九十八という高齢でなおも筆をとり、原発反対の運動などもやめずにいるという。私も「脱原発派」の一人であることもあり、東から西へ、

「寂聴先生……いえ、ハルミさん、百歳を超えても頑張りつづけて下さい」

と、ひそかにエールを送っている。

※瀬戸内寂聴氏はその後、数えで百歳まではご存命だったが、令和三(二〇二一)年十一月に逝去された。

第十話

毎度ビックリの高橋三千綱

今や名だたる新興の出版社・幻冬舎をつくりあげた見城徹氏が、まだ角川書店の新入社員だったころのことだから、これも半世紀ほど昔の話だ。

ある年の暮れ、その見城さんの発案で、私と同世代の作家が一堂に介し、忘年会みたいなことをやろうという企てがなされた。

「東京でいっしょに飲むぐらいでは芸がない。ひとつ箱根の温泉にでも出向いていって、バカ騒ぎをしようじゃないか」

そんな趣旨に賛同して、あつまったのは、高橋三千綱、立松和平、川村久志の諸氏と私。他はそれぞれ「群像」に「早稲田文学」、「オール読物」の各新人賞を若くして取っていて、私一人が無冠の「底王《ていおう》」(笑)。そのときには同様に無冠で、直後に芥川賞を得た中上健次氏も来る予定だったのだが、急用ができたとかで、ついに現われなかった。

新宿駅の西口交番まえで待ちあわせ、小田急線で箱根湯元へ。当時すでにロマンスカーは走っていたはずだが、みんな貧しかったからだろう、急行だか準急だかに乗っていったのを憶えている。予約してあった宿は木造の三階建て、古めかしい建物だったが、最上階の眺望の良い部屋をあてがわれ、まずまずの気分である。

とりあえず一風呂浴びて、乾杯。芸者をよぼうという話も出たが、ロマンスカーにすら乗れない身ではないか。出来るのは、やせ我慢ぐらいでしかない。

「箱根の芸者は値が張るだけで面白くない。そういうジジむさいことはやめて、まだまだ若いんだから、ガール・ハントでもしようや」

ということになって、一同、夜の温泉街に出る。

けれど、どうしたことか、若い娘どころか、街は閑散としていて、女っ気などまったくない。その道にかけてはプロ並みと豪語する川村久志さんも、腕の見せようがなく、ゲームセンターで射的など競いあって、宿にもどり、飲みなおすことにした。

事は酒が切れ、くじで負けた高橋三千綱さんと見城徹さんの二人が、ビールを買いに出かけたときに起こった。帰ってくるなり、高橋さんが言う。

「よう、みんな、芸者が二人、外で待ってるぜ」

どういうことか、と訊いてみると、酒屋に行く途中で座敷の退《ひ》けた芸者と出喰わし、飲みに行かないか、と声をかけてみた。ＯＫだというので、他の皆にも話してくる、と言いおいて、帰ってきたのだそうだ。

「あんまり大勢で行っても何だしな。よし、自分でイロオトコだと思うヤツ、立てよ」

まず、まっ赤な顔をしてゴロ寝していた川村さんが、すっくと身を起こし、つられて私も立ちあがった。

三人して外に出ると、なるほど、二人の姐《ねえ》さんが人待ち顔で立っていた。美人ではなく、歳も若くはないが、このさい、ぜいたくは言っていられない。彼女らに誘われて、近くのスナックにはいる。

わたりをつけた高橋さんの顔を立てて、比較的若ぶりの芸者は彼一人にまかせ、川村さんと私とで年増《としま》相手に雑談をかわす。

そうして止まり木に腰かけて話をし、小一時間ほども経ったであろうか、急に年増の姐さんが変なことを言いだしたのだ。

「私たちの花代、三十分で五千円が相場なのよ。でも、今夜はマケてあげるわね」

なんだ、テキは商売のつもりだぞ……あわてふためき、高橋、川村の両氏に耳打ちし、腰を上げようとしたところで、勘定書きが差しだされた。

各人水割りを二杯ずつ飲んだきりなのに、なんと飲み代花代しめて三万円なり。ロマンスカーにも乗れないような駆けだしの物書きとしては、手痛い出費に間違いない。おかげで三人とも、財布の中身はスッカラカン。

ふてくされて帰宿すると、私たちの話を聞いて、残された立松さん、見城さんの二人が気持ち良さそうに笑いころげる。ところが、この二人も私らの留守中、大失敗をやらかしていたのである。

酒屋には行かずに引きかえしてしまったので、部屋に酒はない。

「だからよー、宿の人が寝静まったのを見さだめてー、おれたち、調理場へ一升瓶を拝借しに行ったんだぁ」

栃木弁丸出しでワッペイこと立松和平さんが言う。

たしかに、調理場に一升瓶はあった。それが、いざ瓶を抱えて、はこびだそうとしたとたん、仲居さんに見つかってしまい、大目玉を喰らう。ほうほうの体《てい》で逃げだしてきたのだという。

そのあと、いま一度、皆して風呂にはいったのだが、千鳥足の私は洗い桶につまずいて、転び、まさしくダメ押し。さいわい怪我はしなかったが、前歯の先が欠けてしまい、またしてもよけいな出費をするはめに陥った。

まったくもって、踏んだり蹴ったりの一夜ではあったが、それでもさすがは文学を志す若者の集い。寝ぎわに一言、高橋さんが、こうつぶやいた。

「おもしろうて、やがて悲しき鵜飼《うが》いかな」


さて、高橋三千綱といえば、こんなこともあった。

私が初めて所帯をもったのは、二十六歳のとき。妻は五つ年下で、二十一歳だった。それから三、四年は経っていたから、新婚とまでは言えないが、「若夫婦だった」ことは確かである。初台の実家の近くにあった古い一軒家を借りて、住んでいた。

私はタレントもどきの生業《なりわい》は絶ち、文筆一本にしぼろうとしたものの、ほとんど原稿執筆の依頼は来ない。妻は専業主婦で、子どももおらず、二人とも暇をもてあましていた。そこで彼女に私は麻雀を教え、近所の友人らをよんでは、夜ごとに雀卓をかこんでいた。

その夜も牌《はい》を積んだり崩したりして遊んでいたところへ、高橋三千綱さんからの電話である。

「なにっ、麻雀をしているって?……そいつは、ちょうど良い。これから三人して、お宅、行くからさぁ」

自分たちは新宿にいる。タクシーで十分のところだ。いま遊んでいる仲間は帰して、家で待機していろ、と言うのである。

「こっちは今まで雑誌の仕事で、撮影だの対談だのしてたんだ。対談の相手は、だれだと思う?」

「はて……」

「さきごろ芥川賞を取ったばかりの三田誠広さ。知ってるだろ、『僕って何』の作者よ」

同業で、しかも同世代である。知らぬはずがない。もう一人は、私とも知己《ちき》のMさんだという。主婦の友社が発行していた若い女性向けの雑誌「アイ」の編集者だ。

「三人とも、麻雀、好きだからよ。すぐ行くからな」

つまりは、これまでわが家にいた二人と妻の代わりに、高橋さん、三田さん、Mさんの三人が卓をかこむ。女房には酒の支度をさせろ。そういう話であった。

「じゃあな、待ってろよ」

それこそは断わる暇もない。連射砲である。

箱根でもそうだったが、高橋三千綱は身勝手だし、強引だが、なぜか嫌味がない。たいてい、私は負けてしまう。このときも、わが家に着くなり、一人、台所に立ってゆき、冷蔵庫を開けて、

「おいおい、天下の芥川賞作家を連れてきたってぇのに、酒も肴も、何にもねぇな」

高橋さんは言う。まるで子どもだ、とは思うが、そこがまた彼の魅力なのである。

ともあれ、あとで妻もくわわるなどして(二抜け)、始発が動くまで雀卓をかこむこととは相

成ったのだが、それが三田誠広との「長ーい付きあい」の初めでもあった。

一方の高橋三千綱。彼もそれからまもなく、小説『九月の空』で、「天下の芥川賞」とやらを受賞するのである。

まさにビックリ、仰天居士《ぎょうてんこじ》よりほかの何ものでもない。

※前項の瀬戸内氏と同じ、令和三（二〇二一）年、高橋三千綱氏も彼岸へと旅立った。享年七十三。惜しまれる死である。

第十一話

「レモンちゃん」とよばれていた落合恵子

出会いは一体、いつ、どこで、だったのだろうか。

「三田文學」でデビューして以来、永六輔師匠や北山修さんらの後押しもあり、私は一端《いっぱし》の学生作家づらして、テレビの『ヤング720』やラジオの深夜放送『パック・イン・ミュージック』などにレギュラー・ゲストのようなかたちで出演していた。が、落合恵子がパーソナリティをしていた『セイ!ヤング』には出た憶えがない。

あるいは私の記憶ちがいで、一度はゲスト出演していたか、ほかの番組で顔をあわせたか、したように思う。

落合恵子はすでに「レモンちゃん」の愛称をもち、かなりの人気者——若者なら男女を問わず、だれもが知るような有名人だった。

レモンちゃんとよばれたのは、ピリッとして切れ味の良い語り口、それに爽やかに整った顔立ちが、雑誌などに紹介されたこともあるのだろう。

そういう落合さんと毎週会って、ともに仕事をすることになった。フジテレビ系列の『真《ま》っ平御免《ぴらごめん》』という日曜朝の放談番組で、青年実業家の糸山英太郎氏もまじえ、三人して各界の「大物」を相手に訊きたい放題、言いたい放題、というものである。

「まぁ、金持ちのボンボンに貧乏作家、そしてうら若き女性代表というセレクトだよ」

と、台本を担当していた知人の矢崎泰久（当時、月刊誌「話の特集」編集長）さんが明かしてくれたが、それが実情だったのだろう。

毎回、名だたる人物と「対決」したが、憶えているのは横浜市長の飛鳥田一雄（のちの日本社会党委員長）、評論家の上坂冬子、銀座でいちばん高級といわれたクラブ「姫」のママで作詞家、のちに直木賞を受賞した山口洋子の各氏ぐらいか。たしか、あのころ好評を博していたテレビドラマ『木枯らし紋次郎』の原作者、笹沢佐保氏もゲストにまねかれたように思う。

とにもかくにも、私は番組終了のときまで二クール、六ヵ月間つとめたが、何かと多忙だったようで、レモンちゃんこと落合恵子は三ヵ月、一クールで降板、あとは何人かの女性タレントが交代で、司会役をつとめた。

ただの可愛い女性としてだけではなく、人間的にも好感を抱いていたので、落合さんが抜けることは、私にはとても残念な話だった。が、ほどなくまた、じっくりと話しあう機会がおとずれる。

金子光晴翁、檀一雄氏らとも歓談した「日本と世界の旅」誌の連載対談で、お相手をしてもらうことになったのである。

対談は終始、なごやかな雰囲気のなかでおこなわれたが、読みかえしてみて、面白いのはやはり、最初のやりとりだ。

例の『真っ平御免』でいっしょに仕事をすることになったとき、私は「もう（貴女を）レモンちゃんとはよばないよ」と言ったことを明かしている。爽やかタッチにオサラバし、

「『落合恵子』という、一人の多彩な才の持ち主としてやっていったほうが良いんじゃないかと、お節介にも考えたわけだ、ぼくは」

と語っているのだが、じつのところ、彼女は二歳年上。テレビやラジオの世界でも、ずっと先輩だったのだ。まさにお節介だし、失礼でもある。落合さんは、しかし、

「それは、どうも……ご親切に(笑)」

と、軽くいなしている。そして私は、番組出演時の「下心」を告白するのだ。

「テレビというマスコミの、しかも直接的な場で、いろいろ発言できるということもあったけど、落合さんに逢えるってんで、せっせとフジテレビに通いつづけたって話もある」

これに対しても、落合さんはこうだ。

「そんなこと私、聞いてないけど……(笑)」

そのあと、肝心の旅の話をはじめる。

対談より少しまえに、落合さんは単身、ヨーロッパを訪ねたのだが、無名性に徹し、ほとんど宛てなく旅をする——私の得意な「無銭旅行」と変わらぬような旅だったらしい。たとえば、パリではシャンゼリゼとかエッフェル塔みたいな観光地には行かず、カルチェラタンとかサンミシェルの安食堂に出入りし、メトロで街なかをまわっていたことなど、まったく同じである。

フランス人の徹底した個人主義、冷淡ですらあることが、むしろ心地よかったとも、落合さんは言う。はじめのうちはメトロを乗り間違えたり、いろんな失敗もしたけれど、しだいに要領を得てくると、

「こんどは逆に、その無関心であるということが楽しくなってきた、気楽になったんだよね。他人の邪魔さえしなければ、何をしても自由だしね」

といった調子である。

飛行機が苦手で、その初の外国旅行には遺書をしたためてから出かけたという話にも笑えたが、最後には、まじめに日本社会の問題も話しあった。

私と同様、落合さんもまた、このまま訳知り顔の若者が増えていってはいけない、日本はどんどん危険な方向に進んでゆく、と考えていた。私が、「仮想敵国」という発想じたいが怖い、と指摘すると、落合さんはこんなふうに応えた。

「それは本当だと思うのね。一つのテーブルがあって、いっしょに一本のビールを分けあって飲みね、野菜サラダを食べたという、その経験だけだって、あの青年もいるであろう……あの国には、あんなに素晴らしい友達がいるであろうってね、一人の人間同士の問題にもっていけば、そんな昔みたいな鬼畜という形でもってね、戦争するなんてことは、絶対できないって気がするけどね」

そうなるためには、旅がいちばん。それも一人、気ままにさまよう旅が良い。「さ・迷うってことね」と、私が締めて、楽しい対談は終わった。

ほどなく、落合恵子さんはアナウンサー業もタレント業もやめて、私と同業というか、文筆の世界に身を置くことになる。そのころ書いた『スプーン一杯の幸せ』(祥伝社)なる本が爆発的にヒットしたせいもあるのだろうか。

作家生活のかたわら、児童書専門店の「クレヨンハウス」を開店し、フェミニスト運動などもつづけていたようだ。

だいぶ長いこと、現実には会わないでいたが、護憲や脱原発ということでは、まったく共通。彼女が新聞や雑誌に書いたり、テレビ・ラジオで語ったりする意見に、おおかた私は賛同させられた。
七、八年まえだったたか、私が理事をつとめる日本文藝家協会の懇親会で、落合さんが講演することになった。髪は染めずに、見事なほどの銀髪、けれど端麗な面差しは若いころのまま、
「ガクさん、久しぶりっ」

と駆け寄って、手を伸ばしてくる。再会の握手をかわし、講演のなかでも、

「旧友にして同志の岳真也さんが、そこにいるので、心強い」

などと言ってくれた。

その後、私は日本ペンクラブの理事にも選任され、こちらでは落合さんも理事をつとめていたが、あいかわらず超多忙だとみえ、理事会にはあまり顔を出さずにいる。が、要所要所では必ず現われて、ちゃーんと独自の存在を発揮してくれる。

角川書店からペンクラブ編の『憲法についていま私が考えること』が出版されたときもそうで、やや遅れてだが、記者会見の席に姿をみせた。アイウエオ順で発言することとなり、加賀乙彦先生のつぎが私の番だったたが、

「ぼくよりも、オの落合さんが先ですよ。お忙しくて、会見の最後までおられないかもしれませんからね。どうぞ、お先に」

とゆずると、

「さーすが、ガクさん。ありがとさんね、恩にきまーす」

と、昔日と変わらぬ笑顔をみせた。

多忙なのは、ウィキペディアの著作一覧を見ても分かる。共著や訳書もふくめてだが、二百近くもある。私の著作も百六十ほどあるが、数年まえに捕物帖の文庫書き下ろし文庫をたてつづけに出した、そのせいでしかない。

ともあれ、落合恵子姉、ともにいつまでも、さ・迷いつづけましょうや。

第十二話

萩原朔美の奇妙な酒癖

「おいっ、ガク。起きろっ……おれが起きて飲んでるってぇのに、グースカ寝てるなんざ、ゆるせないよ」

深夜の三時に電話をかけてきて、いきなりそう怒鳴りはじめた御仁がいる。かつては寺山修司の「天井桟敷《てんじょうさじき》」で役者もしていた同世代の映像作家で、エッセイスト、やがては多摩美大の教授にもなる萩原朔美である。

母親は女流作家の萩原葉子であり、その母の父は、かの大詩人・萩原朔太郎。つまるところ、「朔太郎の孫」であったが、ちょうどそのころは、若者向けのマルチ雑誌「ビックリハウス」を創刊、意気盛んな三十歳の編集長でもあった。

それにしても、たいへんなツワモノである。昔流にいえば草木も眠る丑三刻《うしみつどき》、ふつうの人なら、たしかに高イビキの時間だろう。が、学生時代からずっと昼夜さかさまの生活をいとなんでいる私にとっては、就寝ならぬ就業の真っ最中。「ビックリハウス」ではなく、他誌からの依頼を受けて、原稿を書いていたのだ。

遅々《ちち》として進まぬながら、机に向かい、格闘しているところであった。それを告げると、

「なにっ、仕事をしてる?……やめろ、やめろっ」

こんどは、そう言ってくる。そして、仕事を打ち切って、ソク自分のもとへはせ参じよ、と

のこと。どうやら、かなり酩酊しているらしい。

この手の電話は、萩原さんにかぎらず、しょっちゅうかかってくる。友人のほとんどが飲んべぇで、私自身、大の酒好き。飲む話なら、めったに断わったためしがなく、それと知って、誘いの電話をよこすのだが、いまは夜の夜中のことである。

これから行って、飲みだしたひには、酔いのまわるのが明け方で、おそらく昼近くまで飲み狂うことになるにちがいない。

延ばしに延ばした原稿の締め切りも、もはやギリギリ……翌朝には編集担当者が受けとりに来て、そのまま印刷所に入れる手筈になっている。はせ参じたいのはヤマヤマなれど、そんなわけで、とても行ける状態ではない、と私は言った。すると花の編集長、ひときわ声を高めて、のたまうではないか。

「そういう調子だから、あんたは三流なんだよ」

これは聞き捨てならんぞ、と私は受話器を握りなおし、憮然として、萩原さんの話に耳をかたむける。すると、何のことはない、素直に彼の申し出に応ずれば、たちまちにして私は超一流に昇格し、断わるなら、三流どころか、四流にも五流にも落ちてゆく……。

初《しょ》っ端《ぱな》の口上といい、その言い草といい、いかに酔ったうえでのことであれ、まったく無茶苦茶な男である。しかも、私一人ではなく、すでに夢路についている女房までも、叩き起こして同伴させろ、と来た。この数年まえに、私は最初の妻と結婚していたのだ。

それはともかく、とんだ酔漢《すいかん》を相手に私は立ち往生。「来いよ」「行けぬ」と、さんざん押し問答をくりかえした挙げ句、ようやくにして私が逃げ切り、受話器を置く。と、十分と経たないうちに、ふたたび電話。同じようなやりとりがなされ、切り終えたと思ったら、またまた、リーン。

そうして五、六回もかかってきたろうか、そのうちに、すっかり夜が明けてしまった。

結局、私は三流の地位に甘んじることになったのだが、その間、仕事のほうはまるで進まず、こんなことなら「超一流を望めば良かった」と、あとになって悔いたものである。

もっとも、翌日の午後、こちらから電話してみると、当の萩原さんのほうでは、何を喋ったのか、よく憶えてはいないという。酔っ払いの常とはいえ、困った人ではないか。が、そんなところが彼の良さであり、私が彼を友としてえらんだ由縁《ゆえん》でもあるのだ。

いかに滅茶苦茶な話であろうと、好きな友人への不義理は潔《いさぎよ》しとしないのが、私の性癖である。

それから二日ほどして、昼も夜も多忙のゆえに痩せる一方の萩原さんのために、ニンニクをたっぷり仕こんだ餃子を女房につくらせると、それを手土産に、私はあらためて彼の家をおとずれた。

かつては、母君の葉子さんから譲りうけたという世田谷は梅丘《うめがおか》の古風な屋敷に住んでいて、私はそちらにも何度か足をはこんでいる。が、その時分、彼は原宿のモダンなマンションで、気ままな独り暮らしをつづけていた。

二十畳ばかりもある大きなワンルームを適当に仕切って使っており、なかなか快適な環境である。ただし、部屋は立派だが、男やもめの通例で、空腹を満たすべきエサは何もない。

よもやま話に興じながら、酒を飲みかわしているうちに、持参した餃子をたいらげ、肴《さかな》がなくなった。同時に、ウィスキーの瓶も空っぽになり、何とかしよう、ということとなる。しかし、何とかしようにも、時はやはり真夜中である。すでにどちらも酔い心地で、外に飲みに出るだけの気力もない。

そこで、はじまったのが、例の「電話作戦」であった。友人知己の電話番号を列記したぶ厚いノートを片手に、萩原さんは、おもむろにダイヤルをまわし、

「おいっ、おれだ。何っ、眠い？……おれが起きて飲んでるってぇのに、グースカ寝てるなんざ、ゆるせないよ」

その結果、某文芸誌の編集者、ロマン・ポルノの女優、生粋《きっすい》の渡世人《とせいにん》、外国人留学生……といった多彩な面々が、それぞれ酒やら肴やらを携えて、萩原亭にはせ参じることとあいなった。

先日は甚大な迷惑をこうむったこの私が、逆の立場に変身して、萩原さんの奇妙な酒癖をあおる側にまわったことは、言うまでもない。

萩原朔美と知りあったのも、同人誌を通じてのことだったように思う。

二十代のころに私は、さきの「文学早慶戦」は別として、順に言うと「痴」「蒼い共和国」そして「えん」と、スタイルやメンバーを変えつつ、三つの文芸同人誌を創刊している。そのうちの「蒼い共和国」第二号で萩原さん、若手の女流作家の鈴木いづみさん、私の三人が、梅丘の萩原邸にあつまり、鼎談《ていだん》しているのだ。

鈴木いづみさんは私より二歳、萩原さんより三歳年下で、バーのホステスやヌードモデルな

どもしていたようだが、「文學界」の新人賞候補になって、文筆活動をはじめた。このときすでに『愛するあなた』(現代評論社)『あたしは天使じゃない』(ブロンズ社)の二冊の本を出していて、大向こうにも受けていたし、私自身、読んで面白く感じていた。

初対面なのに、私たちは意気投合し、「でらしね談義／うれしさでいっぱいです(感覚と表現)」と題された鼎談も相応に充実したものとなった。が、それより愉しかったのは、鼎談終了後、そのまま萩原邸でひらいた飲み会である。

三人が三人ともに大の飲んべぇで、缶ビールを十数缶、ウィスキーのボトルを二本ほども空けたろうか。少し飲み疲れたかな、と思ったころに、萩原さんが、

「それじゃ、ここらで遊ぼうや」

と言いだした。残りの酒を汲みかわしながら、ポーカーに興じよう、というのである。

私と鈴木さんは承諾した。そこで萩原さん、にんまりと笑ってトランプのカードを取りだし、夜を徹してのポーカーゲームがはじまった。

言い出しっぺだけあって、萩原さんの強いこと。あっという間に鈴木さんも私も大負けし、しまいには身ぐるみ剥がされるんじゃないか、と恐れ入る始末。それを救ったのが、バッカスの神様……夜が白む時分には、私や鈴木さんばかりか、萩原さんも、グデングデンに酔いつぶれてしまったのだ。

例によって、翌日には「憶えてない」人だから、私も鈴木さんも負け分は一円も払わずにすんだのだが、それからも私は萩原さんに何度か「ポーカー付きの飲み会」に誘われ、そのつど大敗。ついには、

「酒の相手だけならともかく、ヤツとは二度とバクチの相手はすまい」

と、堅く心に誓ったのである。

萩原朔美とはその時分、「ビックリハウス」誌に私が旅行記を連載するなど、仕事上の付きあいもあったので、毎日のように会っていたが、鈴木さんとは二、三度、行き会った程度で、ゆっくりと話したりする機会はなかった。

ただ、私の留守中に電話がかかってきて、前妻が受けたことがある。もちろん、私あての電話だが、なんと、一時間近くも一人で話していたという。あとで、妻が言っていた。

「それで全然、飽きさせないの。面白い人ね」

事情《わけ》あって、その妻と離別し、インドの地を一年ほども私は放浪していた。三十半ばになっていたが、帰国後、何年か経ってから、私は鈴木いづみさんの死を知った。詳しいことは分からない。が、アパートの自分の部屋で、二段ベッドの端にストッキングをかけて首を吊ったのだという。

さきにも書いたが、自殺ではないものの、私の次男も三十歳で急逝している。若くして亡くなることとじたいが痛ましく、辛い話だが、私は鈴木いづみの文才を強く信じていただけに、早すぎる死が惜しまれてならない。

そのぶん、と言っては何だけれど、萩原朔美は(私も、か)長生きして、今なお活躍しつづけている。大学は退官したが、映像作家としての仕事はつづけ、祖父・朔太郎関連で、前橋文学館の館長もつとめている。

彼ともだいぶ連絡を取らずにいたが、フェイスブック友達の作家、秋山真志さんとフルーティストの吉川久子さんを介して三十年ぶりかで会い、かつ飲むことが出来た。四人して、下北沢の小劇場で上演された竹下景子主演の芝居を観に行ったのだ。

帰路に秋山さんの知る居酒屋に立ち寄り、映画監督の林海象さんもよびだして、それこそは「大宴会」になってしまった。

前橋の文学館を訪ねたり、京橋でひらかれた彼の映像展に行くなどして、萩原さんとの交際は復活。たまに飲むようになったが、どうやら、あのユニークな「酒癖」は治ってしまったようで、これまた妙な話だが、なにがなし淋しい気がする。

第二部

岐路の季節

朱夏の坂を登る

序話

曲がりみち、くねくね

私にとっての「青春」は、十代になってほどなく始まり、二十五、六歳のときにはもう、終わっていたのではないか。今ふりかえってみて、そう思う。

もとが早熟だったこともあるが、「マルチ考爵」を名のり、昭和四十八(一九七三)年、『青春学入門』という本を世に出した時点で、すでにして「青春」は過去のものとして「総括」されているのだ。

ただし、最終項に書いた、つぎの言葉に嘘はない。

「『青春』に終わりはない。大きな夢と小さな倖せとにたえず引き裂かれ、引き裂かれつつもなお、もがきつづけずにはいられない人間にとって、それが終わるのは、ただ彼の死のときのみだ」

つまりは「未完の青春」を引きずりながら、私は長い長い朱夏《しゅか》の坂道を登りだすのである。初の小説集『きみ空を翔《か》け、ぼく地を這《は》う』を上梓してすぐに、同じ角川書店から第二小説集『未完の青春』を刊行したのが、その一つの表徴といえる。

小説家として一見、順調な滑り出しのようにも映ろうが、それがむしろ、生命《いのち》取りというか、のちの苛酷な生活をもたらしたような気がしなくもない。おりしも私は最初の結婚をしたが、いっしょに暮らしはじめた翌日にかかってきた電話が、某印刷所からの借金催促の電話だった。前妻は大きく口をとがらせて、嘆いた。

「どうして言ってくれなかったのよ。百万も二百万もの借金を抱えているだなんて……思いもよらなかったわ」

そう、彼女と付きあっていたころの私は、神楽坂のマンションに住み、ラジオのパーソナリティやテレビの司会、広告のコピー・ライトなど幅広く（まさに「マルチ」に）仕事をこなし、ゆうに五百万（今日だと、倍か三倍か）以上の年収を得ていたのだ。

勢いを駆るようにして、出版取次《とりつぎ》を通して全国の書店にならぶリトルマガジン『蒼い共和国』を発行、一号出すたびに数十万単位の借金を背負うはめにおちいっていた。

一方で、私はテレビやラジオを中心とするマスコミ界との縁を絶ち、「文筆一本で行こう」と決めていた。ワイド番組のコメンテーターなどのテレビ局からの依頼を、片っ端から断わっている様子を、前妻もあきれ顔で見つめていた。

それでは、一体、私は何がしたかったのか。

ずばり、「文学」である。できれば月に二、三作は短篇小説を書いて各文芸誌に載せてもらおう、と考えていたのだ。

その目論見《もくろみ》は、ものの見事に失敗した。いわゆる「没《ボツ》」の連続で、月に二、三作どころか、年に一作掲載されるかどうか。長篇小説も書いてはいたが、どの出版社も出してはくれない。そうした状態が十年近くつづいた。

当然、生活は苦しくなる。何しろ、夜中に前妻が起きて、台所の米びつを引っくりかえし、

「空っぽよ。明日、食べるお米がないの」

すすり泣いていたほどである。世はバブル景気に湧いていたというのに、文字どおり前時代的な貧窮の暮らしをしていたのだ。前妻がパートで働き、二人で瀬戸内海の島にある妻の実家の蜜柑農園に「出稼ぎ」に行ったこともある。

そんなこんなで三十半ば、くわしくは私の代表作といわれる長篇『水の旅立ち』(文藝春秋)に書いてあるが、直接的には異性関係のもつれから私は前妻と離別し、一年近くもインドを放浪。帰国後に、私の子を産んだ現在の妻と再婚する。

物書きとしてもノンフィクションの「インド三部作」と、さきの長篇小説で再デビュー。後者は「直木賞だ」「いや、芥川賞の内容だ」などと前選考の段階で取り沙汰され、それこそはアブとハチで、結局はどちらの候補にもならなかった。

ある種失意のおりに、角川書店の重役だった佐藤吉之輔さんから連絡がはいり、「歴史物を書かないか」と誘われた。まさに禍《わざわい》が福に転じたか、最初の『北越の龍　河井継之助』が好評で、何作目かに書き下ろした『吉良の言い分』(KSS出版)がベストセラーに。それからは、超がつくほどに多忙となった。

日本史の「言い分」シリーズ、四本の捕物帖シリーズと年間十冊ほども刊行、小説誌や「夕刊フジ」、「日刊ゲンダイ」など、夕刊紙での連載も引きうける。

図に乗って「歴史時代作家クラブ」なる組織を立ちあげ、幹事代表に就任。、日本ペンクラブの理事も兼任することとなったが、その間に出版界全体が不況の波をかぶり、文庫書き下ろしの初版部数もそれまでの二分の一、三分の一と落ちこみ、一冊書いても新人サラリーマンの初任給にも届かぬような有様。私はすべてのシリーズを切りあげ、

「好きなときに好きなものだけを書こう」

と決めた。あるいはまた、三十数年まえと同じ「どん底」の生活に突入するのかもしれない。

ともあれ、私の「朱夏」はそういう坂道、いや、昔はやった歌の文句のように、くねくねと曲がりに曲がった「迷いみち」であった。それだけに、そこで出会った人たち、彼らとの付きあいには、思い入れも強く、ひとしお感慨ぶかいものがある。

第一話

奇才⁉　野坂昭如と深沢七郎

対談集『乱暴な幕開け―反骨人間探訪』には、これまで書いた金子光晴、小田実、瀬戸内寂聴の各氏のほかに、野坂昭如、深沢七郎のご両人にも登場してもらっている。

青春から朱夏へ――そう、いわば晩春から初夏へと移り変わる季節に出会った先達《せんだつ》として、この二人を抜かすわけにはいかないだろう。野坂、深沢の両氏ともに、じっくり語りあったのは一度きりだが、強く印象に残っている。

小説家としての野坂さんは、『火垂《ほた》るの墓《はか》』（文藝春秋）と『アメリカひじき』（新潮文庫）で直木賞を取ったことで、一躍、知られるようになった。が、それ以前から、『エロ事師たち』（新潮文庫）や『とむらい師たち』（講談社文庫）を読んで、

「すごい小説を書く人だなぁ」

と、私は感心させられていた。

野坂さんというのは多才多芸で、直木賞を受賞した昭和四十二（一九六七）年より四年まえの同三十八年、童謡『おもちゃのチャチャチャ』で日本レコード大賞の作詞賞を受賞、歌手やキック・ボクサー、「黒メガネのプレイボーイ」と称して、テレビなどにもしじゅう、サングラス姿で出演していた。

それほどの人が、まだどう見ても一介の若造としか取れないであろう私の対談相手になって

くれる。そのことからしても驚きだったが、この対談をすべく、野坂邸をおとずれたときも、和服にサングラスという異様な格好で現われたのには、仰天させられた。

直木賞受賞から数年経ったころのことだったと思う。物書きとして、もっとも多忙な時期で、

「いま、連載物の校正をしているんで、しばらく待ってもらえないかな」

と告げる。私の側に否《いな》やはなかった。が、相応に気をつかってくれたようで、待っている間に、元タカラジェンヌだという端麗な奥様に美味しいカレーライスを用意され、ご馳走になった。

もっとも、いざ対談時には、サントリーオールドを一本とグラスは一つだけ……私には飲ませず、ただ一人、ちびりちびりと飲んでいた。おそらく酔わずには他人と話せない、ナイーブな神経の持ち主なのだろう、と察しはしたが、すでにして自分は負けているような気が、シラフの私にはした。

じじつ、野坂さんは早口で、喋りだすと止まらない。きちんと話を聞きとるのに、けっこう苦労させられた。

肝心の対談の多くは、戦争――反戦や厭戦《えんせん》に関してで、

「ぼくら戦後生まれの世代の者たちは、野坂さんのように手痛い体験をしたことがないんですね。そのせいでしょうか、戦争の実態というか、それが本当に怖いのかどうか、肌身に感じられないんです」

と、私が言えば、野坂さんが応える。

「それは、ちょいとノイローゼ的な発想だね。体験をしなければ駄目だというのでは、何にもできない……人間というものは、放っておいたら、戦争をするものさ。そいつを、まずは頭でとらえなくちゃいけない」

国家と個人の関係、書くことによる社会的責任、といった話もしたが、最終的には「八方破れで行くしかない」というのが、野坂さんの考えだ。

「どうせ、この世は仮りの世さ、冗談みたいに生きてやろうじゃないか」

私には、その野坂さんの言葉が、「冗談みたいに生きることこそが、真剣に生きることなのだ」と聞こえた。

現実に、その後も久しく、野坂さんはまさしく八方破れの生き方を世の中にさらしてみせた。

レコード大賞作詞賞の『おもちゃのチャチャチャ』もはやったが、みずから作詞して唄い踊る姿がテレビ画面に流れたサントリー・ゴールド（ウィスキー）のCMソングも、相応に人気があった。

〽ソ、ソ、ソクラテスか、プラトンか
ニ、ニ、ニーチェか、サルトルか
と、高名な哲学者の名前ではじまって、シェイクスピアやギョエテ（ゲーテ）、シルレルの名も出てくる。
〽みんな悩んで大きくなった
大きいわァ大物よォ

そして、「おれもおまえも大物だァ」となるのだ。

『マリリン・モンロー・ノーリターン』のソーレツな歌の出だしも、よく憶えている。

〽この世はもうじき　おしまいだ

あの町この町　鐘が鳴る

野坂さんは作家や歌手、テレビタレントのほかにも、いろいろとやった。なんと、国会議員にもなっている。

こののち語る石原慎太郎とはちがい、「右も左もぶっとばせ」というのが売りの徹底野党。それも、議員生活はごく短期間で終わり、まさしく「冗談」そのものに見えたが、相応に真剣だったのではなかろうか。

具体的には、昭和五十八(一九八三)年、第二院クラブから参院選挙に全国区出馬して、当選。おりしも、田中角栄の「ロッキード問題」が表面化したころで、これに反発して、いったん辞職。つぎには角栄さんの地盤、自分の父親とも縁のふかい新潟(元新潟県副知事)の選挙区から衆院選にチャレンジして、敗退した。

それを機に政治の世界からは遠のいたわけだが、野坂昭如をめぐる話題は尽きなかった。たとえば『愛のコリーダ』や『戦場のメリークリスマス』などの映画で有名な大島渚監督の真珠婚パーティーの席で、大島さんと殴りあいの大喧嘩をしたという。監督が野坂さんの挨拶の順番を間違えたとかいう些細なことが原因だったが、野坂さんは飲みすぎて酩酊していたらしい。

ようやく出番が来て、祝辞を終えるや、大島さんのメガネが飛ぶくらいに強く殴りつけたというから、一大事だ。負けじ、と大島さんも野坂さんの顔面をマイクで殴り、新聞やテレビで報じられるほどの騒ぎとなったが、ほどなく双方が謝罪して、一件は落着した。

ずっと後年、野坂昭如も大島渚も亡くなってからのこと。私は作家仲間の秋山真志氏の紹介で、大島監督の奥様だった女優の小山明子さんと知りあい、フルーティストの吉川久子さんも交え、四人だけの忘年会や新年会をもつまでの仲になった。最初の出会いのときだったか、大島さんへの謝罪のさいに野坂さんが小山さんに贈ったというブラウスのことを聞くと、

「本当のことよ。今でも大切にしまってあるわ」

と微笑んでいた。何もかも、「今は昔」の懐かしい思い出になっているのだろう。

さて、さきの対談以来、野坂さんとは、二人きりで話す機会はもてずにいたが、永六輔師匠や「話の特集」の編集長だった矢崎泰久さんが彼と親しかったおかげで、より個人的な情報やエピソードも、しばしば耳にしていた。

いずれにしても、やはり野坂昭如は「真剣に生きた」のだ、と思う。平成二十七（二〇一五）年の師走。他界する少しまえに、

「気をつけろ。今はもう『戦前』なんだぞ」

野坂さんはそう言ったらしい。これが、残された日本人全員に対する「遺言」なのではあるまいか。

野坂昭如は多才であり、異才、奇才であった。

深沢七郎も彼に劣らず、たいそうな奇才作家である。

深沢さんとの対談がまた、何とも風変わりなものとなった。

暦のうえではもう、六月も半ばだというのに、梅雨寒《つゆざむ》であったのだろうか、妙に肌寒い夕刻であった。さらに、話しあった場所が埼玉県の南埼玉郡菖蒲《しょうぶ》町（現・久喜《くき》市）にある「ラブミー農場」——対談のなかでも明かしたが、そこに住み着いたころ、かつてテレビで放映されて人気を博した「ララミー牧場」に引っかけ、「自分しか愛さない」ということで、名づけたものらしい。

その農場の一角に椅子を置いてのやりとりで、深沢さんは不要になった本や薪を燃やして、竈《かまど》を焚いていた。まわりには飼い犬もいれば、すべてを数えれば百羽だという鶏も、放し飼いにされている。

母屋《おもや》には二人のスタッフというか、同居人がいて、夕餉《ゆうげ》の支度をしており、深沢さん自身、何度も対談を中断して、台所の様子を見に行った。

そのつど、私は犬とたわむれたり、鶏を追いかけるなどして待機する、といった按配《あんばい》である。

深沢さんのモットーは、とにかく楽に怠《なま》けてすごすということで、

「勤勉だなんてもんじゃないの、日本人は。馬鹿というか、アホというか、そういう変にまじめな本能があるわけね」

それが、結局は「戦争」につながるのだと言う。

「だいたい戦争なんか、損じゃないか。戦争で儲かった儲かったっていうけどね、だれも儲か

りゃしないんだ」

作家というのは水商売だ、という話も面白かった。

「通りがかりに編集者なんかを上手く引っぱりこんでね、一杯、酒を飲ませて、原稿を売りつけるわけ……それで銭ぶったくって、帰りなよってね、あれよ」

構成どころか、ほとんど構想をせずに、思いつきで原稿を書くというのも、いかにも深沢七郎らしい。「無構想の構想」といわれるもので、そのあたりは野坂昭如の句点の少ない、流れるような文体と、どこか共通するものがある。

ただし、正直言って、深沢さんには「不用意」なところもあるようだ。

昭和三十五（一九六〇）年の末、深沢さんの書いた短篇小説が原因で、中央公論社の社長宅が襲われて死者まで出た。その「嶋中事件」（右翼テロ事件）は、一般にも知られているし、自分も襲撃されると思い、深沢さんはしばらく日本全国を放浪していたらしいが、当の彼はこう明かす。

「あれもね、ぼくは好きで書いたんですよ。要するに何となくね、怪しいような、何となくグロテスクで、それでいて何となく滑稽で、何となくお祭りみたいな、何となく戦争みたいな……そんなムードの小説を書きたかったのですよ」

悪気はなかった。

「でも、書かれた人（当時の昭和天皇・皇后両陛下）は嫌な感じがするだろうね」

それは確かだ、と深沢さんはみとめた。

昭和三十一（一九五六）年に第一回中央公論新人賞を受賞したデビュー作の『楢山節考《ならやまぶしこう》』。か

の作品を書いた経緯についても、彼は語ってくれた。世に伝わる「姥捨山伝説《うばすてやま》」を歌にして、
「その歌を解釈していったら、小説ができあがったんだからね、あれは……だから『節考』っていうのさ」
「そういえば、ギター、お弾きになるんですよね」
と、私が言うと、
「弾くよ。楢山節、唄ってみようか」
応えて、同居人の若者にギターを持ってこさせ、唄いはじめた。だいぶ長いものだが、ここでは二、三節だけ、紹介しておこう。

〽夏はぁ　いやだぁよ
　日が悪ぃ
　むかでぇ　なかむーし
　山かがしぃ……

夏はむかでやなかむし、山かがし（蛇）などがいるから、捨てられる姥（老人・老婆）でも、山には行きたくない。どうせなら冬が良い、という意味らしい。

「楢山」というのは、深沢さんが適当に名前をつけて、歌も自分でつくったという。

つぎのは、それこそ「解釈」なしでも、分かるだろう。替え歌のまえの「本歌」だという。

〽なんぼ寒いとて
　綿入れを
　山へ行くのにゃ

着せられぬ……

〽楢山祭りが
三度くりゃぁよ
栗の種から
花が咲く……

話も歌も盛りあがったころ、同居人さんらが自家製の葡萄酒と、もぎたての胡瓜、手製の味噌で煮た味噌汁、竈で炊いたご飯などを持ってきて、テーブルがわりのミカン箱の上にならべ、座はたちまち宴のようになってしまった。もしくは、キャンプファイアーである。

葡萄酒に酔った勢いで、私のほうも野坂昭如のつくった唄『骨《ほね》餓《が》身《み》峠《とうげ》死《ほと》人《け》葛《かずら》』などを披露したが、唄い終えて、私は言った。

「野坂さんも自然体で、どうせこの世は仮りの世だ、なるようになれば良いって話してましたけど、彼の場合は、何というか、どんどん俗っぽいほうへ行っちゃうでしょ」

どう思うか、と問うと、

「人によって、そういうことはね……みんな、個性があって良いんじゃない」

との答えがかえってきた。その言い方は、

「俗世間を嫌って、世の中捨てたものは、みんな好き」

というのと矛盾するような気もするが、たぶん野坂さんも「捨てた」からこそ、逆に、国会議員をはじめ、いろんな「俗事」をやってのけられたのであろう。

「そろそろ田舎暮らしにも飽きたので、東京の下町で今川焼き屋でもするかな」

そんなことも深沢さんは言っていたが、まもなく本当に東京にもどって、曳舟《ひきふね》で今川焼きの「夢屋」なる店をひらくことになる。

たまたま曳舟に行き、一度だけ、深沢さんが店頭で焼いているのを見かけたことがある。ラブミー農場では、まったくの農爺《のうや》であったが、曳舟の夢屋では本物の今川焼き屋のオヤジさんになりきっていた。

ふーむ。野坂昭如といい、深沢七郎といい、奇才・異才のやることは、私のような凡才には、ついぞ分かりませぬなぁ（笑）。

第二話

テレビ番組での石原慎太郎との「小さな」喧嘩

若いころの私は「ケンカ・ガク」とよばれ、たしかに喧嘩っ早かった。ただし、腕力があったわけではないので、殴ったり蹴ったりの暴力をふるったことはない。

まぁ、口達者というか、言い争いが好きで、そこかしこで、「吠えまくっていた」のである。

目下の者や弱い者は相手にしない。まさに怖いもの知らずで、目上の者、強い者、そして名のある人にだけ、喧嘩を売る――挑みかかっていったのだ。

あれは、大学を出てからだいぶ経って、わが青春も終わりか、と自覚しはじめた二十五、六歳のころのこと。フジテレビの『三時のあなた』というワイドショー番組にゲスト出演して、先輩作家で、のちに国会議員をへて東京都知事になった石原慎太郎と激しい諍《いさか》いをかわしたこともある。

石原さんはもともと芥川賞作家で、昭和三十一(一九五六)年に受賞した小説『太陽の季節』(文藝春秋)が大ヒット。映画化されて、実弟の石原裕次郎がそれでデビューしている。

つまりは物書きや論者としても、よく知られていたし、政界に打って出るだの何だの、つねに世の話題になっていて、当時すでに「超」が付くほどの有名人だった。

かたや、私はといえば、「学生作家」として出発したということでは石原さんと同じであったが、そのころはまだ、ほとんど無名の新人である。

だからこそ、よけいに力み、燃えていたのかもしれない。

「もう、おれは他人にケンカを売るほど若くはない」

と思っていたのにも拘わらず、やってしまったのだ。もっとも最初に「売った」のは私かもしれないが、石原さんのほうが「買いすぎた」のではある。

司会はたしか、高峰三枝子さんだったと思う。番組がはじまり、その高峰さんが、もう一人のゲストの石原さんに私のことを紹介するなり、開口一番、私はこう切りだしたのだ。

「岳真也というのは、ペンネームなんです。登山が好きなので、岳……そして当初、シンヤのシンは真実の『真』ではなく、慎太郎さんの『慎』。あなたのお名前から一字、いただいたんですよ」

事実として、私は「太陽族」なる流行語までつくられた『太陽の季節』や、それ以前、同人誌「一橋文芸」に発表された「処刑の部屋」や「灰色の教室」など、石原慎太郎の初期作品を高く評価していた。

「中三か高一のころでしたか、夢中になって読んで、たちまちファンになりました」

なかでも『完全な遊技』(新潮社)に収録された前衛的なジャズ小説「ファンキー・ジャンプ」に魅せられ、三島由紀夫氏の、「小説家といふよりは一人の逆説的な詩人の見事な傑作」という褒め言葉に納得。ために、三島さんまで好きになったくらいだった。

大学生になってからも、石原作品を読みつづけ、『亀裂』(新潮社)や『行為と死』(新潮社)『星と舵』(新潮社)など、今でも筋書きを忘れずにいる。

「『行為と死』のなかで、主人公の皆川が爆薬を抱えて海を泳いで渡るでしょ……ハラハラドキドキしながら、一晩中、寝ないで読みふけったものです」

「ほう。そうかねぇ」

そのあたりまでは石原さん、上機嫌で、ニコニコして聞いていた。ところが、である。

「では、なぜペンネームの文字を変えたのか……それは、あなたが最近、くだらない政治屋なんぞに成りさがったので、偏《へん》のほうの『小さい』は取って、真実の『真』のみにしたのです」

するると、石原さんの顔いろが変わった。眉間《みけん》に皺を寄せ、彼はものすごい剣幕で怒りはじめた。

「きみは自分を物書きだと称したが、それなのに、リッシンベンも知らんのかね。あれは『小』じゃない、『心』をあらわす偏じゃないか」

「それくらい、存じてますよ」

「じゃあ、何かね。きみはただ、わたしをオチョクッてるってことかい」

「いえ、そういうことではなくて……」

本当は「現代日本の若者文化」といったテーマで話しあう予定だったのだが、結局、二人の「持ち時間」は、その種のやりとりで終始し、番組終了後も、石原さんは私の顔を見ようともせず、激怒したまま、スタジオを出ていってしまった。

この小さな喧嘩、と言おうか、全然歯車の噛みあわない、トンチンカンなやりとりの責任をとるべく、あとで私は担当ディレクターのもとへ詫びに行った。するとディレクターは、笑って応えた。

「いやぁ、おかげで視聴率が上がりました。あの石原慎太郎先生が、あんなに怒るだなんてね……むしろ、お礼を言いたいくらいですよ」

私はしかし、空しかった。もしかしてテレビ局側では、石原氏との「対決」、それも取るに足らぬような些細な諍いが狙いだったのではないか。私が石原さんの「政治」をきちんと批判したのであれば、まだ良い。が、彼の政治思想だとか主義主張、信条など、そういったことは一切、話題にならなかったように思う。

じつのところ、私はいまだに、あのテレビスタジオでの自分の発言を撤回するつもりはない。文筆家としてはともかく、政治家・石原慎太郎の言動には、その時分もその後も、ずっと首をかしげさせられてきた。

驚愕する人もいるかもしれないが、それ以前、一九六〇年の前後には大江健三郎や江藤淳、谷川俊太郎、寺山修司の各氏、そしてなんと、すでに本篇で紹介した私の師匠の永六輔氏もくわわって、ともに「若い日本の会」を結成。「六〇年安保(日米安全保障条約)」に反対しているのだ。

さらに私とテレビで対談する数年まえ(ちょうど「七〇年安保」のころ)には、これも第一部にご登場願ったべ平連の小田実さんとの共著まで出している。

それが、どこでどう変わったのか。

昭和四十三(一九六八)年、自由民主党から参院選に全国区で立候補し、「史上最高の三〇一万票」を得て、初当選。そこまでは、まぁ、みとめよう。が、四年後の四十七年には、こんどは無所属で衆院選に出て当選、田中角栄の金権政治を非難したのはともかく、角栄さんが成功させた「日中国交正常化」に異を唱えて、「青嵐会」とかいう反共の超保守団体を結成した。

それからの石原さんの経歴は、ざっと概略を知るだけで、頭が混乱する。

つぎの衆院選には、ふたたび自民党から出馬して、当選。議員となってからは福田赳夫内閣の環境庁長官、竹下登内閣の運輸大臣などを歴任する。その間に一度、東京都知事選に立候補、現職知事の美濃部亮吉氏に敗れるが、元号が平成に変わって十一年目の一九九九年に当選し、初めて都知事となる。

以後十三年間、四期近くをつとめるのだが、最後のころには「たちあがれ日本」を結党するなどして、国政にも係わっていた。

平成二十四(二〇一二)年、任期半ばで辞職して、新しい政党「日本維新の会」(橋下徹氏と共同代表)から衆院選に出馬、当選して、国政に復帰。本気で「首相の座」をねらっていたらしいが、同二十六年の衆院選に八十二という高齢で出馬、落選し、ついに政界引退を表明する。

変節というか、紆余曲折といおうか、その変貌ぶりも凄まじいが、たえず物議をかもす発言をして、世を賑わせつづけてもいる。

箇条書き風に列記すると、こんな按配だ。
一　日中の国交正常化には反対していたのに、北京オリンピックには都知事として出席する。
二　東京都と北京市の技術交流・協力は推進する一方で、東京都による尖閣諸島購入計画を発表したりする。中国人や朝鮮人を軽く見た「三国人」発言も有名だ。
三　軍事的にも強硬派で、核武装・自主国防擁立論者。むろん、憲法改定には大賛成の立場をとっている。

四　「君が代って歌は嫌いだ」と言いながら、都立学校の公式行事には、「君が代の斉唱と国旗掲揚は徹底せよ」と令し、違反した教師を処分している。

ほかに、絶対にゆるせない言質《げんち》が二つある。

一つは知的障害者・精神障害者に対する差別的暴言。

もう一つは平成二十三(二〇一一)年に起こった「東日本大震災」に関してで、「あの津波は天罰だ」などと言い、被害者の心を逆撫《さかな》でしたことだ。

当然のことに、彼は震災時に勃発した福島第一原子力発電所の事故や被害を無視、「原発推進論者」であることを公言している。

これらはなべて、ネット上のウィキペディアを参照したものだが、彼の「政治的履歴」のラストのほうに、こんな記載がある。

「(石原慎太郎は)各国のマスコミからは極右政治家と認識されている。石原は自らを『真ん中よりちょっと左と思っている』と述べている」

やはり、わけが分からない。要するに「矛盾のかたまり」ととらえれば良いのだろうか。まぁ、その点は、かくいう私も、他人様のことは言えないのだけれど……。

ちなみに立心偏の「心」は、心臓――ハートのかたちを表わした象形文字らしい。それを簡略化すると、なるほど「小」の文字になる。怪、怖、慌、性、快、忙、忖、協……と、いろいろあるが、あのスタジオでの石原さんにいちばんふさわしいのは、「憤」太郎ではなかったか。

フジテレビでの対談以後、石原慎太郎氏と直接会って話をしたことは一度もないが、今から五、六年ほどまえに、息子（次男）でタレント業の石原良純さんと会ったことがある。

これまた、名古屋にあるテレビ愛知のスタジオでのことである。年末近くの番組で「赤穂浪士と吉良上野介」関連の座談会があり、私も出演者の一人だったのだが、司会役が良純さんだったのである。

事前の打ち合わせが終わり、雑談の席で、

「いやぁ、ずいぶんと昔の話なんですがねぇ。おたくのお父上と、やはりテレビのワイド番組で、大喧嘩したことがあるんですよ。それも、リッシンベンがどうだのこうだの、といった、つまらないことをめぐって……」

笑って明かすと、良純さん、真顔で頭を下げ、

「うちの親父はいつも、そうなんですよ。ふつうなら、だれも取りあわないような、ほんの些細なことで他人とやりあう。あれで、よく都知事なぞという重責がつとまったものです……ほんと、申しわけなかったですねぇ」

と、平謝りなのだ。

この息子さんのほうこそ、「慎」の字が似あいそうだ。慎純というのはどうだろう、などと、心中、勝手に考えた私であった。

けれども、今になって思えば、人間・石原慎太郎の言動に関しては、いろいろと世間やマスコミの誤解、あるいは曲解もあったのかもしれない。再会して、本音で付きあってみれば、人間臭くて、けっこう面白い人だったような気もする。

第三話

わが文学の師・秋山駿

この項のタイトルでも分かるように、秋山駿さんは私の半生どころか、ほとんど全生涯を通しての「文学」の師匠だったように思う。さきに第一部で紹介した遠藤周作さんや永六輔さんにも、いろいろとお世話になったし、だいぶ年齢をへてからお付きあいするようになった加賀乙彦さんにも教わるところ、少なくない。こと文章の面では、文芸誌「新潮」元編集長のSさんやMさん、「文藝」元編集長のKさん、Tさんなど、指導してもらった方々はたくさんいる。

だが文学全体、個人的な交際の場面においても、いちばんに大きく係わり、影響を受けた人物といえば、秋山さんのほかはあるまい。

わけても私の働き盛りというか、「えん」や「二十一世紀文学」などの同人誌を発行、書き下ろしの代表作(『水の旅立ち』)を上梓し、一方で歴史時代物を手がけはじめた中年時代——まさに「朱夏」の季節に多く交わった大先達である。

本来なら、第一部の中心か、第二部の冒頭にご登場願うのが筋だろうが、思い入れが強すぎて書きだせばキリがないのと、本項でのちに明かす私の側の体調面での問題もあって、中挫をよぎなくされてしまった。

そういうことのないように、ここではまず、平成二十六(二〇一四)年度の『ベスト・エッセイ』(光村図書)にえらばれた秋山さんに関するエッセイ「わずかな溝を一またぎ」を丸ごと引用させてもらおう。初出は前年の「群像」十二月号である。

「秋山駿先生の具合が悪い。それも重篤だという。そうと知って九月の下旬、先生のお宅へとお見舞いに伺った。ふと思いついて、そのときの話を書きかけたところへ、訃報が届いた。なんと、当の秋山さんが亡くなられたとの知らせだった。私が見舞って五日後、二〇一三年十月二日二十二時二十九分に息を引き取られた。享年八十三。死因は食道癌である。

秋山さんは十年ほどまえに胃癌を患い、胃の四分の三を摘出する手術を受けたが、その後は、ほぼ人並みの日常生活を営まれてきた。それが昨秋、交通事故(自転車にぶつかって転倒)に遭い、ひとたび怪我は癒えたものの、後遺症らしく、春先になって脳の一部に大量の血液が溜まっていることが判明。その血液を取り除く手術を受けられた。それから三ヵ月ほどもリハビリテーション専門の病院で、歩行などの運動機能回復のための訓練をすることとなった。

そしてそのリハビリテーション病院も退院されたと聞いて、安心していた矢先、こんどは食道に癌腫ができた。そこで急遽また医科歯科大の附属病院に入院、閉塞《へいそく》した食道をひらき、ひろげるステント留置処置をおこなった。

まもなく秋山さんは退院し、ひばりが丘の自宅へもどられたが、点滴や投薬などの治療、言ってみれば『延命の措置《そち》』をことごとく拒否してしまった。

いかにも秋山さんらしい話だが、それでは『緩慢なる自殺』みたいなものである。ただし、レトルトのおかゆを少しと、アイスクリームだけは残さず食べるという。最後の見舞いのおりに、法子夫人からその話を聞いて、私は病床に近づくなり、『先生、昔はビールやお酒で栄養をとっていて、今はアイスクリームですか』大笑いしてみせた。『なるほど、年をとると子どもになるってのは、本当のことだったんですね」『バカ』と、秋山さんは小さく唇を動かした。『ガク、おまえもいずれ、こうなる……』

首を巡らし、夫人と顔を見合わせる。まだ憎まれ口がきけるのだ。これなら、大丈夫……私は思ったが、自分にとって秋山さんは『師』でもあり『長兄」でもある。要するに、そんなやりとりが普通にできる仲であった。

最初に出会ったのは、もう四十六年まえ、たしか早稲田の学生新聞紙上での座談会の席だった。私は学生作家としてデビューしたばかりで、秋山さんは群像新人文学賞(評論部門)を受賞、新進の文芸評論家として活躍しはじめていた。

座談の場には、ほかに映画監督の篠田正浩氏や深夜叢書社の齋藤愼爾氏が同席していたように思うが、何をテーマに、どんなことを語りあったかまでは憶えていない。

ただそれを機に、私と秋山さんの半世紀近くにおよぶ長い付きあいは始まった。基本的にはたがいの文芸活動を通じてだが、私的な場でも、ずいぶんと親しくしていただいた。

町の酒場にくりだして、いっしょに飲んだことは数知れず。正月には、当時気鋭の若手評論家だった富岡幸一郎氏、編集者の小山晃一氏と三人で秋山さんのお宅へ年始の挨拶におとずれ、法子夫人の手になる御節《おせち》料理をかこんで痛飲するのが恒例になっていた。何度か、ともに温泉旅行を楽しんだこともある。

病床のかたわらで、そんなことを思いかえしていると、眼をつぶり、まどろんでいたかに見えた秋山さんが、ふいと手をのばしてきた。かつての半分ほどに痩せて縮んだ手の指で、私の顎《あご》の髭をつまみ、『……白い』つぶやいた眼が笑っている。なるほど、いつもは正面か、左右からしか見たことがなかったのに、病床では下から眺めることになる。珍しい景色に見えたのかもしれないが、もしや最前の悪態のつづきなのではないか。私の髪や眉にはまだ、黒いのが少々残っている。が、髭、ことに顎の髭は真っ白だった。『こんなに白い……だからほどなく、おまえも、俺のようになる』口にこそしていないが、そのようにも取れる。しかし、むろん意地悪ではない。秋山さんは、きつい物言いの底に、いつも優しさがあった。堅い石の塊りを割ると、いつもマシュマロのように柔らかい何かが出てきた……。

それにしても、眠たそうだ。『先生、お寝《やす》みになりますか』『うん』と、秋山さんは素直にうなずきかえす。『……では』と、ベッドを離れようとすると、また秋山さんが唇を動かした。『心配するな』

はっきり聞き取ったわけではない。そう言ったと、私のほうが思っただけかもしれなかった。それに、これは普通の意味での心配するな、ではないはずだった。リハビリテーション病院の面会室で、まだいくらでも口が利《き》けたころ、秋山さんは、こう話していたのである。『死ぬのなんて、少しも怖くはないよ。ほんのわずかな溝を、ひょいと一またぎするだけだからね。心配するなよ』と。

訃報を聞くと、すぐさま私は秋山さんのお宅へと駆けつけた。五日まえと同じ病床に、秋山さんは横たわっていた。白い死装束《しにしょうぞく》で胸には懐剣《かいけん》が置かれていたが、法子夫人が顔をおおった白布を取ると、現われた顔は、先だってと何も変わってはいなかった。そして私の耳には『ガク、また、おまえ、何かバカを言いにきたのか』と聞こえたような気がしたが、これは錯覚だった。秋山さんはとうに溝を越えていってしまった。その唇は静止したまま、一向に動こうとはしなかった」

ここで明かしておくと、私の「体調面の問題」とは、秋山さんと同じく、たまたま受けたMRIの検査で脳に血腫《けっしゅ》があるのが分かり、再検査を間近にしていたことである。それこそは秋山さんに「ガクよ、おまえ、そんなことで」と笑われそうだが、何とも筆が進まなくなってしまった。

さいわいにして、私の血腫は小さくなっていると判明。その後の検査でも同様の結果が出て、とりあえず、こうして書きついでいけるということになったわけだ。

ともあれ、話をもどそう。秋山さんとの最初の出会いについては、引用したエッセイのなかで語ったが、より近づいたのは昭和四十九(一九七四)年、秋山さんが四十四歳、私が二十七歳の秋に発行した同人誌「蒼い共和国」(第四号)で対談をしてからだった。

全共闘運動の顚末《てんまつ》や、あのころ流行《はや》った「実存」に「生きざま」、終戦(敗戦)を味わった秋山さんの少年時代、文学をするときの内面の苦痛、なぜ書くか……そして、ふわふわと飛ぶタンポポの綿毛《わたげ》を称する私と、石ころに徹したいという秋山さん。

読みかえしてみて、これまでしてきた幾多の文学者との対談のなかでも、一、二を競うほどに面白いものだったが、部分引用も難しいので、いずれどこかで全部を再掲してもらおうかと思う。

その場には、私の前妻や現在活躍中の文芸評論家・井澤賢隆さんも同席していた。たしか神楽坂の「欅《けやき》」とかいう古民家風の店（今は店も、店名のもとになった大欅もすでにない）でのことで、たいそう盛りあがり、話を終えてのちも、皆して飲みつづけ、帰りは終電まぎわになったのを憶えている。

ひばりが丘団地の秋山さん宅への毎年の年始参りも、その時分から始まった。私も、ごいっしょした富岡さんも小山さんもだいぶ飲んだが、秋山さんはいつも酩酊して、議論に熱中してくると、たびたび私のセーターの胸もとをつかんで、引っぱる。おかげで私のセーターはどれもビリビリになって、着られなくなってしまうのだった。

ほどなく「蒼い共和国」は休刊（終刊）し、事情《わけ》あって、私は前妻と離婚、インドへと旅立つ。一年近くも彼《か》の地を放浪してまわり、帰国後は『インド塾の交差点』などのノンフィクション三部作と例の『水の旅立ち』で再デビュー。ほぼ同時に、新たな同人誌「えん」を創刊するのである。

創刊メンバーは三田誠広、笹倉明、普光江泰興、藤沢周、川西蘭、山崎行太郎の各氏、それに井澤さんや富岡さんらだが、創刊時には秋山さんも「先輩作家コーナー」に、瀬戸内寂聴と常磐新平の両氏とともに「えん」という言葉から連想される一文を寄せてくれた。韓国旅行と彼我の通貨＝ウォンと円について、両国の昨今の関係性を踏まえたうえで書かれた好エッセイであった。

当初の約束どおり、「えん」は全十号で終わり、平成六（一九九四）年、ほとんど同じメンバーで「二十一世紀文学」が創刊される。

谷川俊太郎、倉橋由美子、荒川洋治、立松和平、宮内勝典、川村湊、岡田喜秋、井口時男、

河野万里子の各氏など、多彩な執筆陣をそろえたが、ほとんど毎号、秀逸な短篇を寄せてくれたのが、三枝和子さん。秋山さんも以前に増して積極的に協力、三枝さんとともに「二十一世紀文学新人賞」の選考委員になってくれた。委員はほかに、三田、笹倉、山崎の三氏と、批評家でマルクス研究の第一人者・対馬斉さんである。

ほかの同人には、早くに物故《ぶっこ》した河林満さん、今なお活躍中の永田浩幸さん、坪井睦子さん、佐藤清子さん、菅泰子さんらがいる。

秋山駿さんの作品に関して言えば、「二十一世文学」第一巻の三号から九号まで、さらに同第二巻の一号から三号、つづく「えん21」の二号まで、インタビュー形式のモノローグで「石、ノート、そしてヴァレリー」「信長について」「私の文学遍歴」を変則連載。十余年におよんだが、最終的には『私の文学遍歴—独白的回想』のタイトルで、作品社から刊行された。

本のオビには、「遺作となった初の文学的自叙伝」とある。

その間ずっと、私はひばりが丘の秋山氏宅に押しかけていたわけで、「深い仲」になるのは当然であろう。

ほかの仕事で、とくに忘れがたいのは歴史時代物の世界だ。秋山さんの代表作の一つに『信長』（新潮社）があるが、その内容じたいが、すこぶる画期的なものであった。たんに信長の生涯や戦闘、業績などを列記したものではなく、プルタークやヴァレリーといった西欧の著者による伝記や人物評を引きあいに出している。

「これは、絶対に売れますよ」と私が言うと、「ほんとかね」と秋山さん。自分の書いたものは、評価はされても売れた試しがない、というのだ。しかし私の予言どおり、『信長』は大いにヒットして、なんと『信長・秀吉・家康』と題する秋山さんと私の書き下ろし対談の企画まで出た。

じつはそのころ、私自身が歴史時代小説を手がけるようになっていて、滑り出し上乗とでもいうべきか、相応に歴史物が売れていた。それで、ここでもインタビュアーを引きうけたのだが、版元の廣済堂出版の担当者・Tさんの粋な計らいで、上州と箱根の二つの温泉におもむき、泊まりがけで談話をすることとなった。

これには秋山さんみずから楽しんでくれたようで、「あとがき──楽しく語りあった」に、こんなことを書いている。

「三月二十六日、箱根塔之沢温泉・福住楼《ふくずみろう》。

戦前からそのままの建物だそうで、由緒ある風情である。漱石、藤村、川端ら多くの文人が常宿したという。なるほど。時間に磨かれたような廊下や、われわれの世話をしてくれる女性の振る舞いに見事なものがあった。われわれが陣取ったのは、風情ある庭があり、この宿でただ一つ内風呂のある部屋ということで、恐縮した。曇空から雨へと移っていくあいにくの天気だったが、この宿では雨が却ってよかった。われわれの気分に、なんともいえぬうるおいが生じた」

その晩も、秋山さんと私は痛飲したが、未明、酔い心地のままに「内風呂」へ行くと、先客がいた。秋山さんだった。

湯舟は石造りで広く、二、三人は優にはいれる。ゆるされて、はいると、秋山さんは湯舟の壁ぎわにしつらえられた石床に寝そべっていた。床の上を掛け流しの湯がチョロチョロと、

細流《せせらぎ》のように流れているのだ。薄く眼をあけて、私のほうを見ると、秋山さんは、
「極楽だよ、ガク……ここは、ほんとうに極楽だ」
うっとりとした声でつぶやいたのである。

それからまもなく、私自身、『吉良の言い分』(KSS出版)なるヒット作を出し、PHP文庫の「言い分」シリーズのほか、夕刊紙での連載がはじまり、書き下ろし文庫の捕物帖シリーズが四本……年間十点近くの本を出版するようになり、秋山さんとはなかなか会えないでいた。

ところが今からちょうど十年ほどまえに、歴史時代作家クラブを立ちあげ、その目玉の一つとして「クラブ賞」を設置することになった。そのとき私は、秋山さんがもともと、五味康祐の「柳生シリーズ」など、時代小説の大ファンだったことを思い出し、クラブの顧問兼クラブ賞の選考委員長を引きうけてもらうこととなったのだ。

そして第一回の特別功労賞に歴史物の重鎮で、クラブの名誉会長の津本陽さん、実績功労賞には、山本一力さんと私がえらばれた。会員全員のアンケート結果のせいでもあるが、秋山さんも大賛成。生涯初の文学賞の賞状を、師匠の手からじかに渡されることとなった。

その後、さほど時をへずして、秋山さんは病んで最期《さいご》の時をむかえるのだが、そのおりのことは、さきのエッセイで詳細に語っている。ほかにも私は、一個の短篇小説として「三田文學」誌に「石ころとタンポポ」(のちに「秋山さんの一口酒」に改題)を発表しているが、気に入っているので、ラストの部分だけ取りあげておこう。

胃癌の手術をしてからの秋山さんは、まったくと言って良いくらい、酒を飲めない身体にな

っていた。それが昼間でも、町の食堂やファミレスなどで会うと、必ず私に「ビールかワインを注文しろ」と言う。私のためではない、自分が『一口だけ』飲みたいがゆえである。私はそれを「秋山さんの一口酒」とよんでいたが、葬儀のあとの振るまい酒の場で、私はそのことを思いかえし、こう書いているのだ。

「石ころとタンポポ——まったく異質なようで、ふしぎと噛みあっていたように思う。

残りのウイスキーを飲みほしながら、私は側壁に飾られた秋山さんの遺影に向かってつぶやきかけた。結局、ビリビリになったセーターは、弁償してもらえずじまいでしたがね。先生、秋山駿先生、駿法院向誉思石文照居士どの、一口とは言わず、いくらでも飲んでください。掛け流しの湯の流れる、極楽、極楽の石床に寝そべって……献杯」

第四話

「あとの茉莉花《まつりか》」と中上健次

かつて、そう、三、四十年ほどまえには「文壇バー」というのが流行《はや》った。文学、文芸そのものが盛んで、文壇も出版界も活況を呈していた。それもあるのだろう。たいていは担当の編集者が勘定をもってくれたし、私のような物書きでも、原稿料や印税などを手にすると（現在よりはるかに部数が多く、そのぶん実入りも多かった）、身銭を切って飲みに行った。

銀座にも「数寄屋橋《すきやばし》」とか「姫」「葡萄屋」といった文壇バー（クラブ）があったが、新宿のほうが割安だし、気軽に行けるので、私など、ほとんど夜ごとに飲み歩いた時分もある。

有名どころでは、ゴールデン街を中心に「まえだ」や「ナベサン」「トウトウベ」「ムーミン」「小茶《こちゃ》」、新宿御苑前あたりだと「火の車」「風花《かざはな》」「風紋《ふうもん》」「アンダンテ」「ｂｕｒａ（ブラ）」あたりか。後継者不足か、出版不況のせいでもあろうが、今や大方なくなってしまった。残っているのは「風花」か「ブラ」ぐらいだろう。

それらの店は基本、ママかマスターが一人でやっていて、接客する女性はいなかった。が、「まずは、その辺で一杯ひっかけてから」ということか、あるいは朝の五時――始発電車が出るころまでやっていたせいもあって、最後は西口の大ガード近くにあった「茉莉花《まつりか》」なる店に行く。ラストに寄るせいで「あとの茉莉花」とよばれていた店だ。

カウンターもあったが、こびろい床にテーブル席が五つ六つ、文学好きの、少なくとも斯界《しかい》にくわしい美形の女性が同席してくれて、さほどに高くはない。

リーズナブルで、若手の作家でも自前で行けたということだ。五十年配のママさんが優しくて、私がインドを旅したときも、滞在した宿の気付で、「旅の風将よ、頑張れ」という励ましの便りをくれた。

井上靖や野間宏、石川達三といった大御所の姿も見えたように思うし、後藤明生氏や高井有一氏ら「内向の世代」の作家たちも、よく来ていた。三田誠広、立松和平、宮内勝典、高樹のぶ子氏など、同世代とも行き会ったが、変わったところでは、俳優としてデビューしたての役所広司、坂本龍一の父親で、昔、「文芸」の名編集長だったという坂本一亀さん。その一亀さんから声をかけられ、

「せがれの龍一が、わたしとは畑違いの音楽界でデビューしました。どうぞよろしく」

と、丁寧に挨拶されたこともある。私が芸能の世界にも、少しは通じていたせいだ。合点承知と引きうけたものの、私がどうこうする間もなく、龍一氏と「イエロー・マジック・オーケストラ」はたちまち音楽界の人気者になってしまった。

もしかしたら「あとの祭り」というのは、文字どおり「あとで悔むぞ」ということもあったのかもしれない。ひとり「茉莉花」に限らなかった。「まえだ」でも「風花」でも、そのころの文壇バーでは喧嘩騒ぎが多く、ゆっくり飲もうという客には向かない。

私自身、「新潮」編集者のMさんにそそのかされて、千円札(情けなや、それが当時の持ち金の最高額)を細かく引きちぎって後藤明生さんらに投げつけ、ケンカを売った憶えがある。まぁ、そのときは「何やってんだ、こいつ」という顔で、ほとんど無視されてしまったが……余

談ついでに語っておくと、いつも「早稲田文学」の懇親会の二次会場に決まっていたのが、新大久保界隈の「くろがね」という店。これまた文壇バーの一つで、何でも井伏鱒二の最後の恋人がママをしているとかの曰《いわ》くある居酒屋だった。

そこの畳の席に若手の作家が十数名ほども集まるのだが、毎年、白熱した議論のすえに喧嘩沙汰が起こる。たとえば、歌人で僧侶の福島泰樹さん、じつはボクシングの選手でもあり、力が強い。彼の手に一押しされただけで、とある新人評論家が脇の土間に転がり落ちた。

その翌年には、「文學界」に載った自分の作品が酷評されたことで、やはり評論家の渡部直巳氏の襟首をつかんだ者がいる。

さよう。「ケンカ・ガク」である。が、私は基本、口先三寸で、暴力はしない（そのじつ、腕力に自信がない）。だから、すぐに手を離し、やりすごしてしまった。

その点、ほんとうに怖かったのは、「茉莉花」の常連だった中上健次だ。何しろ高砂部屋にスカウトされた、との噂があったほどだから、ガタイが良い。筋骨隆々としていたのだ。

どこかの雑誌に「田舎者」と書いたということで、三田誠広さんは肋骨《ろっこつ》を何本か折られたそうだし、元編集者で歴史物の評論をもっぱらとしていた寺田博さんも負傷させられている。のちに聞いたところでは、加賀乙彦さんも中上さんに殴られたことがあるという。

けれど、そういう目にあわされても、だれも彼を訴えない。たぶん、かすり傷や軽傷程度のものをオーバーに話しているということもあろうが、おのれのほうにも彼のことを怒らせたという疚《やま》しさ、すなわち理由が分かっていて、結局、看過していたのだろう。

それより何より、中上さんの人徳、いいや、ずばり、人の好さ、のせいかとも、私は思う。

まさに「健ちゃん」は、あとに禍根を残さない人なのだ。小説作品のなかではともかく、ふだんの酒場などでの態度は悠々自適。あっけらかん、としているのである。

そういう彼の性分を見抜いていたせいもあるのだろう、私が「茉莉花」で、いちばんに親しくしていたのは、その自分より一つ年上の中上健次と、六歳上の柄谷行人の両氏である。

そのころすでに柄谷さんは、気鋭の文芸評論家として名をはせていたが、意外や、世間話が好きで、気さくに何でも話してくれる。

初めて会ったころにも、私が京王線の初台駅の近くで生まれ育ったと知って、自分は現在、初台に住んでいると言い、

「先だって、駅前の本屋さんで、きみの本を手にして、頼みます頼みますって、ペコペコ頭下げてたオッさん見かけたけど、あの人、きみの親父さんかなぁ」

「たぶん、そうです。いえ、間違いありません」

「良い親父さんじゃないか、大事にしろよ」

と、愉しそうに笑っていた。

中上さんに関しても、私の処女小説集にからめて、こんなふうに話したことがある。

「中上くんが羽田空港で運搬の仕事か何か、アルバイトしていたのは、知ってるだろ……あれはたしか、ぼくがパリだかどこか、ヨーロッパに行ったときの話さ」

中上健次が柄谷さんを見送りに来て、何やら一冊の本を掲げ、

「きみ空を翔《か》け、ぼく地を這《は》うって、叫んだのさ」

それこそは昭和四十八(一九七三)年、二十六歳のときに私が出した処女小説集『きみ空を翔

け、ぼく地を這う』(角川書店)だったのである。

中上健次の最初の作品集『十九歳の地図』が河出書房新社から刊行されたのが、一年後のことで、自分よりさきに上梓した私の作品集を読み、かつ意識してくれたのだろう。なるほど、おたがい気になる存在ではあった。けれどその時分、中上さんと私は、文学や作品の話は絶えてしなかった。

彼もまた、「師匠」であった。が、文学の、ではない。演歌の師匠だったのだ。

「茉莉花」には馴染《なじ》みのギター弾きが出入りしていて、中上さんも私も、よく演歌を歌ったが、たとえば私が八代亜紀の「舟唄」を唄うと、大きな拍手をしてくれたあとで、彼が言う。

「お酒はぬるめの燗がいい、肴はあぶったイカでいい……そのあたりは上手いけどさ、肝心のダンチョネ節のところがイマイチだなぁ」

〽沖の鴎に深酒させてヨー
いとしのあの娘とヨ　朝寝する　ダンチョネ……

という件《くだ》りである。

「もっと胆《はら》に力をこめて、こぶしを効かせるんだ」

演歌は文学だと、のちに私に告げたのは、まもなく登場する富岡幸一郎だが、そのとおりかもしれない。中上さんは演歌を通して、私に「文学の神髄」のようなものを教えてくれた気もする。

だいたい、私は中上健次に殴られるどころか、指一本さわられたことがない。おそらく、理由は簡単だ。

中上さんは『十九歳の地図』を出した翌年に『鳩どもの家』(集英社)を、翌々年の昭和五十一年には芥川賞の「岬」を収録した『岬』(文藝春秋)を刊行している。

芥川賞に関しては「戦後生まれ初の受賞」とか、ずいぶんと騒がれたが、それ以前、中上さんが同作を「文學界」に発表したときに読んで、私はすでに「負けた」と思った。ともかく、出だしが良い。

「地虫が鳴き始めていた。耳をそばだてるとかすかに聞こえる程だった。これから夜を通して、地虫は鳴きつづける。彼は、夜の、冷えた土のにおいを想った」

単行本のほうの「後記」も印象的だ。

「(前略)吹きこぼれるように、物を書きたい。いや、在りたい。ランボーの言う混乱の振幅を広げ、せめて私は、他者の中から、すっくと屹立する自分をさがす。だが、死んだ者、生きている者に、声は、届くだろうか? 読んで下さる方に、声は、届くだろうか?」

中上健次は昭和五十二(一九七七)年に、代表作の書き下ろし長篇『枯木灘』(河出書房新社)、それから六年後の同五十八年には、これまた代表作となる新潮社の純文学書き下ろしシリーズの一巻、『地の果て　至上の時』を刊行する。懐かしの函入《はこい》りで、その函の裏面に、こうある。

「(前略)この長編小説が熱い塊だった時も、書物としての姿を顕わした今も、深い山の奥に居続けたという感じは変わらない。

私が主人公を再生させたのではない。竹原秋幸が発したヴァイブレイションを受けて、私が現代に生きられる。　　著者」

このころ私はまるで小説の発表の見こみがなく、貧窮のどん底にあえいでいた。もはや「勝った、負けた」の段階ではなく、徹底的に差をつけられた、と自覚するほかはなかった。世間的な評価ではなく、私が彼の個々の作品を読んで、痛感させられたことである。

同世代の作家に対して、私はそこまで感じたことはない。

たまさかゴールデン街の「まえだ」で出くわしたとき、素直に私が告白すると、中上さんはただ黙って笑い、

「ガクよ。まぁ、一杯飲め」

酒を振舞ってくれたのだった。

その後、中上健次は人気作家の道をひた進むが、昭和五十年代に村上春樹と村上龍の「両村上」氏が彗星のごとくに現われて、中上さんの「お株」を奪ってしまう。

なかでも中上さんより二年半(私よりも一年)年下の春樹さんの人気は圧倒的で、昭和五十四(一九七九)年に「風の歌を聴け」で「群像」新人文学賞を取り、デビューするや、同五十七年に『羊をめぐる冒険』(講談社)を刊行、六十年には『世界の終りとハードボイルド・ワンダーランド』(新潮社)で谷崎潤一郎賞を受賞。そのころから、早くも巷《ちまた》では「ノーベル賞候補」との噂がささやかれはじめた気がする。

私はしかし、彼の初期作品の価値はみとめるが、昭和六十二年に一大ベストセラーとなった『ノルウェーの森』(講談社)を出したころから、村上さんは「文学」を離れた、と感じている。

少々話は飛ぶが、平成三(一九九一)年、アメリカとイラクとの間ではじまった「湾岸戦争」

に日本が自衛隊を派遣することに反対し、さきの柄谷行人さんの音頭で、大勢の文学者が集会をひらいたことがあった。その会場では中上さんはもちろん、津島祐子さんや田中康夫さん、森詠さん、川村湊さん、山崎行太郎さんらの顔も見えたが、私も参加していた。

　たしか、その帰路であったろう。久々に「まえだ」で、私は中上さんと飲んだ。湾岸戦争の話もしたが、珍しく「文学」のことも話題になった。もっとも、あまり突っこんだ議論をしたのではない。

　私は他でもない、村上春樹の名を口にしたのだ。自分の「村上評」を明かしたうえで、

「同じ『上』でも、村上の春樹さんより、中上健次さんのほうが、ずっと上ですよ」

などと、妙な誉め方をしたように思う。

　テキは「世界全体だと、一千万部を超える」とか、「ノーベル賞にいちばん近い」とか言われだした作家だ。嫉妬心とまでは行かずとも、人一倍、競争心を燃やしていたのだろう、中上さんはこのときも破顔一笑、一杯どころか、何杯でも飲め、と喜んでくれたのだった。

　思いもよらぬことであったが、中上さんが重い腎臓癌で亡くなったのは、これよりわずか一年ほどあとのことである。

　実のところ、その三年まえの平成元(一九八九)年に、私は自分の代表作といわれる書き下ろし長篇の『水の旅立ち』を刊行、それからさらに二十年余の時をへた令和の二(二〇二〇)年、亡き息《そく》のことを描いた『翔《しょう》』(第一回加賀乙彦推奨特別文学賞)を牧野出版から上梓、勝ちはしなくとも、少しは中上さんに追いついたかな、と思うようになった。

　その前後の時分である。文芸誌「文芸思潮」が主催した全国の同人誌の集いで、私は中上健

次さんの長女で同業の作家・中上紀さんと知りあった。軽く挨拶めいた立ち話をしただけであったが、

「あなたのお父上、昔から、わたしには優しくてね。小説の出来を褒めて、村上春樹さんより上だ、と言うと、やれ飲めそれ飲めって、大盤振舞いでしたよ」

そう告げると、紀さんは「いかにも、お父さんらしいわ」とつぶやいて、微笑した。

骨太のようでいて、じつは繊細――作品面では父娘、相《あい》、通底する。が、正直なところ、外見はちがう。紀さん、目鼻立ちが整っていて、健次さんとは似ても似つかない、と思っていたのに、その笑みだけはよく似ていた。こんなことを書くと、健次さん、天国から降りてきて、改めて殴られるかな。

第五話

藤原新也と下川裕治に誘われてインドへ

ここいらでまた、ちょっと毛いろの変わった二人の人物のことを書こう。

一人は「物を書く写真家」として有名な藤原新也である。昭和四十八（一九七三）年、私が二十六、三つ年上の藤原さんが二十九歳のころのことだ。だれかに紹介されたのか、リトルマガジン（文芸同人誌）「蒼い共和国」の編集責任者としてお会いしたのが、最初だったと思う。

彼は私に一枚の写真を見せて、

「これは自分がインドで撮ったものですが、どの雑誌でも取りあげてはくれません」

と告げる。藤原さんは当時すでに『印度放浪』（朝日新聞社）なる写真入りの旅行記を出して、評判になっていた。グラビア誌「アサヒグラフ」に連載されたものが一冊になったのだが、当の写真はそこでも掲載を断わられ、創刊予定の季刊誌「日本の宗教」でも、ページ数不足を口実に拒否された。

それは、インドのガンジス河の岸辺で、犬が人の死骸を食べているカラー写真だった。「蒼い共和国」には巻頭にグラビアページがあったので、「……載せてもらえましょうかね」と言ってきたのだった。

「もちろんですとも。こんな文芸愛好者用の雑誌でもよろしければ」

私は二つ返事で承諾した。それこそは「文学」的に見れば、しごく真っ当な写真だし、インドにはまだ行っていなかったものの、私も無銭旅行が好きで、中近東やヨーロッパの国々を旅してまわり、何冊かの旅行記を出していた。

そのなかでも書いていることだが、ギリシアの山奥では野犬に襲われて生命《いのち》からがらに逃走、イェルサレムでは危うく爆死するところであった。

そういう場とか、アラブ諸国や他の国々のスラム街あたりでは、行き倒れの骸《むくろ》をいくども眼にし、犬はともかく、カラスなどがその肉や骨をついばむ姿を目撃している。

ともあれ、藤原さんの「犬が人を喰う」写真は翌四十九年春に発行された「蒼い共和国」第三号に、彼自身が撮ったチベットの宗教画(タンカ)とならべて掲載された。そして裏面に、藤原さんみずから「『ヒト犬に喰われるの図』について」という一文を寄せている。

そこには、かの写真が各誌の掲載拒否にあった理由に関して、こんなことが書かれている。戦士が敵の生首を持っているような写真は「戦争告発」、飛行機事故で乗客の死体が木にぶらさがっているような写真は「文明告発」――つまりは「事件」の報道として、世間にゆるされる。ところが今日のような社会状況のなかでは、「この素材(写真)と大衆との間に接点を見いだすことは、困難である」と。

「何故それが困難であるかというと、ここにかかげてある写真は、一個の人間のきわめて自然な死の姿を露呈しているからだと思う」

藤原さんは、こうした図がチベットやインドのタンカのなかでも描かれていることを語り、「きわめて自然な食物連鎖の一景」なのだともいう。

「……彼らは、犬がヒトを喰らうそのそばを夕の食のためにきわめて自然な歩調で通りすぎるのである。そして彼らは夕飯の食卓で河から獲れた魚の類を喰らい、またその魚もかって人の肉を喰らって、犬の屍《しかばね》をついばんだのかも知れない」

藤原新也さんはよほどに、その写真のことが気になっていたとみえ、ほぼ十年後、爆発的にヒットした『東京漂流』（情報センター出版局）につづけて『メメントモリ（死を想え）』（三五館）を出版、これを再掲し、キャプションに「ニンゲンは犬に食われるほど自由だ」と記している。

のちに私が長期におよぶ「インドへの旅」を思い立ったのも、一つには、藤原新也氏との「出会い」があった気がするが、「蒼い共和国」第三号発行の直後に、私は前妻と結婚。その式を軽井沢の教会であげることにした。

西郷輝彦や吉田拓郎などの芸能人が挙式をあげたことで知られたカトリック教会だが（なぜか、二人ともに離婚）、こともあろうに、私はその結婚式の写真撮影を藤原さんに依頼したのだ。

どういうわけか（「恩返し」というよりも、たんに面白がってのことだろう）、藤原さんはすんなりと受けてくれた。そして翌朝早く友人の運転する車で東京を発つということになり、彼は一人、私の「新居」に泊まった。新婦と彼女の家族、私の家族も別個に軽井沢に向かう予定であったが、私は実家の近くの古い一軒家を借りて、そこを前妻との住まいにするつもりでいたのだ。

その晩、すなわち軽井沢での挙式の前夜、私と藤原さんとは夜っぴて眠らず、まだ家具も何もないガランとした部屋で、生と死、仏だの無限だのといった話をした憶えがある。藤原さんはほとんど下戸《げこ》に近かったような気がするから、私も白面《しらふ》だったのだろう。

何やら、結婚式の前夜に語るような話題ではなかったが、藤原さんは仙人風の風貌も、日ごろの物腰も哲学者めいている。言うこと為すこと、風変わりで、いつも生真面目でいるかというと、そうでもない。べつのときのことだが、

「旅先には、いつもお守りのなかにコンドームを入れているんだ」

などと「下ネタ」にもならぬようなことをポロリと言って、「現物」を見せてくれたりもした。

さて、軽井沢での結婚式の写真だが、プリントされたものを差しだされて、驚いた。「宣誓」の場面は新郎新婦の唇だけ、「指輪交換」の場面は手先だけ……二人が腕を組んで歩く場面はソフトフォーカスで、顔の輪郭すらも分からない。それのみならまだしも、参列者全員の集合写真もソフトフォーカスであった。

要するに、写真家・藤原新也の「作品」になってしまっていたのである。

そんなこともあろうかと、他の友人にもこっそりと撮影を頼んでおいたので、とりあえず事なきを得たが、まぁ、後にも先にも、天下の藤原新也先生が「他人の結婚式の写真撮影を任されたのは、一度きり」であったにちがいない。

光栄と言えば、光栄な話ではある。じっさい、それからの彼は文字どおり「飛ぶ鳥を落とす勢い」で、大活躍をする。

私と出会って四年後の昭和五十二(一九七七)年に、『逍遥游記』(朝日新聞社)で写真界の登竜門ともいわれる木村伊兵衛賞を受賞、同五十六年には『全東洋街道』(集英社)を著わして、毎日芸術賞を受賞する。ついでベストセラーの『東京漂流』、『メメントモリ』と、つづくのだ。

一方の私は「下降線」の一途をたどり、喰うや喰わずの貧乏生活、ついには十年近く連れ添った前妻と別れて、インドへと旅立つのである。そのときに、妻と離別するまでの経緯や、初

めてのインド行きの決意のほどを手紙に書いて、私は藤原さんに送った。それへの返事がまた、いかにも藤原新也らしい。

何事もつづられてはおらず、大きめの封筒のなかに、もう一つの封があって、表に「餞別《せんべつ》」とだけ記され、なかに五万円もの大枚がはいっていた。インドでならば、優に二、三ヵ月は暮らせる額である。

インドからの帰国報告はしたはずだが、その後、私のほうも忙しくなって、藤原さんとはずっと会っていない。ただし、彼の著作はどれも、くりかえし読んでいる。

平成二十五(二〇一三)年から二十六年にかけてだから、三十余年ものちのことである。私は仏教誌「大法輪」に連載していた長篇エッセイ「いま隣に空海さんがいたら」(のちに牧野出版より『此処《ここ》にいる空海』として刊行)の取材のために、高野山へ出向くことになった。

じつは藤原さんも『全東洋街道』の旅の最後に、高野山を訪ねている。改めてひもといてみて、やはり凄いと感じたが、ここではラストの部分を読んで、私が思ったことを『此処にいる空海』から引用しておこう。

「氏は旅の最後に、ここ高野山で、日本という国の在りようを問うている。

『何か身のまわりのものを殺さなければ生活が向上しないというような時、生活の向上を捨てて何かを殺さないような方法を選ぶ』

そういう『きわめて仏教的な生活の知恵』をもったアジアのなかにあって、日本は『特殊な国だ』と氏は言う。

『東洋の辺境に在り、西洋の辺境にある』という『地図上の位置』もあろうが、いちばんの特殊性は『その戦い（第二次世界大戦）に敗れ、原爆を知り、完膚《かんぷ》無きまでにたたきのめされて』『完全に、西洋物質文明の追随者となり、礼賛者とな』ったこと。つまりは、『西洋物質文明のエーテルによって完全に自意識を失った』

ということである。

戦後のその傾向が六十年代以降にいっそう増幅され、氏が全東洋の旅から帰った八十年代は『それが日本人の体質として完全に定着され』た。

今日からすれば、三十年もまえのその時点で、『私たちの身の回りの環境は仏教的環境であることを断念しつつある』

とも藤原氏は語っているのだ。

そして現在、世の中はさらに混濁、混沌としてきた。

氏は『鬼』と『観音』を引きあいに出しているが、今や鬼が観音になり、観音が鬼になり……もはや日本人は、というより人類全体が、滅亡に向かっているのではないか」

以上だが、コロナ禍にあって、「出口なし」ともいうべき状態におかれている令和のいま、なおさらに私はそれを痛感している。

さて、もう一人の「誘い人《いざな》」は下川裕治だが、私は藤原さんにも下川さんにも、じかに「誘われて」インドへ行ったわけではない。まぁ、藤原さんには『印度放浪』をはじめとするインド関連の著書が多数あるので、その影響を受けた、とは言える。

下川さんは私より五つ年下のルポライターだが、私がインドへ行くまえには旅行記類はまるで出していない。帰国後の平成二(一九九〇)年、『12万円で世界を歩く』(朝日新聞出版)が大ヒットして、続々、旅行記、とくにアジアの旅行物を出すようになったのだ。今では共著をくわえると、百四十冊にも上る。

下川さんはしかし、旅の本を出す以前から、アジアへの旅行はしじゅうしていて、インドのことも聞いたような気がする。もっとも彼は、私らしき人物(Gさん)とインドで待ちあわせた話も、平成七年刊の『アジアの旅に身をまかせ』(主婦の友社)のなかで触れていて、そこではこんなふうに書いている。

「昔から、旅行者の間では、女にふられると東南アジアに出かけ、離婚するとインドへ旅だつ、という冗談めいた格言があったが、それを知ってか知らずか、彼から、
『妻と別れ、インドへ行く』
と聞かされたとき、僕はどういったらいいのかわからなかった」

ふーむ。そうだったのか。インド旅行の前後、私は彼のアパートに転がりこみ、長の居候をさせてもらったので、おそらくそういう「格言」も耳にはしていたろうと思う。

同書の中で、下川さんは、京都での浪人生活中に書店でGさん主宰の同人誌を見つけたのが知りあうキッカケのように書いているが、少しちがう。もうちょっと複雑だった。

私の処女小説集『きみ空を翔け、ぼく地を這う』は、思いがけぬ反響があって、いくつかの手紙が届いたし、直接私の仕事場を訪ねてきて、その後「文友」となる井澤賢隆氏や山崎行太郎氏のような人もいた。田中康夫氏からの丁重な感想文を受けとった憶えもあるし、下川さんはその田中さんと同じ、松本(深志)の出身だが、京都で大学受験の浪人中で、差し出し先は京

都の市内だった。

私はかつて少女小説をたくさん書いていて、読者の女の子たちからの「ファンレター」をいっぱい貰っていた。だから普通なら、さほど気にとめないのだが、田中さんの感想文の細やかな指摘と、逆に簡潔ながら「言い得て妙」とも取れる下川さんの手紙は、強く印象に残った。

下川さんのそれは、「私は五木寛之のファンだが、五木さんの小説に大江健三郎さんを加味すると岳真也さんになる」といったものである。

全然、別ものとも言えるが、私もまた、五木、大江双方の愛読者だったので、「面白いヤツがいる」と思ったのだ。が、タイミングわるく返事を書けないでいるうちに、たまたま京都へ行く用事ができた。

それも鞍馬《くらま》方面への取材で、出町柳《でまちやなぎ》とかいったか、私鉄の乗り換えの駅の近くに下川さんが住んでいると分かった。

よし、立ち寄ってみるか。作者が読者のもとを訪ねるだなんて、おかしいが、私には昔から、そういう「酔狂」なところがある。

すぐに彼の下宿先を訪ねあてたけれど、下川裕治は留守であった。仕方なく置き手紙(メモ)をドアの隙間にはさんで帰ったのだが、その晩、メモを見た下川さんが、私の泊まったホテルの部屋に電話をかけてきた。

結果、さっそく会って街にくりだし、いっしょに飲もうということになったのだった。

風貌、いや、雰囲気がどことなく藤原新也さんに似ていて、雄弁なほうではない。が、やはり、自分が書いた手紙の内容は覚えていて、喋らせると、なかなか面白い。

半年後には下川さんが私の出身校、しかも同じ学部（慶応の経済）にはいり、二人の間はいっそう縮まった。私と前妻との居宅にもたびたび彼はおとずれたし、私のほうが、安曇野《あずみの》の小村にある下川さんの実家へ遊びに行ったことまである。

卒業後はしかし、下川さんは産経新聞社にはいって、日々を記者としての仕事に追われ、簡単には会えない。ときおり街で落ちあって、軽く飲む程度の付きあいになった。

インド旅行の前後、その下川さんに、私はたいへん世話になった。

別れた妻に家も何もすべてゆずり、私はほとんど身一つで彼の練馬区下井草のアパートに転がりこんだ。のちに彼は『アジア極楽旅行』（徳間書店）のなかで、アジアのたいていの国のトイレと同様に、その彼のアパートも旧制の「汲み取り式」で、「一階に僕、二階に酒癖の悪い鳶職《とび》のおじさんが棲む木造住宅」と書いているが、風呂付きであったし、二間か三間あって、居心地はわるくなかった。

ために、インドからの帰国後も私はそこに住み着き、半年ほども暮らすことになったのである。

私と入れちがいに、下川さんはタイへと長期旅行、留守をあずかるかたちではあったが……。

そのころにはもう、彼は産経新聞をやめてフリーになり、しじゅうアジア諸国と日本を往復していた。さきにも触れたように、私のインド放浪中、逗留先のカルカッタ（現・コルカタ）の宿を訪ねてきてもいる。

下川さんの本（『アジアの風に身をまかせ』）のなかで、私は「便が白くなるほどの激しい下痢にやられ」「薄汚い部屋のベッドに横たわる彼の体は妙に小さく見えた」くらいにしか記されていないが、本当は悪質のアメーバ赤痢で三日三晩、意識不明の重態におちいり、「天国への門」かとおぼしき眩しい光のなかを漂っていたのである。

同宿していた、これも「放浪のカメラマン」黒田康夫さんの甲斐甲斐しい看護がなかったら、おそらく「門」をくぐって彼岸《ひがん》へ渡ってしまっていただろう。

事実としては、日本から持参した抗生物質が効いたのか、体温計では計れないほどの高熱が日に一、二度ずつ下がってゆき、下川さんが現われたころには、ほとんど平熱にもどっていた。それで、

「幸い、Gさんの下痢は大事に至らなかった。しだいに顔色もよくなってきた彼に、彼の父親から託された荷物（梅干しや日本酒）を渡すと、

『日本を持ってきやがって』

といって彼は笑った」

となるのである。

同書で下川さんはインドのことを「出口の見えないブラックホール」に喩えているが、この章のラストが良い。

「……暗くなりかけた公園を歩いていると、僕らのまわりに数匹のホタルが舞いはじめた。

『Gさん、ホタル』

と僕はいった。彼は、

『ホタルか』
といって足を止めた。そして、
『昔、よく、おまえと話したな、文壇へなぐり込みをかけるための作戦を……』
といった。G氏があのとき、なぜ、そんなことをいったのか、僕にはよくわかった」

まさに小説家の文体だが、下川さんはこの二、三年後、私が再デビューを果たして、同人誌「えん」をはじめたころから小説を書きだし、同誌に「マイペンライ」「カイバルホテル」「スンダ海峡」などの好短篇を載せている。

ところがその矢先、下川裕治は『12万円で世界を歩く』を出して、これが大当たり。『バンコク探検』(双葉社)『アジアの誘惑』(講談社)『アジア漂流紀行』(徳間書店)と、つぎつぎアジア各地を舞台としたルポルタージュを著わしていくのだ。そのうちで私が、異色にして出色と思ったのが、『香田証生さんはなぜ殺されたのか』(新潮社)である。

もう十五、六年ほどもまえになるが、記憶している読者もいるだろう。平成十六(二〇〇四)年の十月、カメラマンでもジャーナリストでも、ボランティアですらない、ただの旅行者——バックパッカーらしき青年がイラクの国際テロ組織「アルカイダ機構」によって殺害される。

その青年が香田さんだが、何ともセンセーショナルなのは、彼自身が「日本から派遣された自衛隊が撤退しなければ、自分は首をはねられる」と話す映像が、わが国の一般家庭のテレビにも映しだされたことだった。

それより十三年まえの平成三(一九九一)年、サダム・フセインひきいるイラク軍とアメリカを中心とする多国籍軍との戦争——湾岸戦争があって、これに日本の自衛隊も参加。そのことに反対する文学者の集会（前項、参照）などもひらかれたのだが、結局、イラク軍は敗北、フセインは逃亡したものの、平成十五（二〇〇三）年に捕縛され、三年後に処刑されている。

その間も、イラクでは混乱がつづき、自衛隊も駐屯していたのだ。そして、香田証生さんがアルカイダにより殺害されるという事件が起こるのである。

当然、日本中が大騒ぎになったが、政府としては何ら手の打ちようがないうちに、香田さんは斬首されてしまった。それに対する日本国民の多数の反応が、香田さんの「自己責任」を問うどころか、「無知で子供っぽい」「マジでおかしいんじゃないか」といったものだった。

下川さんは首をかしげるが、「反論しようものなら、総攻撃を受けそうな勢いだった」という。

そこで彼は、香田さんの生まれ育った北九州の直方《のうがた》市を基点に、留学先のニュージーランドはクライストチャーチ近辺、イスラエルのテルアビブにイェルサレム、そしてヨルダンへと、「香田証生さん追跡の旅」をつづけるのである。

どんな理由で、香田さんは殺されたのか？　彼はただ無知で蒙昧なだけだったのか？　単なる好奇心でイラク入りを決めたのか？……何度も取材拒否や面会謝絶の憂き目にあいながらも、下川さんはいろんな人に会い、いろんな問いを投げかけていく。

最後の最後まで、「謎」は解けない。分かったのは、香田さんは「自分探しの旅」をしていたこと。そして彼は「自衛隊が派遣されているというイラクの特殊な事情があったにせよ」「危険とわかっていても、好奇心と冒険心に揺り動かされてイラクに向かってしまった」（同書「あとがき」)のではないか、ということだけだ。

下川さんは途中から、「自分探しの隘路《あいろ》のなかでもがいてい」る香田さんと、そのおりおりの気分でつぎの行く先を決める一介のバックパッカーの自分とを二重写しのようにしているが、この私もそこに一枚、噛んでも良い。

最初の本、二十歳《はたち》のときに書いた旅行記『ばっかやろう―生きて、旅して、考えて』(仮面社)でも、書かれた旅の中心は中東戦争直後のイスラエルやエジプトという「危険地帯」だったし、人生半ばで挫折して、誘われたのが下川さんの言う「出口の見えないブラックホール」のインドであったのだ。

下川さんは、香田さんの足跡《そくせき》をたどった本書の「あとがき」で、こんなことも書いている。「旅とはそういうものなのだ。確かな目的もなく、知らない国に分け入っていく。旅はそれでいいはずだ」

そのあとで香田さんを批判する輩《やから》に対してのものか、「この発言は、二十代の前半から旅ばかりつづけてきた僕の精一杯の反発なのだろう」とも記しているが、文中の「旅」を私は「文学」に置き換えても良いような気がする。

いや、「人生」としたって、かまわない。「人生は花の如く淋しい海の流転である/破れ易い水脈《みを》の嘆き/水の中の水の旅立ち」(金子光晴)なのだから。

本音をいえば、いかにもジャーナリスティックなタイトルは、いかがなものか、と思う。が、この作品こそは、ルポそしてノンフィクション・ライターとしての下川裕治の代表作であろうし、私などには沢木耕太郎の『深夜特急』(新潮社)すらも超えている、と見える。それだけになおのこと、シモカワよ、つぎは小説だよ、と言いたい。
けだし。人生の旅――「文学」としての小説への挑戦を願っている。

第六話

富岡幸一郎は「メダカの学校」のコイ

私にとって、一年近くにおよぶインド放浪の前と後では、大げさなようだが、日本の「戦前」と「戦後」くらいにちがう。文芸評論家で大学の教壇に立ち、今や鎌倉文学館の館長でもある富岡幸一郎とは、その「戦前」からの付きあいである。

最初の出会いは私が三十歳前後で、彼はまだ中大に在学中だったような気がする。

親しくなったのは、ある文学の会にともに参加し、しじゅう(ほとんど毎月)顔をあわせるようになってからである。その会は現代批評研究会というのが正式名称で、呼び名は「批評研」、外部からは「メダカの学校」と揶揄的によばれてもいた。

それについては、批評家でもないのに主たる会員だった三田誠広と私がそれぞれ、「批評の不可能性——絓秀実と菊田均」と「批評研究会について——ひとはそれを『メダカの学校』とよぶ』なるエッセイ(ともに山崎行太郎と宮本徹也が発行していた雑誌「季刊批評」に掲載)を書いている。

その記述にもとづいて触れておこう。

呼びかけ人は当時、売り出し中の批評家だった菊田さんと絓さんの二人である。月に一度、評論や思想に関する著作または小説などの文学作品をテキストに、酒を飲みつつ、カンカンガクガクと語りあう会で、会則もなければ、会費もない。

「来る者は拒まず、去る者は追わず」。常連はさきの両氏のほか、笠井潔、川村湊、竹田青嗣、小阪修平、神津陽、高橋徹、渡部直巳、岩佐壮四郎、草野尚詞……そして富岡幸一郎氏で、彼が最年少だったと思う。

たまに加藤典洋氏とかアメリカ文学者の巽孝之氏、三田誠広や私と同じく、小説をもっぱらとする宮内勝典氏あたりも顔を出していた。

「一貫した、あるいは共通した思想だとか理念なんてもの」はなく、「なるほど温《ぬる》んだ水面《みなも》に群れるメダカの一団に似ていなくもなかった」し、私の知人が営む天童温泉の宿に、みんなして繰りだし、なけなしの金をはたいて芸者をよぶなど、嘲笑われても仕方のない一面もあった。

ただ、三田さんが代表役の菊田・絓両氏に関して「『批評の不可能性』という問題を、誠実にかかえこんでいるように見える」と書いたように、はや三十路《みそじ》にいたろうという連中が酒を飲み、美形の芸者さんを脇にしてもなお、青臭い「文学談義」にふける——これには、拍手しても良いだろう。

はてさて、かの温泉旅行のドンチャン騒ぎにも参加はしたが、私の個人的評価では、メダカではなく、コイやエビ・タイにも匹敵する御仁《ごじん》も少なからずいた。

のちに私といっしょに「脱原発文学者の会」の活動をする川村湊。竹田青嗣や若くして亡くなった小阪修平。それに、富岡幸一郎である。

いつのころからか、批評研を離れた場でも、私は富岡さんと親しくなり、十歳ほども年下だというのに、いろんなことを教わった。

なかでも文章作法やテーマ立て、ストーリーの方向性など、富岡さんの示唆や指摘には納得できるものが多く、文芸誌に発表する場合など、大方の小説を私は彼に読んでもらった。担当の編集者に見せるまえに、である。

そのころの私は喰うや喰わずの貧乏生活で、ほそぼそと文筆活動をつづけていたのだが、富岡さんが丸をつけてくれた作品は、およそ「没《ぼっ》」にはならず、掲載されて、わが家の生計をわずかなりと救ってもくれた。

ことに自分ならびに自分の周辺を描いた「私小説」を書いたときには、必ずと言っていいほど、一読してもらい、貴重な感想を聞かせてもらった。まさに師匠、年少の「師」というわけだが、ひょっとして富岡さんは、私の「兄弟子」なのではあるまいか。

それというのも、以前に「秋山駿」の項目で触れたことだが、富岡幸一郎も秋山さんを師と仰ぎ、年始の挨拶を欠かさずにいた。当初は別々だったものが、やがては最寄り駅の西武池袋線・ひばりが丘の駅で待ちあわせ、同道するようになったのだ。

富岡さんは本格的な保守で、私はどちらかというとリベラルな政治志向なのに、一度もその種の件で言い争ったことがない。二人がともに、何よりも、どんなことより「文学」をこそ上位においていたためだろう。二人の師匠、秋山駿先生も、その点では一致していた。

私にとっての「戦後」、つまりインド放浪後にNHKテレビの『男の料理』に出演して、私が本場インドのカリー粉をもちいた「ガクちゃんカリー」なるものを作ったとき、ゲストとしてスタジオによばれた富岡幸一郎、「いやぁ、美味いですねぇ。こんなに美味いカリー、初めて食べました」と言って汗をかいていたのも、良い思い出である。

ちなみに富岡さんといっしょにゲスト出演したのが、藤原新也と同じくインドや東南アジアの光景を撮ってまわり、私と同宿したこともあるカメラマンの黒田康夫氏だった。

そのころに私は、ノンフィクションのインド三部作と書き下ろしの長篇小説『水の旅立ち』で再デビュー、同人誌「えん」を主宰しはじめる。

昭和六十一(一九八六)年十一月に発行された創刊号では、三田誠広や笹倉明、川西蘭、下川裕治、それに今回ここにも登場する藤沢周に普光江泰興らが小説を、飯田章と菊田均がエッセイを書き、なんと小林恭二がポエム欄に「HAIKU―無題」を発表している。そしてクリティック欄――山崎行太郎の「中村光夫論」とならんで掲載されているのが、富岡幸一郎の「三島由紀夫論―『花ざかりの森』と『詩を書く少年』」なのである。

富岡さんは翌年七月発行の「えん」二号にも、つづけて「三島由紀夫―『愛の渇き』と『青の時代』」を書き、三号、四号では軽いエッセイを掲載。五号、六号では奥付の「編集人」として、三田誠広や笹倉明らとともに名を連ねてくれている。

その第六号のメインがテーブル・ディスカッション。宗像浩司会の座談会で、「されど『されど、文学』―中間点からの視座」のタイトル(テーマ)のもと、三田さんに笹倉さん、富岡さんと私が出席、思い思いのことを喋っている。

あとで読みかえしても、面白く読めるが、最後のほうで富岡さんがちょっと気がかりなことを口にしている。まさに「ちょっと」が大事で、それがあるから、みんな文学をやっている、との発言のあと、「お水」なる言葉をもちだしているのだ。

世に言う「水商売」ではなく、「人が水のように流れている」という意味で、「この雑誌『えん』を見ていて、最初書いていた人もいて、いつのまにかいなくなった人もいて、新しく入った人もいて。やはり水のように流れているなって思う」と語り、それは「ある種のフィールド」で、「水のように流れていくところで接したものには、かなり貴重なものがある」と評価。そのうえで、こう話しているのだ。

「……少しロマンチックな言い方になるけど、ぼくの中では、この雑誌へのそういう想いはあるんです。だから、この雑誌を永久に続けろとか、絶対十号までやらなきゃいけないとか、という議論よりも、やはりぼくは、『お水』でいいんじゃないかなと想っています。ぼくはこれで『逃げ水』ですけど(笑)」

事実として、「えん」は結局、第十号までつづいたが、富岡幸一郎はその六号をもって、えんの会を離脱している。といっても、それこそは「逃げ水」でもなければ、「えん(縁)切り」だとか「喧嘩別れ」などではない。

ほどなく彼はドイツへ留学し、帰国後は杉並から鎌倉に移転。かの地を拠点に、いろいろと活躍する。

関東学院女子大学、関東学院大学での専任(助教授、教授)としての仕事に追われ、のちには鎌倉文学館の館長に就任。また「えん」の時代、すでに富岡さんは『戦後文学のアルケオロジー』(福武書店)と『内村鑑三—偉大なる罪人の生涯』(リブロポート)の二冊の本を上梓していたが、その後も『批評の現在』(構想社)、『使徒的人間—カール・バルト』(講談社)など、つぎつぎと出版している。

かたわら、というか、その延長線上でもあろうが、評論家の西部邁氏とむすび、氏が責任編集をしていた言論誌「発言者」に連載したり、後継誌「表現者」をみずから主宰するなど、いわゆる保守論壇の牽引役《けんいん》にもなっている。

とにもかくにも、顔をあわせる機会は減った。が、疎遠《そえん》になった、という感覚はない。たがいに異なる分野、それぞれの立場で活動していたし、良くも悪くも彼の姿はジャーナリズムの格好の的ともなるので、つねに視野にははいっていた。

私のほうも『北越の龍　河井継之助』(角川書店)を皮切りに歴史時代小説を書くようになり、ベストセラーも出したし、ときには月刊誌二誌、夕刊紙一紙に同時連載、書き下ろしもたくさん抱え、「超」がつくほどに多忙になった。

それはおのずと、富岡さんの眼や耳にもはいっていただろう。

おたがい秋山駿先生宅への年始参りは止めていたが、代わりに、とでも言おうか、「秋山会」なるものが出来て、秋山さんを主賓に毎年末、決まった新宿の中華料理店で忘年会をするというのが恒例になっていた。そこには富岡さんも私も出席して旧交を温めたし、そのおりには近くのスナックバー「ｂｕｒａ」での二次会に二人とも、たいてい顔を出した。

西部邁を彼から紹介してもらい、西部氏と富岡多恵子氏の対談本をインド滞在中に熟読したという話をして、盛りあがったことも、よく憶えている。

平成二十二(二〇一〇)年、「文芸思潮」に掲載された座談会「古井文学の神髄」にも、当の古井由吉氏をまねき、井口時男、飯田章、大高雅博、そして五十嵐勉の各氏とともに富岡さんも参加。私は私で亡き古井さんとは同じ「競馬好き」で、府中の競馬場近くの中華酒場でしじゅう飲んだ仲である。

そんなこともあって、ひとしお懐かしく、興味ぶかく読んだ。

平成二十五(二〇一三)年十月には秋山駿先生が逝去されたが、富岡さんは通夜の席のみに参列、私は翌日の葬儀にしか行けなかったので、二人は顔をあわせていない。

最後に会ったのは、その一年ほどあとだったろうか。ともに秋山さんの一周忌の法事には出られないので、法子夫人と連絡を取り、詩人の森川雅美をまじえ、連れだってひばりが丘の秋山先生宅を訪ね、香華《こうげ》を手向《たむ》けてきた。

帰路には森川さんもいっしょに、秋山さんともよく行った田無《たなし》の老舗のそば店で痛飲。「秋山会を復活させよう」などと話しあったが、いまだに実現させられずにいる。ただし、依然、富岡さんとの電話でのやりとりは欠かさず、そのつど、「秋山会復活」のことが話題になっている。

今年の正月には、富岡さんから突然に電話がはいり、

「ガクさんの小説『翔』、読みましたよ。良いですねぇ、これまでで、いちばんの傑作じゃないですか」

褒められたが、じっさい彼は週刊「読書人」に「私小説が問う『自己』というもの―『自分が今ここにこうして生きている』ことの不可能なまでの矛盾」という素晴らしい書評をしてくれた。ことにラストの数行に、私は四十年にもおよぶ富岡幸一郎と自分の付きあいのすべてが凝縮されているように感じた。

「かつて自らの青春を『地を這う』者として描いた作家は、七十歳をこえて実生活のただなかから、亡くなった愛息の姿態によって、自らの『真の姿を抉《えぐ》り取』られる。『私』という存在を言葉によって抉り取ること。それが私小説というこの国の近代小説のひとつの苛烈な伝統であり、岳真也はこの言葉の流れに棹さすことで、この連作を完結させている」

拙作『翔』の書評は三田誠広(「三田文學」)、藤沢周(「世界」)、大久保智弘(「早稲田文学」)の各氏がしてくれたし、山崎行太郎、井澤賢隆の両氏もSNS上で取りあげてくれた。「夕刊フジ」でも井上志津さんが「第一回加賀乙彦推奨特別文学賞」作家へのインタビューのかたちで紹介してくれたが、その加賀乙彦賞、もとはといえば、諸氏らの書評に負うところが大きい。

すべてに眼を通されたうえで、仲間うちに、「ぼくの名の賞、つくるんだったら、岳真也の『翔』に決めようよ」と発言したことがキッカケになっているのだ。

加賀先生はとりわけて、富岡幸一郎の書評をじっくりと読み、感心していたように思う。富岡さん、ありがとう。あなたはやはり、メダカなんかじゃなかった。でかい、どでかいコイ、大魚だったよ。

第七話

井澤賢隆と「普光江泰興」を語る

まずは井澤賢隆だが、彼自身の「岳学庵《がくがくあん》という発条《ばね》」なる詩をもって、その紹介文にしよう。

「『根無し草の叫び声』／この　五木寛之と大江健三郎のエッセンスを／そのまま合わせたようなエッセイ集の題名に引かれ／十九歳の時　一気に読んだ／著者は　岳真也／うなずけるみずみずしい感性／ついに　同世代の作家が誕生してくれた／そんな　初めての実感を持った／評判になった次の処女小説集／『きみ空を翔けぼく地を這う』／これを読みたくて／私は無謀にも作者の家を訪ねた／岳学庵／その扉を押すと／　うん？　誰だ／　そうか　もう一眠りするからおまえもそこで寝ていてくれ／夕方になって起き／私は指示に従って野菜炒めを作った／以来　同人誌の制作を手伝い／私も自分の作品を載せてもらった

夜になると新宿に連れ出され／何軒も飲み屋をはしごする／岳さんは酒も好きだが／人が好きなのだ／だが／いくら飲んでも／家に帰ると　机に向かって一人文章を書く／私が学んだものは／その　作家としての直の存在感だ／岳学庵には有象無象の若者たちが出入りしていた来る者は拒まず／去る者は追わず／そんな姿勢の中で／作家岳真也は／生活者岳真也として／自分の身を／最低限まで削り／分かっていながら／現実的にいつも大きな負債を抱え込む／そんなことから　踵《きびす》を返す人も／少なからずいた

しかし　この背水の実践こそが／岳さんの生きる矜持であり／その「私小説」の本質だ／佳

品『風間』から三十年／集大成である『緑回廊』の上梓／そして　現在の最高峰『翔』／どちらも「賞」に値する作品だと思った
『河井継之助』以来の／数多くの歴史・時代小説も／読めばわかるとおり／「私小説」の変奏／岳さんが活躍している中／私は哲学や仏教や音楽に沈潜していたが／岳学庵での関わりは／そのまま体躯に滲み込んでいて／私の成長の発条となっている／私は　小説家岳真也の一番弟子である／今　それを誇りを持って宣言する」

途中、詩作品として一行空けなければいけない箇所がいくつかあるが、正しくは一冊の詩集『人物詩』(七月堂)に収録されているので、ここでは我慢してもらおう。

とくに出だしのところ、ずいぶんと具体的だけれど、私の記憶とも一致する。のちに登場予定の山崎行太郎もそうだが、みんな、「岳学庵」を訪ねてきて、文友になった。

井澤賢隆には『学問と悲劇—「ニーチェ」から「絶対演劇」へ』(情況出版)なる評論集とも哲学書とも取れる著作がある。が、「絶対演劇」の命名者であり、みずからギターを弾き、宮沢賢治の詩に曲を付けてコンサートをひらき唄ったり、私の朗読のバックミュージックを担当してくれたりもしている。

最近、フェイスブック上で『翔』の書評をはじめたが、私の処女作あたりから書きだして、十五回目になるのに、まだ「インド放浪」前後。

「おいおい、このままだと、岳真也論が一冊できちまうぞ」と言っているのだが、どうやら本人は半分その気らしい。「そういうの書かれるとなぁ、わが人生、ジ・エンドみたいで、ちょっとなぁ」と、首をかしげながらも、満更でもないような……そういえば、「ハルキ論」をいっぱい書かれている村上春樹も、長生きしそうだしねぇ。

というわけで、ながーい付きあいだし、「一番弟子」を公言している井澤さんと一夜、飲んで話すことにした。

話のテーマは、井澤賢隆以上にながーい付きあいだった(彼の突然死により、途中でとぎれた)普光江泰興について、である。

普光江泰興とは慶応の学生だったころからのポン友なので、本当に長い。最初に出逢ったとき、「コーヘイ」という学友もいっしょにいたので、「フコーヘイ」かと思った。しかし、彼の名はフコーエで「普光院」なる由緒正しい寺を出自とする本名だ。

学生時代に出した同人誌「痴」から「蒼い共和国」、インド帰国後の「えん」、二巻(二回)におよぶ「二十一世紀文学」、そして「えん21」まで、すべての雑誌に何かしらを書いているのは、彼と私の二人だけである。

平成十七(二〇〇五)年に発行された「えん21」の創刊号は、カバーに特集[普光江泰興]とあるから、五十七歳で亡くなった彼のために出したようなものだった。

普光江さんのことをひとたび書きだせば、本誌のページ全部が必要になる。そこで、まず「えん21」の特集に再掲された彼の作品「ルフランの血と皿」の冒頭部を紹介しておこう。

「どこまで?　ああ気狂いピエロなの。そう…。まむし酒呑んでるのねあんた泣き出したくなっちゃう。この首を届けて。とどけて頂戴。白性の空の下で待ってる人がいるの。あたしの赤い。切られた首。ああんぐりとあいた口に。あんたをつめこまないでよ。あなたのコックはホモの匂いがしてとても厭なの。吐き出したくなっちゃう。かわいいあなた。かわいそうなあなた。ひび割れたあんたの皿。両性具有の子羊なんかじゃない。下品ね。いじわるな黙示録。生身なんだもの。伏目になるあたし。荒縄でしばられた縦長の深い臍《へそ》。ヨハネの首なんかじゃないいつまでもそこにいて。近づいちゃ駄目よ窃盗されてしまうじゃない。あんたの皿なんかとっくに割れちゃってるわよ。そう。ほんとよ。でもあたし今は空の青み。暗くて不安な椅子なの」

ついで、私と同じように「長く深い仲」だった三田誠広の普光江評と井澤賢隆のそれを取りあげる。そのうえで、普光江さんも大好きだった酒を汲みかわしながら、やや難解な井澤さんの論評を分かりやすく説いてもらおうと思う。

三田さんは「えん」第六号の座談会で、たいへん的確に指摘している。「……普光江さんの作品は、あれはすごい。前衛というだけじゃなく、一歩突き抜けた、人間の普遍的な哀しみみたいなものを書いたすごい作品だと思うんですよ」

「えん21」の特集〔普光江泰興〕でも、冒頭部は「ありきたりなアンチロマンだった」としながらも、「イメージの飛躍という点でも、文体の密度という点でも、同人誌の標準からすれば、かなりレベルが高かった」として、こう締めくくっている。

「いま改めて、普光江泰興の生涯とは何だったのかと思う。いま文芸誌に掲載されている凡百の文芸作品よりも、普光江泰興の文学的コラージュは、エキサイティングで、過激で、反社会的だった。それだけに普光江はやはり孤独であったのだろうと思う。その孤独感は、ある意味で、珠玉のようにきらめいていたのではなかったか。普光江泰興こそは、永遠の文学青年ではなかったかと思う」

ここで、いろんな雑誌に発表した井澤さんの書評や普光江泰興論のなかで、気になった部分を引きあいに出し、少しく解説してもらおう。

一番目は月刊誌「ヤンロード」に発表された『光の帝国』（吟遊社）に対する書評だ。

「これは小説（ロマン）ではない。言い換えれば頭脳で読む小説ではない。表題作他、五つの中編はすべて主題、ストーリーといったものとは無縁である。唯一言葉、それも物質、不安、頭痛、色、すべてを含みこんだ魅惑的な言葉をコラージュすることによって作品は成り立っている」

頭で考えても理解できない、ということらしい。

「ヌーボーロマン、ダダイズム、実験小説。この特異な作品をそう呼ぶことは簡単だ。しかし、常に現在進行形で息づいているその文体はこれらの批評を許さないだろうし、頭ではなく〈肉体的な感情〉で接したときにのみ、初めて作品世界は見えてくるだろう」

技巧は二の次なのだ、と井澤さんは言う。「普光江さんはいつも、自身を、肉体までも丸出しにして書いている。要するに、かたちを変えた私小説だ」というわけである。

普光江泰興にはほかに『魅せられた領域』（悟空社）と、荻野目洋蔵なる筆名で書いた『女優―エロティシズム幻想館』（自由国民社）があるが、その後者について、井澤さんは週刊「読書人」で書評している。

「これは過激な〈私小説〉である。過激さの一端は、確かに題材・内容にもある。ほとんど実名で登場する現代の美人女優や美少女タレントの様々なヘソの形態の描写から始まって、テレビや映画で見られる彼女たちの緊縛シーンの詳細な説明の連続、そして、それらがいつの間にか時代劇がかって『白縫いお新』や『ジャンヌ・ダルク』、また『豊臣秀次の妻妾子女』の処刑の場面へとオーバーラップされ、作者好みの女優の全裸大の字磔刑のじらすような描写が蜿《えん》蜒《えん》と続いていくからである」

そうと明かしておいて、井澤さんはこうつづける。

「だが、これは決して単なる趣味小説なのではない。SM、特にヘソや鼻責め、磔刑への嗜好は強く出てはいるが、しかし、作者はその描写をストーリー性に収斂させていこうとするのではなく、徹底して自己とのかかわりにおいて、しかもその時、その時の断片としてディティールを具体的に述べるだけなのである。実は、このあり方にこそ、この小説の過激性があるのであり、〈私小説〉と言える根拠があるのである」

井澤賢隆は特集〔普光江泰興〕のなかで、現実の彼のことも書いている。

「三〇数年まえに彼と初めて出会い、それ以来なぜか無条件に彼に共感していたのは、明るく冗舌でありながらも本質的に不器用で朴訥《ぼくとつ》な彼のあり方に自分と同じものを見、また彼の高知人としての磊落《らいらく》さに憧れていたからである」

実のところ、この私(岳)自身は、普光江さんの作品よりも、その人物に惚れていたような気がする。井澤さんも目撃しているが、彼は酒がはいると、かならず他人にこう訊く。

「ぼくのこと、好きですか。嫌いですか。嫌いなら、目のまえから失せて下さい。好きならば、いつまでも徹底的に付きあいます」

まさに、普光江泰興の文学とは、そこからこそ発しているのではなかろうか。

例の特集で三田さんみずから書いているが、普光江泰興は四国に住んでいて、上京すると私の家が定宿だったが、その私と連絡が取れない。そこで三田さんの家に泊めてもらった。遅くまで二人して飲んだ。ここまでは良い。

けれど朝になり、三田さんが用あってちょっと外出した間に、朝食を馳走になった。そのとき、三田夫人にずっとポルノだのＳＭだのの話をしつづけた。夫人は黙って聞いた振りをしていたようだが、おかげで三田さんは、あとで夫人に叱られ、

「あの人だけじゃなく、あの人を紹介したガクさんも家には出入り禁止よ」と告げたという。

「そういえば、電話では三田の奥さんと話すけど、あれ以来、家にはたしかに入れてもらってないな」と、私。大笑いして、井澤さんは言う。

「いかにも普光江さんらしいですね、小説のまんま、生きてたんですよ」

この項の最後の最後に、追悼文の代わりに書いた私の詩を掲げておこう。

「あばよ　普光江

普光江泰興。既成の文学概念にとらわれない作風と筆致で独自の作品を書きつづけた異色の作家。二〇〇四年五月の朝、頓死《とんし》。前夜は泥酔していたという。享年五十七歳。

普光江よ／最初におまえと会ったとき／ふしぎな名前だと感じたのを／覚えているぜ／不幸とも不公平とも聞き間違えて／まさか普遍の光の差しこむ入り江だったとはな／「ガクよ、おまえはマックス・ブロートだ／おれはフランツ・カフカだからな／よーく覚えておけ／おまえは流行作家になるんだ／そしたら、おれもいつか有名になる」／いつか　普遍の光が差しこむ

ことを信じながら／五十余年もの歳月を／だましだまし／生き抜いてよ
ある日　突然／突然に死んでくれたぜ／早死にだなんて言葉も色褪せたころにさ／それこそは／不幸とも不公平とも言えるよな／アバンギャルドを叫んだり／ホモ・セクシャルの隧道《ずいどう》を駆け抜けたり／サドとマゾとの交差点を渡ったり
若かったよな／若かった／今も若いだなぞと／ほざくつもりは毛頭《もうとう》ないが／おまえが残した夢の欠片《かけら》におれたちは／喰らいついてゆくしかないさ
そうだよ　普光江／普遍の光／だまし絵みたいな人生だ／もしやおいらが絵になるならば／おまえは　きっと華になる／あばよ　普光江／安らかなんぞとは無縁のままに／喧《やかま》しく／にぎしく／騒ぎ立てて眠ってくれ／陽気によ　悲しくよ／眠れば　そうだよ／きっと明日は普《ふ》賢菩薩《げんぼさつ》だ　あばよ」
思い出したよ。おまえのもう一つの口癖。褒めて、褒めて。もっと褒めてっ。てか。

第八話

「えん」「二十一世紀文学」の常連だった三枝和子

三枝和子との最初の出会いはいつだったのか、はっきりとはしない。が、インドへと旅立つまえではあったろう。私にとっての「戦前」である。どこかの文芸関係のパーティーで、こんな会話をかわしたのを憶えている。

「三枝和子って、同姓同名の人がいるんですよ」「えっ、どんな人なの?」「それが、三枝康隆という大学教授の娘さんで、いま編集の仕事をしているんです」

当時、私を担当していた旅行雑誌の編集者だったが、小説を書いて、デビューしたがっている。

「本名で?」「はい」

けっこう才能があるので、可能性は大。実現すると、「三枝和子」が同じ分野で二人いることになる。「困ったわね」「うーん。困りました」

それというのも、ご主人が森川達也なので、戸籍名はどうだったのか知らないが、三枝さんもたしか、本名なのだ。相手の娘さんと話しあうしかない、とまで三枝さんは言っていた気がする。が、そんなふうになるまえに、結局、若いほうの三枝和子が折れて、丸茂じゅんなるペンネームでデビュー。ポルノ小説を書いて、相応に売れるようになった。

まぁ、しかし、その一件は嘘ではないが、初めて会ったのはそれ以前、夫の森川達也さんが主宰していた文芸誌「審美」の編集部に、私が挨拶に行ったときかもしれない。

そうしてインドからの帰国後、私が同人誌「えん」を発行しはじめると、その第二号の「えん」をテーマにしたゲスト・エッセイ欄に、三枝さんは「閻王《えんおう》に会う」という作品を寄せてくれた。

同時に寄稿してもらったのが、中村真一郎と中田耕治で、つぎの第三号には倉橋由美子、岡田喜秋、高橋昌男の三氏が寄稿。そのおりに私は「まるいもの」すべてに関する蘊蓄《うんちく》をかたむけた倉橋さんの原稿をもらうべく、渋谷駅の改札口で待ちあわせ、とある居酒屋にお連れした。そのとき、

「赤提灯っていうんですか、恥ずかしながら、こういうお店にはいるの、わたくし、初めてなんですよ」

そう言って、五十すぎの倉橋さんが少女のように顔を紅潮させて感動していたのを憶えている。倉橋由美子といえば、若いころから淡々とした大人の文体で、「えん」の主要同人・普光江泰興の土佐高時代の先輩、「はちきん」と聞かされていただけに、なおさら驚いてしまった。

余談ついでに語っておけば、前項でもちらと触れた富岡多恵子。彼女とは新宿の酒場でばったり出くわしたときに、初めて口をきいた。店のマスターを相手に、富岡さんが「好きな煙草を切らした」とか言っているので、「マイルドセブンなら、ありますよ。どうせ、パチンコで取った景品です」と告げて、二、三箱、進呈した。

「ありがとう。で、きみの名は?」「はい。ガクシンヤです」「えー、あなたがガクさんなの?……えらい気さくじゃない。もっとゴーマンで、いやーな子かと思っていたわ」

そんな漫才みたいな話があります。


さて、本題にもどそう。

倉橋さんにゲスト・エッセイを寄せてもらった同じ「えん」の第三号に、三枝さんは「フラグメント　白い教会」という十数枚程度の小説を書いてくれた。

以来、この掌篇の「フラグメント・シリーズ」は「白い骨」(四号)「白い風」(五号)「白い記憶」(六号)「白い誘惑」(七号)「白い闇」(八号)「白い子供」(九号)と七回もつづき、最終の第十号「短篇小説特集」にも、三枝さんは石和鷹や下川裕治、飯田章、羽鳥あゆ子、佐藤洋二郎、杉本利男、武者圭子氏らとともに「旅の断章・レセプション」なる短篇を寄せてくれている。

そのころ、三枝さんの仕事場が荻窪にあり、私の住まいが西武新宿線の鷺宮近辺にあって、「えんの会」の事務局も、当初はそちらに置いていた。鷺宮と荻窪は目と鼻の先である。荻窪の「珠仁屋《ジュニヤ》」というスナックバーだったかと思うが、誘われて、何度か飲みにいった。

私も大の酒好きだが、三枝さんは見た目とはちがい、女傑とでもいおうか、底なしに強い。

それはともかく、ある晩、「すみませんね、三枝先生ともあろう大家に毎度、原稿料なしで書いていただいて……」深々と頭を下げて、私が言うと、それよりさらに低頭して、彼女は応えた。

「何を言ってるのよ。わたしのほうこそ、謝らなきゃ……だって、同人の皆さん、身銭をはたいて、雑誌を出されているんでしょ。それを、わたしったら、勝手に好きな小説書いて、ただで載せてもらってるんですから」

でも、「どれも、とっておきの作品なのよ」とも、三枝さんは言い添えていた。三枝さんは百人一首が得意で、私も子どものころから「カルタ取り」に興じている。うっかり口にして、そういう場に拉致《らち》?されたこともある。三枝先生、お上手すぎて。とてもとても、私の出る幕などはなかったのだけれど……。

荻窪の「珠仁屋」で私が深謝したのも当然のことで、三枝さんは昭和四十四（一九六九）年に『処刑が行われている』（審美社）で田村俊子賞、同五十三年に『鬼どもの夜は深い』（新潮社）で泉鏡花賞、平成十二（二〇〇〇）年に『薬子《くすこ》の京』（講談社）で紫式部賞を受賞。『響子《ひびきこ》微笑』（新潮社）をはじめとする「響子シリーズ」、ほかに『その日の夏』（講談社）、『その冬の死』（講談社）（私には『夏』のほうが印象ぶかいのに、なぜか『冬』のほうを図書新聞で書評、それが三枝和子選集5の「月報」に載っている）など、その作品は高く評価されている。

そんなにも多忙であっても、三枝さんは「えん」とは最後まで付きあい、同誌が平成四（一九九二）年六月、第十号をもって終刊して二年目。同六（一九九四）年五月、詩人にして編集者の北村信吾が経営する吟遊社を発行元に「二十一世紀文学」が創刊されたときにも、旅のフラグメント　北の海辺の記憶」を寄稿し、二号にも「旅のフラグメント　家出」、三号に「旅のフラグメント　覚束ない虹」と連作。

その後もつぎつぎと「とっておきの」掌篇を寄稿してくれた。

そればかりではない。二十一世紀文学会が「二十一世紀文学新人賞」を創設したときには、選考委員もつとめてくれた。他の委員は秋山駿、対馬斉、三田誠広、笹倉明、山崎行太郎の各氏、それに私で、計七人である。

その新人賞は二回で終わってしまったが、同誌はなおもつづき、その間に発行元の吟遊社が吉祥寺のサロンに読者をあつめ、さまざまな講師をよんで、ミニ講演会をもよおしたことがあった。

何回目かで三枝さんも演壇に立ち、「源氏物語の真相」といった内容の講演をした。私も拝聴したが、たいそう面白かった。

手もとに記録がないので、直接に引用できず、残念だが、こんな内容だったと思う。

紫式部の『源氏物語』は、美男の光源氏がたくさんの恋人をもっていた話として知られている。それがじつは、光は女性たちを囲っていたのではなく、それぞれの女性らが、いろんな男性を家にまねき入れた。

つまりは、「光さん、じゃあ、またね」と、手を振って別れたあとに、「お待たせしました。＊＊さん、どうぞ、お家へ」とよびこんだ、というのが真相だったらしい。

「要するに、ただの通い婚だったわけですね」

と、この言葉は三枝さん自身の口から発せられたが、これにはまさしく、目から鱗が落ちた感じがしたものである。

版元が途中からKSS出版に変わるなど、いろんな外的な事情があって、やむなく「二十一世紀文学」第一巻が、平成十(一九九八)年十一月に、十一号をもって終刊。それでも三田さんや笹倉さん、私など、何人かの同人は、「まだ、やろう」と踏ん張り、三年後の同十三(二〇〇一)年七月、同誌の第二巻を本当に少数のメンバーのみで、シンプルに創刊(復刊)した。なんと、その号にも三枝さんは好掌篇を寄せてくれたのだが、それがお仕舞いになった。翌平成十四年の十二月に、第二号が出た。そこには、三枝さんは何も書いていない。ちょうど難病にかかって苦しまれていた時期で、翌々十五年四月に亡くなったのだ。

三田さんと私とが池上の本門寺での葬儀には参列したが、雑誌は年内には出せずじまいで、平成十六(二〇〇四)年の一月に発行。そこで、ようやく「追悼　三枝和子」なる特集を組んでいる。

はじめに三田、笹倉、山崎の三氏と私が「三枝和子氏を偲んで」という座談会を掲載、ついで文芸誌の担当編集者だった折笠由美子さんが「三枝さんが残したもの」というエッセイを書き、三枝さんが「二十一世紀文学」第二巻創刊号に発表した最後の作品を再掲した。

そのタイトルは「弔詞《ちょうじ》」――じつに、友人の死にさいして認《したた》めた弔詞のことを書いた小説なのである。

なにがなし切ないが、冒頭とラストのほうの部分を抄録させてもらう。

「ともだちが死んだ。雪が横ざまに吹きつける朝だ。葬式の日になっても雪は降りやまない。弔詞を抱えて視野を閉して来る雪のなかを進む。ともだちは無宗教を望んだから祭壇は真白な百合と薔薇とカーネーション。真中に赤い服を着たともだちの写真がある。そこだけが赤い。……」

「私は柩《ひつぎ》から脱け出したともだちと喋っている。弔詞読まなかったけど。いいよ。読めなかったんだ。いいよ。雪が降ってたしね。いまも降ってる。降り止まないのかなあ。降り止まないと思うよ。ともだちは笑った。未来永劫に降り止まないと思うよ。……」

「……ともだちが雪になって降りしきっている理由がようやく分かって来る。私が弔詞を抱えて走り続けてもともだちの柩に追いつけない理由もようやく分かって来る。私は弔詞を諦める。弔詞を読まなくてもともだちは許してくれるだろう。

だって雪が降っているものね。あなたの骨が雪になって降りしきって行く手を阻んで来るので私はまえへ進めないのよ。

するとともだちは笑った。何も言わずにひっそりと笑った。標識のない停留所の柱にもたれてひっそりと笑った」

例の座談会でも私はこの話をしているが、私は彼女に、死後の世界はどうなっているか、と素朴な質問をしたことがある。すると彼女は、くすりとも笑わず、真摯に答えた。「たぶん、あるわよ。でも、まったくこの世とちがうものがあるのよね」

三枝さんはギリシアのアテネにも別荘をもっていて、「一度、遊びにいらっしゃい」と誘われたこともある。ついに行くことが出来ずにいてしまったが、「この世とはまったくちがうあの世」には、いつか行くのだろう。

アテネの海岸のようなところに寝そべって、のんびり読書でもしている彼女の姿を連想したりするが、おそらく別の次元だ。そんなことを考えて、座談会の最後に、私はこう発言している。

「というわけで、三枝さん、あなたの年少のポン友だった僕たちは、何とか泣き笑いしながら生きていいます。次元のちがうエーゲ海から、よろしく見守っていてください」

第九話

島尾敏雄の『死の棘《とげ》』は現代私小説の「大かがみ」

ある日、文芸誌「すばる」の編集者Tさんから電話がはいった。

「ガクさんは島尾さんとは、けっこう親しい仲だったですよねぇ」

「いや、まぁ、たまに新宿の酒場で出逢ったりすると、ああ、どうもって感じで隣に坐り、話をする程度でしたがね」

また、島尾敏雄が亡くなる直前に、ただのハガキでだが、私が出そうとしていた同人誌「えん」への原稿依頼の件でやりとりしている。

「ああ、それだけ近ければ、資格あり、ですよね」

何の資格かというと、それより数日まえの昭和六十一(一九八六)年十一月に病死した島尾さんを追悼する文章を書く資格らしい。

「ご存じでしょうが、島尾先生、内気な方でね、交友関係、あまり広くないんですよ」

それも友人は同年配の文筆家ばかりで、年齢《とし》の離れた物書きとの付きあいはほとんどない。

そこで、私が同年十二月発売の「すばる」一月号に書かせてもらうことになったのが、『私小説』の傷《いた》み」なるエッセイ。特集〔追悼・島尾敏雄〕の一つで、ほかに井上光晴が「宿定め—島尾敏雄を悼《いた》む」なる詩を、小川国夫が「飯坂と長崎の想い出」という一文を寄せている。

二人とも、当時の私には近寄りがたいほどの大作家だったが、同じ号に〔追悼・円地文子〕

の特集も掲載されていて、そちらの書き手は田中澄江、小松伸六の二人である。

ついでに同誌同号の目次を見ると、磯崎新と浅田彰が対談をし、つかこうへいが芝居の台本を、佐藤正午(若き日の正午氏のグラビア写真も掲載されている)が読切り小説を発表。筒井康隆、村上龍、立松和平、田久保英夫の連載陣に石川淳、中沢けいの二人が「新連載」でくわわっている。ほかに太田治子、篠田一士、小久保彰、小田切秀雄、野坂昭如、香咲弥須子、そして島田雅彦と多士済々、錚々《そうそう》たるメンバーぞろいだ。

さて肝心の私の追悼文「『私小説』の痛み」だが、島尾さんとの短いけれど(もしかして)深い交際の一部始終が書かれているので、ここでも割愛せずに丸々、引用させてもらうことにする。


「いま、私の手もとに鹿児島の島尾敏雄氏からいただいた二通の便りがある。どちらも短く、また公表してもさしさわりないと思われるので、ここに紹介させていただこう。

『お手紙ありがとうございました／新しい同人誌を御計画とのこと、たのしそうですね。頑張って下さい／さてぼくの原稿ですが、心は書きたいとはやりますが体や頭の調子次第ではっきり御返事できません／期日までに間にあえば送ります／こんな返事の仕方でよろしいでしょうか／もし確かな返事でないと具合が悪い場合は又の機会にさせて下さい／住所又変わりました』

これが八月十一日消印のもので、ほぼひと月後、こんな便りが届く。

『やっぱり体調を害《そこな》いました／今月はじめ入院し、今は家にもどりましたが当分静養です／

原稿は書けそうにありません　御了承下さい／九月十六日　島尾敏雄／岳真也様』

　じつは、この春ころから三田誠広、笹倉明、菊田均、富岡幸一郎、山崎行太郎といった面々とともに『えん』という文芸同人誌を計画、若手中心の同人の作品ばかりではなく、斯界《しかい》の先輩諸氏にもエッセイの執筆を依頼しようということになった。そして、夏のはじめに島尾氏のもとにも依頼状をお送りした。右の二通は、そのご返事というわけである。

　文面にある通り、単なる断り状ではあるが、一字一字几帳面に書かれ、また行間に氏の心やさしいお人柄がにじんでいるように私は感じた。

　しかし、最後のお便りをいただいてから二ヵ月と経たないうちに、氏の訃報に触れることになるとは、思いもよらなかった。ご病気であるとは知らされても、文章、字体ともにしっかりしていて、まさかそこまで悪いとは察せられずにいたのである。

　驚きや悲しみと同時に、そんなことも知らずに、あつかましいお願いをし、もしや氏の心労の種のひとつをこしらえてしまったのではないか、と悔やむ気持ちも動いた。

　氏とはじめて親しく口をきく機会を得たのは、それより四、五年まえの冬のことだったと思う。場所は新宿ゴールデン街の『まえだ』という酒場である。その以前にも、出版社のロビーや作家・マスコミ関係者の集まりのおりなどにお見かけしたことはあったが、自分がもっとも敬愛している作家のひとりだけに、おそれおおくて、とても声などかけられないでいた。

　それが、その夜は評論家の奥野健男氏とふたり、バーの止まり木にならんで腰かけ、気さくな雰囲気で飲んでおられる様子で、いいチャンスだと私は思った。

　思いきって話しかけ、うわずった口調で氏の諸作品を読んだときの感動を伝えた。じっさい、わけても好きな『死の棘《とげ》』（講談社）や『夢の中での日常』（現代社）、『出発は遂に訪れず』（新潮社）など、何度もくりかえし読んだものである。そんな私の打ち明け話を、島尾氏は眼を細めてじっと聞き入っておられたが、

『ぼくもあなたのことは知っていますよ。一つか二つ雑誌に載った作品を拝見させていただいた憶えもあるな』

そう言われて、私は単純に嬉しくなり、そのとき、このひとを「心の師」としよう、と勝手に思った。

次にお会いしたのは、何かの雑誌の新人賞授賞記念のパーティーの席でのことだった。今でもそれはつづいているが、そのころ私は、自分が『私小説』らしきものを書きだしたのはいいけれど、ちょっと他の人には言えない、分かってもらえまいと感じる悩みを抱えていた。

書かれた作品そのもののことではない。作者である私が陥ってしまうある種のジレンマ、傷みのようなものだ。

ひとつには、自分が書いたものによって実生活が逆にひきずられたり、しばられたりしてしまうという事実。ふつうなら見えない、見すごしてしまえるようなことが、書くことによって否応《いやおう》なしに見えてきて、それに生身の自分がひっぱられてしまうのである。

すでに面識のある気安さから、私はそうしたことを率直に島尾氏に明かしてみた。すると、氏は即座に『ぼくもあるよ、それはね』と応え、しばらく頭上をあおぐようにして考えこまれた後、

『……耐えなきゃならんだろうね。耐えなきゃ』とつぶやいた。

さらにもうひとつ、さきのことに関連はするのだが、自分を語り、自分の周囲にある人びとのことを描く——自分はいい。何をどう書いてもかまわない。けれど、父や母。兄弟、子どもなどの肉親、妻、夫、友人知己——そういう人びとの立場はどうなるのだろう。

プライヴァシーとか名誉棄損とか、そんなことではない。それも多少はあるかもしれないが、むしろ問題は自分の心情の側にある。書き、公《おおやけ》けにした後もなお、その人びとと暮らし、ともに生きる。そこに怖さがありはしないか。言うに言われぬ恐ろしい何かが……。

あるいは「私」を露《あらわ》にする小説を書く以上、それは当然の報い、心しておけ、ということなのだろうか。「私小説論」はたくさんあっても、その辺のことに触れたものは何故かほとんど眼にしたことがない。

世に『病妻もの』とよばれる『死の棘』の作者である島尾氏に、後輩として、『弟子』として、いや、同じ「私」の世界を描く作者同士として、訊いてみたかった。

一笑にふされるのを覚悟のうえでの問いかけだったが、氏はくすりとも笑わず、ただちょっと悪戯《いたずら》っ子にも似たおもはゆげな顔をされて、ぽつりと言う。

『そりゃあ、怖いよ。怖いですよ。たぶん死ぬまで怖いんじゃないかな』

いずれ、もっとゆっくり語りあおうということで、当時氏が住んでいた茅ヶ崎の自宅を訪れるよう招待された。しかし、その後私はそれこそ『私小説』の『逆襲』を受けるような恰好で、私生活上の破綻《はたん》をきたし、ひとりインドへと長の旅に出てしまった。もどってきたときには、すでに氏は鹿児島に移転されていて、幾通かの便りのやりとりで交流をつづけるしかなかった。

氏の訃報がもたらされたのは、奇《く》しくも例の同人誌『えん』創刊号の見本が届く日であった。同時に依頼したエッセイ欄には、やはり私がそれぞれ畏敬する瀬戸内晴美、秋山駿、常盤新平の三氏が寄稿して下さった。性懲りもなく『私』を綴った拙作も載っている。かたわら、私はもう三年ごしの長篇書き下ろしに取り組んでいるのだが、そんな私の耳に、今もあの『怖いよ』という島尾氏の声がひびきつづけている」

おそらく島尾さんが「怖い」と口にしたのは、『死の棘』の女主人公つまりは「病妻」だったミホ夫人（実名で登場）を念頭においてのことだったと思うが、その島尾ミホさんは「錯乱の魂から蘇って」なる意味ありげな手記でデビューし、小説『海辺の生と死』（創樹社刊）で田村俊子賞を受賞。

敏雄さん亡きあとも十五年ほども生きて、小説のほか、エッセイなども数多く発表していたが、平成十九（二〇〇七）年に八十七歳で亡くなっている。

一度お会いしたかったが、どうも敏雄さんの「怖いよ」が耳にこびりついていて、連絡をとる勇気が出ず、それきりになってしまった。

そういえば、島尾さんと知りあったのと同じころに、私は井上光晴さんや小川国夫さんとも行き逢っている。

さきの追悼文中にある新宿の文壇バー「まえだ」や「アンダンテ」でのことだったと思うが、井上さんとは当たり障りのない文学観を語りあったくらいで、内容はよく憶えていない。『虚構のクレーン』（未来社）や『地の群れ』（河出書房新社）など、熱中して読んだだけに残念である。

小川国夫は小説『アポロンの島』(講談社)で有名だ。彼とも、たまさかカウンターで隣りあわせた。そのおりに、私は「小川さんといえば、文学史に残る大作家……こんなところでお会いできるとは思いませんでしたよ」と言ったのだが、そこで止めておけば良かったか。「『アポロンの島』なぞ、もう、わが国の古典中の古典ですよ」褒めたつもりだったのに、小川さんは本気で怒りだした。

「何を言ってるんだね、きみは。ぼくを過去の人にしないでくれ。ぼくはガクくん、きみのライバルなんだぞ」

実をいうと、やはり大先達にして年長の島尾さんも私に対して、小川さんと同じように接してくれていたような気がする。しかし小川さんもそうだが、同じ小説――「私小説」を志向していたとはいえ、島尾敏雄と私の差は大きい。少なくとも、あの時点では、大差をつけられていたと思う。名作『死の棘』の冒頭部からして、凄い。

「私たちはその晩からかやをつるのをやめた。どうしてか蚊がいなくなった。妻もぼくも三晩も眠っていない。そんなことが可能かどうかわからない。少しは気がつかずに眠ったのかもしれないが眠った記憶はない。十一月には家を出て十二月には自殺する。それがあなたの運命だったと妻はへんな確信を持っている。『あなたは必ずそうなりました』と妻は言う、でもそれよりいくらか早く、審きは夏の終わりにやってきた」(第一章「離脱」)

その夏の日、昼下がりに帰宅した「私」は、家に鍵がかかっていて、妻も子どもらも留守だと知る。しかも家のなかの様子が異常で、台所の窓ガラスを破って屋内にはいると、食器類は投げだされ、自分の仕事部屋は「なまなましい事件の現場とかわらない」「机と畳と壁に血のりのようにあびせかけられたインキ。そのなかにきたなく捨てられている私の日記帳」。それらを見た「私」は「わなわなふるえだし」、「うわのそらでたばこをすってい」る。

やがて、二人の子どもを連れてもどってきた「妻のまえに据えられた私に、どこまでつづくかわからぬ尋問のあけくれがはじま」るのだ。

押し問答という言葉があるが、そんなものではない。押されっぱなしの問答である。一部を引くと――

「おまえ、ほんとにどうしても死ぬつもり？」／「おまえ、などと言ってもらいたくない。だれかとまちがえないでください」／「そんなら名前を呼びますか」／「あなたはどこまで恥知らずなのでしょう。あたしの名前が平気でよべるの、あなたさま、と言いなさい」／「あなたさま、どうしても死ぬつもりか」／「死にますとも……」

……本当に、永遠につづきそうなので、止めておく。

ともあれ、これほどにもファンタスティックで面白く、かつまた恐ろしい小説は他にない。けだし。すべての現代私小説のかがみ、「大かがみ」なのである。

いいねぇ、超えたね、藤沢周さん

憶えている限りでは、私が藤沢周の著作を書評したのは、これまでに二度である。それも彼がかつて勤めていた「図書新聞」ではなく、両方とも週刊「読書人」に掲載された。

一度目は平成二十九(二〇一七)年の二月で、『安吾のことば――「正直に生き抜く」ためのヒント』(集英社)について。二度目が今年七月、刊行後まもない『世阿弥　最後の花』(河出書房新社)を取りあげた。

こんど双方を読みかえしてみて、面白いことに気づいた。前者では途中、「いいねぇ、周さん。絶好調」と書き、後者は、はなから、こんなふうに書いている。

「一読後、『周さん、超えたね』と、私は思った。何を、だれを、ではない。藤沢周は、この作品は、ただひたぶるに『超えた』のである」

こういう、いかにも親しげな書き方は、書評だの論評の分野では「禁じ手」なのかもしれない。私はしかし、もとが「論」の苦手な小説書きなので、なにげなく書いてしまう。「拝啓＊＊様」という手紙調の書評もしたことがあるくらいだ。

ともあれ、私的な席でも公けの場でも「シュウさん」「ガクさん」と気軽によべる間柄ではある。

初対面は「戦前」――私がインドへ行くまえかと思っていたら、じつはインドからもどった直後だったらしい。最近、当人に電話して確かめた。

「インドではガクさん、赤痢かなにかで、四十度を超す熱を出して、意識不明になったとか……」

「そう、ぼくは意識をなくして、三日間、死んだのと同じ状態だったたんだよね。そんな話、したのか」

藤沢さん（ここではやはり、こうよぼう）は私より一回りほど年下で、当時、まだ二十代初め、法政大を出るか出ないかの年齢《とし》だったようだ。私が新たな同人誌を出そうかと考えていたころのことで、人づてに聞いたらしく、彼は五、六十枚の原稿を持って訪ねてきた。今はやりのライトノベルス風の小説で、若い男女の仲を描いたものだ。

正直のところ、文章はなかなか達者だが、ストーリーがイマイチかな、と私は感じた。そのとき、たしか普光江泰興もそばにいて、いっしょに読んだかと思うが、似たような感想だった。「もう一ひねりがほしいね」とか……。

普光江泰興はアンチロマンやヌーボーロマンにはまっていて、私もたぶんに影響を受けていた。しかし、さすがに三十半ばになって、私自身はそういう一種先鋭的な文体、手法から抜けだして、むしろ伝統的な日本の「私小説」に近づきつつあった。が、若き日の藤沢さんは普光江泰興の指摘に、おおいに刺激を受けたようだ。

ふりかえってみて、藤沢さんは言う。

「バロックですよ、バロキズム……ぼくがその後に学んだのは」バッハやヘンデルのバロックではない、二十世紀に興った「ニュー・バロキズム」で、ルネッサンスのような正円型志向ではなく、楕円の世界。焦点が一つではなく、二つあって、たがいに響きあう。正と反、静と動、光と影、条理と不条理——その種の対立軸が混じりあうとの芸術論のようだ。

それかあらぬか、二年ほどして同人誌「えん」が創刊されると決まるや、その第一号に向けて、藤沢周が新たに書いて持ってきた短篇小説「憑坐《よりまし》覚書」を読んで、驚いた。

「モスグリーンの制服のボタンを外す。なかなかいいんじゃないか。締まった下腹部に純白の晒をきっちり巻いて、かっこ好い。十二月に近かったから、外は空気が張りつめていた。だが、無駄なほどスチームを効かせた部屋だ。俺のこのはだけた胸を見てくれ。オリーブ油を塗ったみたいに汗が光って、ますます逞しく見えるじゃないか。……」

これが冒頭で、ラストはこうなる。

「刀！　俺の菊一文字！／大丈夫だ、しっかりと握っている。右手の中で堅固な充実感を漲らせている。／最後だ。肋骨の端から胃にかけて、始末をつけなければ。虚しくても、男をしなければならない虚しさ。／体に残った力を振りしぼり、刀を握りしめながら、声を上げた。／俺は目をみ開き、下腹部を見降ろした。手の中で、さっきから凛々と勃起している男根。かき抜く。かき抜く」

ナルシストの青年が割腹する話だが、以前に受けとった小説とは百八十度、ちがう。なんだ、普光江以上に過激じゃないか。私は驚愕し、いつのまに「超えた」のか、と、このときはひそかに思った。

ついで二号が「Ｍａｄａｍ　Ｇｒｅｃｏ」、一号おいて第四号に「市ヶ谷駅のあの若いＯＬが何故失禁したのか」という、いかにもセンセーショナルなタイトルの小説を載せている。それが昭和六十三（一九八八）年の八月のことで、藤沢さんと「えん」との縁はそれで終わる。

ただし、私個人との付きあいは、「編集者」と「執筆者」という関係でなおもつづいた。彼は図書新聞社に入社していたのだ。さきの三枝和子の著『その冬の日の死』の書評なども、藤沢さんが編集担当をしたのではなかったか。

つぎに私が主宰する雑誌に藤沢周が書いてくれたのが、平成八（一九九六）年発行の「二十一世紀文学」の第四号、「そんなにタクの写真が見たいのか」という息子自慢のエッセイである。その間に藤沢さんは就職したり、結婚して子どもが出来たり、実生活に追われていたようだ。が、そのじつ、小説の執筆のほうもつづけていて、しかも、さらなる飛躍をとげていた。「えん」に「市ヶ谷駅の……」を発表してから五年後の平成五（一九九三）年、「ゾーンを左に曲がれ」（のちに『死亡遊戯』と改題して刊行）を「文藝」に発表。注目されて、さらに五年をへた同十年、「ブエノスアイレス午前零時」（同名著を『死亡遊戯』と同じく河出書房新社より刊行）で芥川龍之介賞を獲得したのである。

あとにもさきにも一度きりだと思うが、私は芥川・直木両賞の受賞者を祝うパーティーに参加した。藤沢さんから直に招《よ》ばれなければ、あのときも行かなかっただろう。

同時に直木賞を受賞したのが、車谷長吉氏。まだ三田の学生だったころから、その名は知っていた。が、親しくはない。彼の受賞作『赤目四十八瀧心中未遂』（文藝春秋）は良い小説だが、大衆向けではなく、純文学である。

パーティーの席で会った主催者側の文藝春秋・取締役（元私の担当編集者）のT氏に、そのことを指摘すると、T氏は土下座でもするほどに腰を低くして、「すまない。ゆるして下さい」と言った。じつは、それより十年ほどまえに同社から出版された拙作『水の旅立ち』が「大衆向けではない」という氏の主張で直木賞候補から外され、「長すぎる」という理由で、芥川賞候補にもなれなかったのである。

まぁ、私のことはさておいて、藤沢さんは芥川賞を得た作品で、また「超えた」。めでたいことだとは思う。けれど一つ、気になることがあった。

そこまでになれば、藤沢周の名も天下に知られる。藤沢さんの受賞時にはもう亡くなっていたが、彼がデビューした時分には、歴史時代小説の分野で名高い作家、藤沢周平がまだ存命していたはずだ。さきに登場した三枝和子の件もある。その辺を、どうしたのか。

「まったく同じではないし、こちらは本名、あちらはペンネームですのでね、ま、良いかなとは思ったんですが、一度、ご挨拶くらいしておこうと、電話を入れたんです」

ところが、いくら待っても、相手が電話に出る気配はない。あきらめて、それきりにしていたのだが、ある出版社のパーティーで周平氏の夫人と出くわした。

「いやぁ、ぼくが書きつづけてるってんで、喜んで下さってねぇ、亡き主人のぶんまでも頑張って下さいって、言われたんですよ」とのこと。

ふーむ。なるほど。「周」の上には「周平」も重なっているのか。そしてもう一人、坂口安吾の霊までも……。

「私も昔から大の安吾ファンだが、本書は無頼・無骨・無常の『三無』で共通する坂口安吾と藤沢周の『連係プレー』が冴える」(前掲『安吾のことば』書評)。

この書評には、それより少しまえに藤沢さんが出した初の歴史小説『武蔵無常』（河出書房新社）のラストの場面も活《い》かされている。

「空無の只中に、己が浮かび、微塵ともなり、またその一微塵の中に、三界がある。光。光の中の光。闇。闇の中の闇」「武蔵に告げる小次郎の末期の呟き。『……そなたの……剣……。すでに……剣、なり』。藤沢周の才、すでにして安吾なり。すでに……筆、なり」

この項の締めはやはり、『世阿弥　最後の花』だろう。世阿弥は室町初期の中楽師《さるがくし》で、父の観阿弥とともに「観世流」とよばれる能の基をかためた人物だ。

世阿弥は「幽玄《ゆうげん》（夢幻）能」を完成させ、みずから謡曲をつくり、『風姿花伝』なる能芸論をも著わすが、足利家五代将軍の義教《よしのり》に疎《うと》んぜられ、勘気をこうむって、遠く北海に浮かぶ島、佐渡へと流される。

その佐渡へと渡る船中から物語ははじまる。渡った当初は意外や温かくもてなされ、配処先の寺院でも土地の子どもや島人に謡《うたい》や鼓《つづみ》を教えるなどして、長閑《のどか》に日をすごす。

それが島の惣領《そうりょう》たる本間信濃守から「雨乞の能をせよ」と命ぜられてより、「一転、話は苛烈と言おうか、過激、衝撃……老爺《ろうや》・世阿弥が生命《いのち》懸けで雨乞立願能を舞うシーンは圧巻だ。奇跡的に雨は降り、田畑は甦る。後半部、以前にやはり佐渡に流されて客死した順徳院の御霊を世阿弥が演じ、弔う「黒木能」を披露するが、これも凄まじい描写である」（岳の書評）。

歴史小説でこそ「生き死に」が書ける、と電話口で藤沢さんは言った。じっさい、かの作品には『風姿花伝』の翻訳、翻案とでも言おうか、世阿弥の口（心）をかりて、人が生きる意味を問う文言《もんごん》がたくさん、ちりばめられている。さきの書評でも引きあいに出したのが、つぎの言葉だ。

「能はまえにも、後ろにも、死がある。死の只中の錐《きり》の点で生きるのが舞ではないか」。

ここでは、あと一つ二つ、「名言」を掲げておこう。世阿弥は一座の者に能以外はするな、と説いたが、和歌だけはべつだ、とした。

「歌は天地を動かし、目に見えぬ鬼神をもあはれと思わせる。男女の仲をやわらげ、猛きもののふの心をも慰めるのだ」

こういうのも、ある。

「光とは不思議なものである。色を浮かべ、陰翳を生み、銀糸をきらめかせ、金箔を輝かせもする。だが、光が強うありすぎても、色は白うなって消え失せる。眩しきほどの日差しのもとで能を舞ったとて、おそらくは平らかな安っぽきものに堕し、月明かりでは闇の濃さに潰れてしまおう」

『世阿弥──』には佐渡に流謫《るたく》された世阿弥元清の晩年の生き様のほか、早世した息子・元雅との関係が一貫して描かれている。

「此岸と彼岸、父と子。しかも父は七十路《ななそじ》にして此岸に留まり、子は先に逝くという『逆縁』の関係。けだし、迷宮ならぬ『結界』を旅する父子の姿が、この物語の大きなモチーフの一つとなっている。もしや、世阿弥と同じような体験をもつ私は、出会うべくして本書と出会ったのかもしれない」と、かの書評でそんなことまで私は書いているが、じつはしばらくまえに藤沢周が「世界」誌上で拙作『翔』を取りあげてくれている。

精神を病んだ次男の突然の死からはじまる小説だが、書評の骨子は「（この）私小説の筆致は読む者の心を抉《えぐ》るほどに、つらく、悲しく、涙を抑えることができぬ」「（父と子が）互いに確かな感触を持って心の会話をしているところに希望がある」「これは『文学』が、国や社会や世間や共同体などの捏造《ねつぞう》した『普通』なるものを疑い続けるからこそ見えてきた真実」「人の抱える孤独、優しさ、悲嘆、怒り……そこに届く想像力こそが文学であ」る、というものだ。

藤沢周と私は、その文学観や小説作法などで「共通点」が多い。

ただ彼は実践肌というか、謡・仕舞をシテ方観世流梅若起彰師のもとで習っているらしい。現実に「能」を学んでいるのだ。私などには、真似のできないことである。

たとえば私は、薙刀《なぎなた》を使う若い女性を主人公に捕物帳みたいなものを書いたときには、道場に足をはこびはしたものの、ひたすら見学していただけだし、『利休を超える戦国の茶人　織田有楽斎《うらくさい》』（大法輪閣）を書いたときも、手にはいるだけの「お茶」の本はすべて読みこんだけれど、茶道を習うまでのことはしなかった。

それでもテーマやモチーフのえらび方、実験的な試みにたえず挑戦する、という点では、よく似ている。

『世阿弥──』にしても、そうだ。「父と子」の関係を通底にしていることでも言えるし、語り手をときおり違《たが》える手法なども、しかりである。なんと、序章の語り手からしてすでに、毒殺されて逝った息子の元雅であり、他の章の大方は世阿弥本人だが、本間家家臣でのちに僧侶となる人物が語る場面もある。

私はこの秋(令和三年十月)から「三田文學」誌に、その名も「父と子―家康と信康」を連載する予定でいたが、「前人未踏」の歴史物のつもりだったのに、さきを超されちまったよー(笑)。

冗談はともかく、もう一度、『世阿弥―』についての私の書評に眼を向けてみよう。

「時代物というと一般に、エンターテイメントと思われやすい。それがメリットになれば、逆にデメリットになることもある。けれど本当は、そんなジャンル分けは要らないのだ。本書をひもとけば、瞭然であろう。歴史上の人物を介して、ワット・イズ・ア・ライフ――人間とは何か、自分とは何かを問う。現代小説、時代小説などといったカテゴリーには係わりなく、この作品こそはまさに『純』文学なのである」

いくらか間をおいた今も、私は同じ感想を抱いている。

※「三田文學」誌に連載された「父と子―家康と信康」は、翌四年十月、『家康と信康―父と子の絆』という書名にて、河出書房新社より刊行された。

第十一話

「岳ワールド」の名付け親　立松和平

本名・横松和夫、筆名・立松和平……それよりも「ワッペイ」の愛称で、文学好きばかりか、多くの人びとに愛された。そのワッペイが急逝してから、じつにもう十四年もの歳月が流れた。享年六十三。夭折《ようせつ》とは言えない。が、早すぎた、惜しまれた死であったことは確かである。

その意味では、中上健次(享年四十六)も津島祐子(同六十八)も同様だが、前回書いた「えん」や「二十一世紀文学」などの同人仲間、普光江泰興(同五十七)もそうだった。彼には「あばよ、普光江」という追悼の詩を献げた。

そして立松和平のために、彼との付きあいのすべてを描いたのが「あばよ、ワッペイ」(「三田文學」一〇一号＝二〇一〇年冬季号、創刊一〇〇年創作特集)なる短篇小説だ。

その冒頭近くに書いているが、立松さんとの「出会いの時」は、はっきりしている。ちょっと、引いてみよう。

「たしか、東京は総武線・千駄ヶ谷の駅前だったように思う。駅を出て右手にある津田塾大学の少しさきに、様々な店舗のはいった雑居ビルがいくつか並んでいた。そのうちの一つの一階にあった焼き肉屋で、私は彼に引きあわされたのだ」

小説のなかでは「Sさん」になっているが、紹介者は本稿の「青春篇」、遠藤周作と五木寛之の両人の項目では。実名の清水秀雄で登場する。そこで、ここでは、そちらにしておこう。

当時、立松さんは早稲田の、私は慶応の学生で、清水さんは「早稲田文学」の編集室にあつまる学生たちのまとめ役だった。彼は同大の大学院生でありながら、なかなかの遣《や》り手で、「早稲田文学」の営業面を担当しており、その夜の会食のスポンサーは同誌に広告を載せていた某企業の社長さんだった。

「今は無名でも、将来有望な若い作家と会いたい」

というのが、会食の意図で、ほかにも新人の作家がいたのかもしれない。が、いちばん強く私の印象に残ったのが、立松和平だったのである。

「向かいあった席に坐った、その青年の顔を見た瞬間、私はふっと『茶筒』を思いうかべた。家の台所の棚に砂糖壷や塩、胡椒の瓶とならべて置かれていた円筒形の容器である。そういう輪郭の中央に、くりんとして黒目のきわだつ団栗《どんぐり》まなこが輝いていたのだ」

とにもかくにも焼き肉を焼くテーブルを囲み、ビールのジョッキを重ねて、よもやま話をしたのだが、清水さんが私のことを、「山や旅が好きだ」との理由で「岳」を名乗った、と紹介。立松さんも登山や旅行が好きで、沖縄や南アジアなどへも行っている、と話し、共通点は多い、と言った。

たとえば、ともに昭和二十二(一九四七)年の生まれで、私が十一月、立松さんは十二月と、ほぼ一ヵ月ちがい。早・慶と大学こそ異なれ、おたがい経済学部なのに小説家を志望している点もいっしょだった。ただ、彼は栃木県の宇都宮の出身で、

「ガクくんは東京、それも新宿ですよ」と、清水さんが告げたとき、立松さんはあの大きな眼

をさらに大きくさせて、私を見すえた。

「……そのときのワッペイこと立松和平こと横松和夫くんは、あの純朴さを絵に描いたような顔に、エクスクラメーションマークを三つほどもつけたような表情を浮かべていたのだ。

いまだに、何が彼をびっくりさせたのか、よくは分からずにいる」(「あばよ、ワッペイ」)

真相は不明のままだが、さきの清水さんが「早稲田文学」から解雇された。千駄ヶ谷での会食から半年ほどもしたころのことだ。その解雇の不透明さを突いて「早稲田文学解放学生会議」が結成され、なぜか一人、慶大生だった私までが巻きこまれる。そして、編集委員会のひらかれていた事務局に押しかけ、委員長(理事長)の石川達三氏に、「もう、きみは文壇には出られない」というキツイ叱責を受けた。

そのこともすでに私は本稿で書いているし、ほどなく一件は片付き、編集委員の一人として敵対していたはずの五木寛之氏が清水さんの結婚式に出席して「ぼんぼ子守歌」を唄った話も明かした。ちなみに、同じ委員だった(のちに私の文学の「師」となる)秋山駿氏も立食パーティーに参加。両氏がならんで写っている写真が、私の手もとに残されている。

さて、そこで、ワッペイ、立松和平である。彼は早大全共闘などの学生運動には関与していたはずだが、「学生会議」には、はいっていない。当然と言えば、当然だろう。

彼はその時分、「早稲田文学」の編集長をしていた有馬頼義氏の「秘蔵っ子」ともいうべき存在で、「とほうにくれて(のちに「途方にくれて」に改題)なるデビュー作が同誌に掲載されるや、「部屋の中の部屋」「たまには休息も必要だ」と立てつづけに短篇小説を発表。ついには

「自転車」で、第一回早稲田文学新人賞を受賞するのである。

立場上、立松さんと私の間は不仲になる。これも必然的にそうなったわけで、どこかで顔をあわせても、しばらくは口もきかなかった。

それが「仲直り」とでも言おうか、普通に話せるようになったのが、例の見城徹氏が企画した「箱根一泊旅行」なのである。

この話も「青春篇」高橋三千綱の項でしているが、見城氏に同行したのは、高橋さんに川村久志さん、そして立松さんと私の四人。

惜しむらくは、高橋三千綱氏も令和四(二〇二二)年夏、彼岸に渡ってしまったが、旅先の箱根で起こった出来事を、ここでも簡単に記しておく。

高橋さんはハンサムで、じじつ、モテモテ男だったが、それが災いしたのか、箱根湯本の街なかで芸者連に声をかけられ、川村さんと私を誘って彼女らといっしょに近くのスナックにはいった。ただだと思っていたのに、相手の芸者から大枚の花代《はなだい》をむしりとられ、意気消沈して、宿へ。

待っていた残りの二人、立松さんと見城さんも元気がない。訊いてみると、酒を飲みたくて宿の調理場へ行き、一升瓶を見つけて、持ち帰ろうとした。物音に気づいた宿の女中さんが出てきて、大目玉を喰らったのだという。

ここでまた、小説「あばよ、ワッペイ」の一部を引用してみよう。

「そんなワッペイたちを慰める意味もあって、私やミチツナも自分たちの失敗談を面白おかしく話してきかせた。するとワッペイ、例の垂れ気味の団栗まなこに、ようやくいつもの輝きが蘇った。

『これはよー、もう、笑うしかなかっぺよ』

『驚』から『怒』へ、そして『笑』へ。私が他の人たちと同じように、横松こと立松ことワッペイを、本当に『ワッペイ』とよぶようになったのは、この箱根行以降のことだったのである」

それからの私たちは、会えば、

「おう、ワッペイ」「ガクよー、元気かー」

と、声をかけあう仲になった。が、じっさいに顔をあわせる機会は、さほど多くはなかった。一つにそれは、私の側の「逼塞状況《ひっそく》」に原因していたのだと思う。

小説を書くかたわら、私は永六輔師匠のもとに弟子入りして、作詞や広告コピー、テレビ・ラジオの構成台本などを手がけ、みずからもワイド番組に出たり、ラジオのデスクジョッキーをしたりしていた。既述のように、フジテレビの『真っ平御免』という放談番組に二クール、半年間、落合恵子氏らとともにレギュラー出演していたこともある。

だが処女小説集を刊行してからは、それらの一切をやめて、物を書くことに専念しようと決めた。ところが、月一作の割合で書いていた中短篇は、どこの文芸誌にも載らず、ボツの山。かといって、書き下ろしの長篇小説も引き取り手がなく、右往左往していた。

さらには、マスコミで売れていたころに発刊したリトル・マガジン「蒼い共和国」の印刷代などが借金として残り、時代錯誤的な貧窮の生活をしていたのだ。

ほかにも理由はあったが、結婚後十年、三十半ばにして前妻と別れ、インドへと旅立ったのは、一つにそれがある。

一方、立松和平のほうは、日の出というか、破竹というべきか、たいそうなスピードで「出世街道」を歩んでいた。もっとも、彼にも辛苦の時期はあった。

早大卒業時に決まった集英社への就職内定を蹴って、私と同じく、筆一本で生きようとする。けれどもやはり、それはかなわず、土木作業員やら倉庫番やらをして何とか喰いぶちを稼いだのち、故郷・宇都宮の市役所に就職したのだ。

それでも、書くことだけはやめない。

まさに「二足のわらじ」であったが、三十代から四十代にかけての立松さんの勢いはすごかった。三田誠広や高橋三千綱のほか、ちょうど中上健次や津島祐子、春樹と龍の「両村上」も登場して、「蒼《あお》の世代(団塊の世代)」に脚光があたっていたせいもあったろう。

芥川賞こそは取り逃したものの、立松さんは宇都宮近辺とおぼしき地方都市でトマト農園を営む若者の鬱屈《うっくつ》した心情を、リズム感あふれる文体で描いた長篇小説『遠雷』(河出書房新社)で野間文芸新人賞を受賞。その後も、あちこちの文芸誌に中短篇を発表しながら、『遠雷』の続編たる『春雷』『性的黙示録』『地霊』の「遠雷・四部作」を完成させる。

「文学以外のことにも積極的に係わり、私とも知己の歌人にして僧侶・福島泰樹氏の誘いでボクシングをはじめたかと思えば、各種のカー・ラリーに参加。テレビ番組『ニュース・ステーション』こころと感動の旅』のレポーターにもなり、あの独特の栃木弁で『お茶の間の人気者』となった。

そうして、たちまちのうちにワッペイは、誰もが羨むようなスターダムを駆けあがっていったのだ」(「あばよ、ワッペイ」)

七十年安保の終末ごろに現れた「連合赤軍」を題材に、立松さんが文芸誌「すばる」で小説『光の雨』の連載をはじめたのは、平成五(一九九三)年。それが連合赤軍の元メンバーが書いた本の文章と似ている、盗作だ、と騒がれたことがあった。

立松さんは事実をみとめ、マスコミでの活動を自粛しているが、さすが底力の持ち主、新たに書き直して、五年後に「新潮」で連載再開。新潮社から刊行され、映画化までされた。

その後にも、彼の書いた長篇小説『二荒《ふたら》』(新潮社)に関して「盗作騒ぎ」があったが、そうした相次ぐ盗作事件もむしろ、立松さんが有名になりすぎたがために起こったことだろう、と私などは思っている。

一方、私はそんな立松和平とは対照的に、失速をよぎなくされた。テレビやラジオ、一般紙など、マスコミでの活躍ぶりを見ると、彼と私とでは、まるで逆の方向を進んでいたとも言えよう。だから「競争」なんかにはなりそうもなかったが、別の見方をすると、それぞれのペースで、グラウンドに引かれた白い線をはみださぬようにしながら走っていたような気もする。

ついにはそれが、ラインのない長距離走となった。

私が長く暗いトンネルから脱けだして、インド三部作と書き下ろし長篇小説『水の旅立ち』、そして歴史時代小説へと向かってゆき、たぶん人生一度のベストセラーを出したとき、だれよりも喜んでくれた一人がワッペイ、立松和平その人ではなかったか。

その証《あか》しか、彼は『吉良の言い分　真説忠臣蔵』の文庫本(小学館文庫)解説で、こんなことを書いてくれている。

「重要なのは歴史家というよりは、岳氏の小説家としての手腕である。歴史家に反論して納得させるというよりも、世の中に楽しい物語を提供しようということなのだ。この物語は岳氏の個性によって味つけされた、岳ワールドなのである。読者はその虚実皮膜の世界に遊んでいればよい」


この出版が平成十二(二〇〇〇)年の秋で、その十年後に立松さんは亡くなっているのだが、それより一年まえ、満八十二歳で逝去した早乙女貢氏を「偲ぶ会」が、銀座の東京會舘でもよおされた。


相応に高齢だったたし、逝ってからちょっと時間も経っていたので、重い雰囲気は微塵もなかった。生前の早乙女さんの明るい人柄のゆえもあったろう。人まえではめったに暗い顔を見せない立松和平も、ほろ酔いで、陽気に振舞っていた。そのおりの一場面を「あばよ、ワッペイ」では、こう描いている。

「すべてのスピーチやイベントが終わり、解散まぎわのことだったが、会場の一角でワッペイが女性ファンに囲まれ、歓談していた。

『おっと、ワッペイ……何だか、えらくもててるじゃんか』

近づいていって、私が言うと、

『あっ、この人がガクシンヤ。忠臣蔵といえば、ふつう赤穂義士だっぺ……それが、ガクはよー、吉良さんの味方して書いて、儲けてさー、蔵建てたんだ』

そんなことを口にして、ご婦人方を笑わせていた」

私のホームページのタイトルにもなった「岳ワールド」の名付け親、立松和平と会う、それが最後となった。

第十二話

「兄者」二人　坂上弘と佐藤洋二郎

何と言うことだろう。

令和二(二〇二〇)年秋、日本文藝家協会の理事会のあと、まだ「緊急事態宣言」が出されるまえでもあったので、協会近くの手打ち蕎麦店「すわ庵」に何人かの仲間があつまり、二次会をした。一次の会はもちろん素面《しらふ》でやるから、おのずと酒宴となる。

そこに最後までいて、記念撮影したメンバーが五人——作家の坂上弘と佐藤洋二郎、文藝評論家の川村湊の各常任理事、それに監事で前回ここにも登場した芥川賞作家の藤沢周、そして私(理事)である。

撮影したのは「すわ庵」のご主人で、何枚か撮ったように思うが、それが私のスマホにも残っていて、フェイスブックに投稿、「このメンバーで、いっしょに飲み、かつ写るなんて珍しい」などと記してしまった。おそらく最初で最後だろう、とも書こうとしたのだが、やめた。やめて、良かった。ともに一枚の写真に収まったうちの一人、最長老で文藝家協会の元理事長でもある坂上さんが翌三年の夏、病死されたのだ。

意外といえば、意外だった。齢八十五になってはいたが、この写真を撮ったときには、「まだまだ、ご達者」という感じで、よく飲み、よく語っていたからである。ただ、それ以後、ズームでも理事会には出席せずにいたから、ちょっと心配ではあった。

坂上さんは、私にとっては慶応の先輩で、「三田文學」を通しての付きあいが長かった。若いころの私はしかし、敵視とまでは行かぬまでも、何となく疎んじていた。

ヌーボーロマンが好きで、実験小説もどきの作品ばかり書いていた。そんな私にとって、ひとり坂上さんに限らず、「内向の世代」の作家たちの小説は、いわゆる「私小説」とはちがっていたが、古典的な文体というか、「優等生」の書く文章というか、どうも今ひとつ、しっくりと来なかったのだ。

純文学志向とはうらはらに、永六輔師匠に弟子入りして、コピー・ライトや作詞をし、テレビやラジオにも出演していた私。「サラリーマン作家」とよばれていた折り目正しい坂上さんのほうでも、そんな私を胡散《うさん》くさく思っていたのかも知れない。

あるとき、その坂上さんが兄事していたという山川方夫の『愛のごとく』を読んで感動してから、私の心境に変化が生じた。古井由吉や後藤明生、そして坂上弘の『野菜売りの声』(河出書房新社)、『枇杷《びわ》の季節』(講談社)、『故人』(平凡社)『初めの愛』(講談社)などを読みあさるようになったのだ。

三十をすぎたころから、私自身が伝統的な私小説を書きはじめていて、インド放浪のまえに『風間』(彩流社)『骨肉の舞い』(河出書房新社)を出版、帰国後に『水の旅立ち』を書き下ろすなどしている。

その辺から、おたがいの見方も変わったような気がするが、個人的には「三田文學」の懇親会など、文芸関係のパーティーで行き会ったとき、軽く挨拶する程度の仲でしかなかった。

「三田文學」の懇親会と言えば、かつては慶応大学の裏門(幻の門)まえにあった中華料理店でおこなうのが恒例だったが、その席で当時、文芸評論のトップに立っていた江藤淳氏が『水の旅立ち』を、たいそう褒めてくれたことが忘れられない。

まぁ、それ以前に、私のほうが江藤さんの著書『成熟と喪失』を読んで感銘を受け、ファンレターのごとき手紙を書き送った返礼でもあったのだろう。が、「お褒めの言葉」だけではなく、帝国ホテル内の高級寿司店での二次会(数名限定で、すべて江藤さん持ち)にまで誘ってくれた。

その二次会には、坂上さんよりさきに(昭和六十～六十二年)「三田文學」の編集長をつとめた高橋昌男氏はいたが、坂上さんは同席していなかったと思う。


坂上弘と私が急速に近づいたのは、彼が平成四(一九九一)年の夏、当の「三田文學」の編集長に就任してからである。

就任直後、坂上さんは若手の作家や評論家の誰彼と会っていたようで、私と山崎行太郎氏は、有楽町の「爐端《ろばた》」なる老舗の小料理店によびだされた。

同店は今も残っているが、三階だか四階だかに個室の座敷があって、そこであれこれと語りあった。その内容までは憶えていない。が、深夜まで文学談議にふけり、

「何か一つ、書いてはくれまいか」

最後に、そう言われた。

ちなみに坂上さんは、後述する佐藤洋二郎氏とは、別のところで会ったらしい。

坂上さんが編集長だったのは二年半くらいで、さほど長くはなく、その間に私は二本、平成

四年の夏季号に「秘境にて」(『風の祭礼』作品社に収録)、同五年の冬季号に「生家のある町」(『平成妖かし物語』KSS出版に収録)なる短篇小説を書いたきりである。

編集長の職を退き、坂上さんは三田文學会の理事長ならびに慶應義塾大学出版会(当初は、慶應通信株式会社)の社長となる。「三田文學」の編集長はその後、古屋健三、伊井直行の両氏、そして加藤宗哉氏に託されることとなった。

同氏は学生時代からの私の知己で、彼の編集長時代(平成九~二十五年)に私は「浅春」、「あばよ、ワッペイ」、「ノコさんのこと」、「ある再会」など、多くの掌篇や短篇を連作させてもらった。他誌に書いたものと合わせて『マイライフ・ジグソー』なる一巻にまとめる予定で、一作ごと、末尾には「掌篇私話」と付してある。

話が前後するが、ちょうど坂上さんが「三田文學」の編集長となるころ、私は新宿の文壇バーで、たまたま彼と出くわし、ひどく叱られた憶えがある。自分が主宰していた同人誌「えん」の第九号への寄稿を依頼し、とうに原稿が送られてきていたのだが、私は礼状を出すどころか、「届きました」の一言も返さずにいたのだ。

私の手もとにそのおり、坂上さんと評論家の奥野健男氏のエッセイが載った「えん」がある。小説家としては名高いが、坂上さんの短いエッセイはあまり知られていないと思うので、そのエッセイ「教壇からの眺め」の冒頭と最後の部分を紹介させてもらおう。

「一年まえ、うまれてはじめて、教壇というところに立った。

母校の慶應に久保田万太郎記念基金による講座があって、いつかはやるものだ、といわれていたので、頼まれたとき早い方がいいだろうと思って、引き受けた。大した準備もできなかったが、好きな作家の作品の話でもしていれば、週に一度ぐらいなら、みっともないことにはならないだろう、と高をくくった。

新学期がきて言われた日に出かけて行ってみると、巨大な階段教室に案内された。ぎしぎし出来損ないの足場のような音のする教壇に立って、目を上げると、段々畑のようにぼうと霞み、上の方に点々と農夫が耕している、そんな光景にうつった。急に心細くなって足が震えた。漱石の苦沙弥《くしゃみ》先生は教職に徹していたようだがこんなときどんな感想を抱いただろうと下らない想像がわいた。そのとたんにおそろしい程の沈黙が襲いかかった。段々畑などと思いこもうとしたのは、誰もが一斉に見下ろしている、そのおそろしさを払いのけたかったからにちがいない。人間にとって一番恐怖がわくのは同じ人間のまえに立って話をすることだ、と有名な人生論の中に書いてある。現代はこの種の真理を活用して教育訓練の商売までできている世の中である。こういう類のことが、走馬燈のように、予期せず頭の中をかけめぐって、自分の話がどういう首尾だったたか、覚えがなかった」

このあと、坂上さんは「仏文学の高山鉄男教授」らと相談した話や、「教壇の上からリードしてはいけない」というマックス・ウェーバーの言葉をもとに、上から目線の教壇は良くない、と掲げたりする。そして「学校側は平たい百人程入る部屋に替えてくれた」が、出席はとらぬ、試験はせぬ、レポートのみ、といった「必要な情報」を得ると、それだけで何人かの学生が教室を出ていってしまう。それと見て、坂上さんは「唖然」とするが、「実際はいらぬ屈辱だった」とつづく。

「受講登録者数は二百五十六名という名簿を渡されたが、教室にくる学生数は百名に減り、八十名に減り、二ヵ月も経たぬうちに四十名位の常連が顔を見せてくれるようになった。この方が話すのにも骨がおれず、マイクを使う必要もなければ、黒板に書くにも自由に躰が動く。結構楽しかったのは、文学好きの諸君が残っているのが分かったからだ。妄想を断ぜず、真を求めずというところだろうか。

ところで、授業に出るまえに寄るところに教員室がある。入口に、風呂屋の番台みたいな囲いの受付があるところを除けば、駅の待合室に似ている。授業開始のブザーが鳴ると、準備のできた先生たちが出て行く。なかにはスライドの機材をもったり、何にするのか和服の着付道具をもったり、いろいろな工夫をしている先生を見掛ける。私は、たいてい、それらの活気あふれる先生たちがいなくなってから腰を上げる。例の番台に、一度もわらったことのない品の良い婦人がいて、チョークやイレーサーの管理をしている。私はその婦人のまえを通って教室に向う。すると、こちらの耳に入るか入らないかの音程で、『いってらっしゃいませ』という。陰気でもないが、なにか、ひきしまる。私は、授業のあとで、教員室にもどらないので、はたして婦人が、『おかえりなさい』といってくれるのかどうか、知る術《すべ》もなかった」

いま、読みかえしても、名エッセイである。これだけの原稿が届いたのに、何の返事もしないとは、まことに無礼なやつだ、と我ながら反省している。文中にある学生以下かもしれない。

「非常識もきわまる」

と、坂上さんが眼を三角にしたのも、当たりまえのことであろう。

それからだいぶ経ってから、坂上弘は日本文藝家協会の理事長になり、私も理事となって、毎月のように顔をあわせるようになった。私的な場では、あまりゆっくりと話しあうことはなかったが、ときおり、コツン、と小言が来る。「作家はつるんではいけない」「政治に首を突っ込むと、ろくなことはないよ」「保守だのリベラルだの、物書きには関係ないんじゃないの」といったものだ。

また、何か用を頼まれて、断わったときだったと思うが、「ガクさんは今や、流行作家だからね」と皮肉られたこともある。じっさい、私は歴史時代物の作家として、文庫の書き下ろし四本、月刊誌二本、夕刊紙一紙に連載までしていたのだが、けっこう痛いものを感じた。だが反面、面倒見が良く、私の代表作の一つ『福沢諭吉』(作品社)の出版記念会のおりに、突然の冒頭スピーチを引きうけてくれたりもした。

ほかにもある。文芸評論家の秋山駿氏が亡くなり、「三田文學」の追悼特集に、私が「石ころとタンポポ(のちに「秋山さんの一口酒」に改題)」なる短篇小説を発表すると、三田誠広氏なども「これまでのガクの作品のなかで一番じゃないの」と言ってくれたが、坂上さんは大きく頭を下げて、一言、「ありがとう」とだけつぶやいた。

彼より四代あとの若松英輔編集長の時代だったが、何だか、それだけにいっそう印象的な出来事だった。

師匠とか父親とは、また一味ちがう。そうか、兄貴だったのか。いつだったか、どこかで加賀乙彦氏を長男のように書いた憶えがある。そういうことになると、次兄、三兄かもしれない。が、良い兄貴・兄者《あにじゃ》であったことは間違いない。きつい叱りも、今となっては、懐かしく思われる。

そんな愚弟にして末っ子の私である。

「良い子、悪い子、普通の子」

ずっと昔、テレビのギャグ番組か何かで使われて流行《はや》った言い方だが、これは兄貴分、弟分にも当てはまる。坂上さんにとって、私は「悪い弟」の見本みたいなものだったが、「良い弟」の代表選手が佐藤洋二郎だろう。

さきに揚げた『水の旅立ち』のラストのほうに、こんなことが書かれている。

「翌朝八時すぎに、Kの文学仲間で私とも顔見知りのSが、自分の車で迎えに来てくれた。SはKの家から車で十五分ばかりのところに住んでいて、自営で古書店をやっている。私のことをKから聞かされ、その店をわざわざ午前中一杯閉めて来てくれたらしい。心苦しい思いは湧いたが、素直に厚意に甘えることにし、三人して成田に向かった。

梅雨《つゆ》が明けて間もなく、夏の透くような青空がひろがっていた。空気も乾いていて、爽やかな風が小さく開けた車窓から吹きこんでくる。

『いい天気じゃないですか。絶好の飛行日和《びより》だ』

ハンドルを握りながら、Kや私よりいくつか歳下のSが言った。

『……ぼくもなんだか、このままどこかへ行きたくなっちまったなぁ』

と笑って、ルームミラーに映る後部座席の私の様子を窺い見る。

『おれもだよ』

と、助手席のKが応え、つられたように笑い声をあげた。妙な感傷をうながす雰囲気はまるでない。私もまた頬を緩め、救われるな、と思った」

Kは評論家の菊田均氏、Sは佐藤の洋二郎さんがモデルだが、空港に着き、空港ビル内のレストランで軽く飲んだとき、「見送りはぼくらだけですかね」と、Sは私の心中を慮《おもんぱか》ったように言う。引用をつづけよう。

「『気にするなよ。だれも送りになんか来ないほうがいいのさ、本当は』

そう私は言い置いてきたのだが、一抹の淋しい気分は残った。というより、ひとりきりの旅立ちがかえって自分にいろいろなことを思わせ、感傷的にさせるのではないかと、そのことを惧《おそ》れていた。その意味でもやはり、たまたまとはいえ、こうしてKとSのふたりが従《つ》いてきてくれることになったのは有難い……改めて、そう思ったとき、

『奥さんは？……見えないんですか』

酔いにいくぶん赤らんだ顔をして、Sが言った。Kがあわてた様子でSの二の腕を叩き、たしなめようとする。送別会の席ででも耳にしたのだろう、Kは私が離婚した事実を知っていて、昨夜もちょっと話に出たが、どうやらSのほうはだれからも聞かされてはいないらしい。

『……かまわんよ』

と、私はKに告げ、Sを相手に自分が妻と訣《わか》れて間もない身であることを語ってきかせた。

『そうだったんですか。じゃあ、インドへは新婚旅行ならぬ、離婚旅行ってわけだ』

屈託なく笑って、Sは眼をほそめる」

このあとに私は「憎めない人柄だな、と思」うのだが、それは現在も変わらない。ただ、こ

こでのSは私やKの「弟分」のように見えるし、じじつ、年齢は私より二歳年下なのだが、みるみる彼は脱皮して、本物の小説家・佐藤洋二郎になる。いつのまにか、坂上弘と同様、私の「兄者」と化していたのだ。

私の記憶では、それは坂上さんが「三田文學」の編集長になったころと重なっているように思う。

私はそのとき、同誌に短編を二作書いただけだが、佐藤さんは「軽い関係」「竜宮城」の両作のほか、長篇の「まえへ、進め」を四回連載。加藤宗哉編集長の時代には、エッセイではあるが、「沈黙の神々」を長期連載している。

他の文芸誌にもたくさんの小説を発表し、『河口へ』(集英社)『夏至祭』(講談社)『未完成の友情』(講談社)など、多数の本を出版。芥川賞こそ逸《いっ》したものの、野間文芸新人賞、芸術選奨新人賞、木山捷平文学賞を受賞し、私よりさきに文藝家協会の理事(現在は、常任理事)になってもいるのだ。

その佐藤さんに拳《こぶし》で殴られ、青タンをこしらえたのは、KSS出版の依頼で『吉良の言い分』を書きはじめた矢先だったから、平成七(一九九五)年ごろのことだったと思う。まさしく吉良上野介が浅野内匠頭《たくみのかみ》に斬りつけられる「江戸城松の大廊下」、その現代版のような出来事である。

これも「三田文學」の懇親会の帰路であった。佐藤さんは欠席だったのか、さきに席を立ったのかは分からないが、新宿の文壇バー「風花」で九時前後に落ちあう約束をしていた。ところが帰りぎわになって、私は山崎行太郎氏によびとめられた。

「福田和也さんが、ちょいといっしょに飲みに行かないかって言ってるよ」

福田和也氏は私や山崎さんより一まわりほども年下だが、その時分すでに文藝評論家として、また保守の論客としても、よく知られていた。のちに慶大教授になり、加藤、若松の両氏のあと、「三田文學」の編集長にもなっている。山崎さんとは古い仲だけれど、私は福田さんとは、そのときが初対面みたいなもので、興味があった。

「分かった、行く」と、私は応えて、三人して福田さんの友人が経営しているという六本木のお店に寄っていくことになった。何やらゴージャスなクラブで、舞台があり、踊り子のショーまであったが、私は、とにかく福田さんと話がしたかったし、じっさい、舞台など、ちらとも見ずにたくさん話した。

おかげで、佐藤洋二郎との約束を忘れてしまったのである。いや、最初は気にしていたのだが、途中から話に夢中になっていて、八時をすぎ、九時をすぎても、腰をあげられないでいたのだ。

何せ、スマホどころか、ガラケイとよばれる携帯電話すらもなかった時代である。ふつうなら、「遅れる」と、連絡を一つ入れておけば良かったのだが、それも出来ないでいた。

福田、山崎の両氏と別れて、私が新宿の「風花」に着いたのは、夜の十時をとうに廻っていたころだろうか。扉をあけるなり、いきなり飛びかかってきて、

「この野郎、待たせやがって」

叫ぶや、佐藤さん、強いパンチを一発、喰らわしてくれたのである。

私は一人、「風花」から徒歩で五分くらいのところにある、新宿二丁目のバー「ｂｕｒａ」に逃避。ママに頼んで、冷やしたタオルを用意してもらった。

こめかみの下あたりに、たんこぶが出来ていて、赤いのがしだいに青くなってゆく。それでも幸い、大事にはいたらなかったが、傷や痛みよりも、殴られたショックのほうが大きく、

「おれにはおれの言い分があったのに……」

私はつぶやきつづけた。そしてなんと、このとき、執筆中の小説のタイトルを思いついたのだ。それが『吉良の言い分』であった。

禍福はあざなえる縄のごとし。禍転《わざわい》じて……である。「痛恨」が「痛快」に変わった、とも言えよう。その『吉良の言い分』が平成十（一九九八）年に発刊されるや、ヒットして、翌年上半期のベストセラーにランク付けされるまでになったのだ。

マスコミのインタビューなども多数に上ったが、朝日新聞の某記者が、

「じつのところ、小説そのものよりも、『言い分』というタイトルが気に入りましてねぇ」

と告白。その記者が書いた「ひと」欄の記事が、仕掛け人というか、大ヒットのキッカケになったのである。

いや、やはり、最初のキッカケをつくってくれた一番の「功労者」は、佐藤洋二郎であった。

後年、かの理事会の二次会、酒宴でのことだったか、

「おれが名付け親みたいなもんなんだからねぇ、ガクさん、今夜はおごってよ」

「バカ言うな。あんときゃ、ほんとに痛かったぞぉ」

と、今では笑える出来事、また笑いあえる仲になっている。

やがて佐藤洋二郎は日芸（日本大学芸術学部）の教授にもなったが、同時に長らく「江古田文学」の編集長もしていて、私も一度、書かせてもらった。

ちょっと驚いたのは、「青たん・言い分事件」よりもまえの平成四年六月、「えん」最終号（第十号）が発行されたさい、その短篇小説特集に、石和鷹、飯田章、下川裕治、三枝和子氏らとともに名をつらね、「蛸の死」なる小説を寄せてくれていたのだ。最近気づいて、読みかえしてみたのだが、じつに面白い。そこで、引いておくことにする。

「おれは明石の真蛸だ。身が引き締まって、歯応えがあるので、にわか食通にはありがたがられているようだ。

おれが住んでいたところは、海流が早く、水温が低いので、けっこうな味になるらしい。どこの蛸もそう違いはないはずなのだが、板前が、きょうはいい蛸が入っていますよ、と言うと、とんまな客は言われるままに、仲間を喰い、たいした味もわからないくせに、かならずといっていいほど、講釈をたれはじめやがる」

これが始まりで、こうつづく。

「そんなところで生まれたおれたちが馬鹿なのだが、迷惑このうえないというもんだ。だれがそんなことを言いだしたのか知らないが、言った奴がわかったら、殺されるまえに一言、『このたこ野郎』と言って、真っ黒な墨をぶっかけてやりたいもんだ」

この主人公の「蛸」がついに捕らえられて、「新宿のいけす料理屋の大きな水槽の中に放りこまれ」る。そこには「好物」の「鮑《あわび》や伊勢海老《えび》」のほか、「じつにいやな匂いがする」「鯛やしま鯵」などもいる。そして何と、「末代までも」「天敵のうつぼ」が放りこまれるが、そのうつぼがさきに喰われ、ホッとしたのも束の間、おのれの番が来る。

「『あばよ』

おれは水槽の中の魚たちに鷹揚《おうよう》に言って、手をあげた。海老がお達者で、と言った。いまから死ぬ奴に、お達者はないだろうがとおもったが、どうせ死ぬ身だから、ま、いいかとおもって、ふざけて墨をまきちらしてやった。

すると、小僧が、板さん、この蛸は抵抗してますよ、と言った。違う、違う、と言っても、蛸語が人間にわかるはずがない。

『がつん、とやってみろよ』

板長が声をあげた。小僧は網でおれの大きな頭を二、三度叩いた。おれは足を広げて、水槽に張りついた。海老をちらりとみると、なーんだ、わたしたちより往生際が悪いじゃないの、というような顔をしていた。

おれの顔は怒りと屈辱で、真っ赤になった。客はおれの広げた大足と、あかくなった体に、驚嘆して声をあげていた。おれはすすんで網の中に入っていったが、すっかり臆病者扱いにされてしまっていた。

そして俎板《まないた》の上にあげられ、おれはじっとしていても、足が勝手にぬるぬると動いているのだ。図体は大きいのに、まったくあきらめの悪い蛸だな、と板長は言った。

馬鹿言うんじゃない、とおれが言っても、おれの受けた雑言《ぞうごん》は撤回なんかできなかった。殺されるより、つらかった。

板前が出刃包丁を振りあげて、おれの足と頭を切った。墨がビューと飛びでて客の男の上等な服にかかった。男は顔をしかめ、板前がしきりに謝っていた。いいざまだ、と思った。この蛸野郎、と板前が出刃でおれの頭をこづいた。

おれは朦朧《もうろう》としていく頭の中で、人間より足が多くて、頭も大きいのに、あいつらのほうがりっぱなのだろうかと考えた。すると、恨みっこなしだぞ、と板前がおれの太い足を輪切りにしながら、小声で言った。切られたおれの足は、だらしなくいつまでも蛸踊りをしていた」

鳥獣戯画か、擬人法か、のちの「兄者・佐藤洋二郎」の原点ともいうべき好短篇ではないか、と私は思う。

第十三話

タイで「名僧」になった笹倉明

笹倉明は昭和二十三(一九四八)年十一月の生まれだから、私より丸一年、年下になる。まぁ、ほぼ同年、と言っても良いだろう。

彼とは何やらウヤムヤ、ドサクサのうちに友人になっていた。だれかに紹介されたのが最初だったような気もするのだが、よくは憶えていない。

昭和五十六(一九八一)年、デビュー作とも言える『海を越えた者たち』(集英社)が「すばる文学賞」の佳作となって、一ジャンプ。けっこう評判になり、売れもしたらしい。けれど、その後しばらく、「鳴かず飛ばず」の状態がつづく。

それまで勤めていた広告代理店もやめていて、困窮。もう一度ジャンプしたかったか、あるいは、それこそホップからステップ、そして本当のジャンプをしたかったのか。いろいろ模索していた時期だったようで、あれは確か、私がインドへ行く直前だったように思う。

新宿はゴールデンのどこかの店で、いきなり、

「『往復書簡集』みたいなものを出さないか」

と言ってきた。かつて笹倉さんは世界各国を旅して、今は日本の東京で引きこもっている。彼とは逆に、

「ガクはこれから、離婚だとか何だとか、いろんな荷物を背負ってインド放浪の旅に出るわけ

だろ」

そういう二人の手紙のやりとりを、一冊にまとめたら面白いのではないか、というのだ。しかし、酔狂といえば酔狂な話で、彼もまだほとんど無名なら、私のほうも仕事が来ず、貧困のどん底のすえに離婚……そんな企画を通してくれる出版社など、まずあるまい。

しかも私はすでに、情報センター出版局の情報誌に毎月、「岳版・何でも見てやろう」的な「インド紀行」を送り、確約ではないものの、「いずれは本にしよう」と示唆されていた。

インドへ行って、べつに何をする気も積もりもないが、「インド紀行」の執筆と、笹倉さんへの手紙書きと両方やっているほどの余裕はなかろう、と私は思い、首を縦に振らないで、結局、その話は立ち消えとなった。

帰国後、たまたま私の紀行文は『インド塾の交差点』をはじめとする「インド三部作」として出版され、まずまずの好評を博す。

それと知って、笹倉さんは怒ったり、妬《ねた》んだりはせず、むしろ拍手、激励してくれて、昭和六十一年、私が主宰して出しはじめた同人誌「えん」に創刊号から参加。同号に「闇の喜劇」、第二号に「落日」、第三号から六号までは長篇小説「さすらい人の大地」を発表したが、なんと、その間にこれも長篇の書き下ろし『漂流裁判』(文藝春秋)で「サントリーミステリー大賞」(昭和六十三＝一九八八年)を見事、勝ち得てしまった。

翌年には、『遠い国からの殺人者』(文藝春秋)で直木賞をも受賞。そこで同年、発行された「えん」第七号では、談話のかたちではあったが、連載中断に関する同人・読者への弁明と、謝罪のエッセイ「『悲郷』誕生のいきさつと背景」を寄せてくれた。

「〈十五年後の復活〉『えん』の三号から『さすらいびとの大地』という連載を書いていたのだが、途中でプツンととぎれた感じになってしまったので、一言いっておきます。実は、去年サントリーミステリー大賞をとったときに、講談社から何か書下しを書かないかという話がありまして、じゃあ何があるかと考えたときに、『えん』で連載していたものを編集者に見せたわけです。そしたら、面白いので、続きを書いて見せてくれといわれて。『えん』に、ゆっくり連載していくつもりだったのが、この際だから全部書いてしまおうと思って、二・三ケ月かけてエンディングまで書いたわけです。それで編集者に見せて、出しましょうと決まったのが、直木賞をもらうまえだったんです。

直木賞をもらって、よけいに弾みがついた。サントリーで賞をもらって、講談社から話があって、僕が売り込んだような形で本になった。『えん』での連載が『悲郷』(造語)となって出版されるまでには、そういういきさつがあるんだけれど、賞をもらうとなかなかいいもので、売り込めば売れる、というところがあって、ちょうどタイミングよく出てしまったわけです。まあ、『えん』の連載がここでストップするけれど、こんな事情なので、読者にはご了解いただきたい。

さらに『悲郷』についての背景をいっておくと、僕が本格的に小説を書きはじめる端緒となった一年間の海外放浪というのが学生時代にあって、その中で生まれた出会いがモチーフになっています。話に出てくるアップル・ピッキングの農場というのは、イングランドの中東部にあって、僕自身、そこで働いた実体験に基づいています。この小説は、旅から帰ってきて、最初に手がけた小説なんですね」

さきに揚げた笹倉さんのホップともいうべき作品『海を越えた者たち』よりもまえに手がけて、「えん」に連載するなどし、完成するまでに「十五年かかった」というわけだ。サントリーミステリー大賞をステップとすると、本当に「大ジャンプ」して、それから一年と経たないうちに、第百一回の直木賞を受賞する。

何とも勢いづいている。その勢いで、「『悲郷』誕生のいきさつと背景」の最後に語られたのが〔今後の活動〕だ。

「国際化等問題でね、自分なりに、日本社会の今ある姿をながめながら、ひとつのテーマを小説化していく作業と同時に、なんらかの提言をしていかなきゃいけないんじゃないかな、と思っています。小説家はそんなことまでするな、という人もいるかもしれないけれど、やむにやまれぬ気持っていうのがあるしね。小説っていうのは時間がかかるから。テレビは有効なメディアだから、時と場合によってはテレビにも出て、提言をしていかなきゃいけないかな、とも考えたりしている。でも、僕は根っから小説家だから、恋愛小説も書きたいし。

直木賞の作品はミステリーというジャンルだけれども、しかし『悲郷』を読んだ人は、おや、と思ったかもしれない。いつも同じテーマで、同じような作風で、同じオチで、水戸黄門を一生続けるわけにはいかないから。自由な精神を大事にしたい。ノンフィクション、ミステリー、いろいろとこだわらずに書いていきたい」

そして、こんなふうに収めている。

「最後に『えん』の読者諸兄姉にいっておきたいのは、『悲郷』に見られるように、小説修行の醍醐味は、初期の稚拙な作品が十年十五年後に復活していくことにある、ということです。

自分自身で楽しんでいますよ、面白いな、と思って。書き続けていてよかった、という気持ちにされる一作でした」

ここで、肝心の『悲郷』の「序章」冒頭も紹介しておこう。

「農場キャンプへ続くはずの田舎道には、めったに車が通らなかった。歩きはじめてもう三十分はゆうに経っていたが、その間、ほんの二、三台、真っ直ぐにのびる舗装道路をもの凄いスピードで走りすぎたにすぎない。

私は、なかばヒッチハイクをあきらめ、地図を片手に北へ向って歩き続けた。

ケンブリッジから、運よく学生の二人連れが駆るスポーツ・カーの狭い後部座席に荷物もろとも詰めこまれて、地図の上では、目と鼻の先まで来ていた。あとは歩いてもしれている。タカをくくっていたのだが、目的の建物は一向に現われる気配がなかった」

文章が上手い。読みやすいし、漢字とカナを巧く使い分けているのが、分かるだろう。

おりしも、同じ平成元(一九八九)年の秋には、私の代表作の一つとされる『水の旅立ち』が文藝春秋から発刊されていた。同年前期の直木賞が笹倉明の『遠い国からの殺人者』だったのだが、ある日、笹倉さんから電話がはいり、「いま文春からの帰りなんだが」とまえ置きして言った。

「つぎの百二回目の直木賞はガク、おまえだろうって、社内で評判になっているぞ」

そうと聞いて、私の血圧はいっきに上がったが、じつはその「社内」の事情(有力社員同士の対立)で、私は同賞の候補から外されることになる。

表向きは、『水の旅立ち』は生粋の純文学（私小説）で、直木賞向きではない。また枚数が長すぎて（千五百枚）、芥川賞候補にすることも出来ないということであり、それはそれで一応の理屈は通っていた。

「ごめん、ごめん。おれの早とちりだった」

と、笹倉さんは素直に詫びたが、平成六（一九九四）年に私が創刊した「二十一世紀文学」の編集委員兼新人賞の選考委員になってくれたのも、そのときのことがあったからかも知れない。

その後しばし、「エンタメ小説界の寵児《ちょうじ》」になった彼は、いくつかの新聞に長篇小説を連載する。

平成十四年には、笹倉、三田、岳の三人で書き下ろしの「旅情ミステリー」を競作、祥伝社文庫から同時発売されたりもしたが、いちばん画期的で、面白かったのは、「二十一世紀文学」に毎号のように掲載していた同じ三人の鼎談《ていだん》だろう。それがまとまり、三田誠広が以前から本にして人気の高かった「文章教室もの」の番外篇として朝日ソノラマ社から出版された。

そのタイトルまわりやオビからして、なかなかのものだったと私は思う。

「W大学文芸科創作教室　番外篇『大鼎談』

三田誠広／笹倉明／岳真也

三人寄れば文句を言え！

笹倉明　直木賞から十年

三田誠広　芥川賞から二十年

岳真也　無冠のままで三十年

―作品を生む視点から、わびしい経済事情まで―

作家稼業のすべてがわかる、ほんとうの小説家のほんとうの言葉

物を書きたい人、小説家になりたい人必読！」

本文は「作家生活」「恋愛主義」「政治分析」「宗教小説」「教育激論」と、五つの項目に分けられているが、注目されるのはやはり、生業《なりわい》たる小説家としての生き方だ。ここで、笹倉さんと私の発言の一部を再掲してみよう。

「**笹倉**　いや、おれは直木賞をもらったとき、大阪の友人たちがパーティーを開いてくれて、その席で藤本義一さんがいい演説をしてくれたんだ、五分ぐらいだったけど。そのときに、彼はこんなことを言ったんだ。『直木賞などの文学賞は擦過傷だ』と、半分洒落《しゃれ》を含んだ言葉を彼は言った。擦り傷を負う。〝作家〟にひっかけて擦り傷を負う賞だということを、短い間だったけどぴしんと演説してくれて、なかなかすばらしかった。

実にその通りなんだ。その言葉をいま思い起こしてみると、賞をもらったがゆえに傷つくとって、やっぱりあるんだ。いろんな意味で、傷ともいえないような傷も含めて、実に精神的にいろんな負担を負うというのか、そう喜んでばかりはいられない傷を負うと思う。

卑近な例だけど、直木賞や芥川賞をもらったというと、お金もざくざく入って左うちわだろうと世間は見る(笑)。これは本当だよ。傑作な体験談があれこれある……最近では『笹倉さん、ちょっと二千万円くらい用立ててくれないか』と言われてガク然とした。直木賞作家というと、もうざっくざっくお金が入ってくるものと世間は思ってる。最近はこっちの懐《ふところ》ぐあいも

知らないで、やれマンション投資だ、先物取引だとうるさい電話に傷ついてます（笑）。

岳　まさか、エッセイ集の企画がボツになるとは思わないよね。

笹倉　『つぎは芥川賞ですね』という認識不足と同様のレベルで、大いなる誤解をしてくれているわけですよ。この大いなる誤解は、これも一つのサッカ傷だね。

岳は、だからそういうのを取らないで、無冠の帝王のほうがいいのかもしれないよ。いや、本当に（笑）」

この『大鼎談』は平成十（一九九八）年に刊行されたが、四年後の同十四年、自作の『新・雪国』（廣済堂出版）を映画化して、当初は制作者ばかりか、映画監督にも作詞家にもなれる、などと言っていたものの（「二十一世紀文学」第二巻・創刊号ほかに掲載）、興行的には大失敗。多大な借金を負って、またぞろ貧窮したようだ。

自身の新聞小説にちなんで命名した「旅人岬《たびびとみさき》」の石碑が建つ伊豆の土肥《とひ》町に住んで、深海魚専門の寿司店で職人見習いのようなことをしながら、再起を図っていた時期もある。

私や編集者、同人仲間の一部が温泉民宿に泊まりこみで遊びに行って、笹倉さんが握ってくれた寿司を、

「これが、直木賞作家の寿司かぁ」

などと言って、美味しく食べたことが懐かしい。

しかし、それでもなお笹倉さんは喰っていけず、ついに平成十七（二〇〇五）年、家賃や物価の安いタイへと移住する。その辺の経緯については、最近著の『出家への道』（幻冬舎新書／「俗名」として笹倉明の名も併記されているが、著者はプラ・アキラ・アマローー）で詳しく語ら

れている。

　ここでは、私が主宰した最後の？同人誌「えん21」の創刊号に寄せてくれたコラム「『えん』について」を引いておこう。

「まだ海山のものとも知れない時代から、一つの同人誌に参加することは、あらゆるジャンルに共通していえる大事だ。私も縁あって『えん』に参じたとき、まだ若い夢と希望を抱くものの書きのヒヨコだった。老いを迎えたわけではない今、再び初心にもどるという意味で、同誌の復活を歓びたい。それにしても、光陰矢のごとし。矢のゆくえが気になる歳になったことだけは確かだ」

　タイへ渡ってからも数年間は、もどれば、たいてい彼のほうから連絡をくれて、おたがい共通の馴染みの店へ飲みに行ったりもしていた。それが、あるときから、ぷっつりと途絶えた。事情を私はあとで知った。長らく帰国せずに、タイの寺院で修行をしていたらしいのだ。そして北方の都市、チェンマイの古寺・パンオンで出家している。

　僧で直木賞や芥川賞を取った人は、私が知るなかでも何人かいるが、直木賞受賞後に出家する。それも異国の地で僧侶になったのは、笹倉明一人だろう。私としては、ほほう……と、頭を丸める、いいや、「脱帽」するしかない。

第三部

素秋・白い秋

——熟れるか更けるか

序話

古希すぎて

いよいよ、素秋である。人生の秋。俗に白い秋、「白秋」ともいう。年齢的にいえば、いくつくらいからか。私の父は三十年間勤めた東京瓦斯(ガス)を五十五歳で定年退職したが、今は定年六十、「還暦」退職が普通のようだ。

たぶん、そのころからが「素秋」なのだろう。しかし、父はその後、悠々自適とまでは言わぬまでも、齢《よわい》七十九で亡くなるまで比較的静かな余生(隠退生活)を送ったが、この私はどうも、そうは行かなかった。大学などで客員教授や兼任講師はしたものの、一度も定職につかない、そのせいもあったのかも知れない。

なおも波瀾万丈というか、海山《うみやま》千里のはるけき道が待ちうけていた。私的な場では、自分の還暦の記念に、これも二十歳《はたち》の記念となる次男らとともに富士山へ登った。ブログなどで次男は「最高・最良の思い出」の言葉を残しているが、十代半ばから心を病んでいて、病院通いをはじめ、彼にはあれこれと付きあわされた。

具合の良いときには、ネパール人の留学生もまじえて街の酒場を飲み歩き、家でも年中、文学論・哲学論をしてすごした。

富士山ばかりではなく、いっしょに京都や、九州にまで旅行をしたこともあるが、ひとたび具合がわるくなると、暴れたりして、手が付けられなくなった。

そうして入退院をくりかえし、病室での睡眠中、突然に心臓が止まり(心肺停止)、三十歳でこの世を去った。

その次男のことを書いた小説が令和三(二〇二一)年、第一回の加賀乙彦推奨特別文学賞を受賞した『翔』(牧野出版)だが、還暦の前後から古希にかけては、ある意味では仕事に関する私の「最充実期」でもあったのかもしれない。

何しろ、歴史小説『吉良の言い分　真説元禄忠臣蔵』(KSS出版・のちに小学館文庫)がブレークしたのが平成十一(一九九九)年、五十二歳のときだから、「定年退職」どころではなかった。そういう超多忙な時期に、東日本大震災が勃発、福島第一原子力発電所での放射線漏れの事故が起こったのである。

かねてより私は原爆、原発は日本には要らない、開発などもってのほかだ、と思っていた。そこで「脱原発社会をめざす文学者の会(略称・脱原発文学者の会)にはいったのだが、ともに活動していたのが、会長の加賀乙彦、幹事の森詠(代表)、川村湊、村上政彦、志賀泉氏らだった。

そのうちにしかし、原発事故発生時に首相だった菅直人氏の初動対応などに関して、森さんや川村さんとは意見が喰いちがうようになり、私はグループを離れる。そして平成二十九(二〇一七)年の秋、当の菅さんと組んで脱(反)原発の「虎希《こき》の会」を立ち上げた。

「虎希」とは「古希」のもじりで、同会顧問(名誉会長)の菅直人七十歳の誕生記念に命名され、翌年には、会長の私が古希を迎えた。

一方で私は「歴史時代作家クラブ」を設立して、代表幹事の職についた。本稿で少し詳《くわ》しく語ることになろうが、この会は事情あって解散、現在は藤原緋沙子代表のもと、歴史時代作家協会として活動している。

そんなこんなで古希すらもだいぶすぎ、すでにして「後期高齢者」の仲間入りである。それでも「三田文學」「早稲田文学」「文芸思潮」の季刊三誌に連載をもち、新聞や週刊誌などからのオファー、書き下ろしの小説執筆も予定されている。

加賀乙彦・文学の会、そして何処かに小さな文学館(「蒼の文学館」／ブルーミュージアム)を建てようとの運動も開始した。コロナという前代未聞の病疫禍《びょうえきか》のさなかに、である。

はてさて、私にとっての「玄冬《げんとう》」はいつなのか。少なくとも今の私には、いまだ、その実感はない。

第一話

人生最後の師そして「戦友」　加賀乙彦

私の「秋」を語るのに、加賀乙彦の名は外せない。おそらくは、私の人生最後の師、先生であるからだ（加賀さん自身は、私のことを「戦友」とよぶけれど）。

私が日本文藝家協会の理事になってからのことだから、親しく接するようになったのは十年ほどまえ、それほど古いことではない。

むろん、芸術選奨をはじめ、たくさんの文学賞を獲得、文化功労者にもえらばれた先達《せんだつ》のことである。

その高名はよく知っていたし、『フランドルの冬』（筑摩書房・のちに新潮文庫）『湿原』（朝日新聞社）『宣告』『永遠の都』『雲の都』（いずれも新潮社）などの著作も読んでいた。また私の旧師たる故秋山駿の友人でもあり、文壇関係のパーティーなどで会えば、挨拶くらいはしていたように思う。

文藝家協会の理事会は、ほぼ毎月ひらかれる。キッカケはその「二次会」である。

三田誠広、川村湊、森詠氏らの理事仲間と連れ立って、加賀さんと私が、いつも立ち寄るワインバーがあった。文春ビルの近くの店だが、日本酒の枡酒のように、グラスの下に硝子の受け皿が置いてあって、縁まであふれたワインがそこに零れる仕組みになっている。それが加賀さんのお気に入りで、愉しく語らいながら飲んでいるうちに、つい度がすぎてしまう。

「もう御歳八十を超えておられるし、心臓の持病もありますからね、先生にはちょいと控えめにしてもらいましょう」

だれが言いだしたか、そんな話になり、並みのワイングラスに三杯が限度、と決められた。加賀さんも笑って受けいれていたが、他の者たちは皆、酒飲み揃いで、およそ三杯では止まらない。その様子を「見てるだけ」の加賀御大《おんたい》、空のグラスを揺らしたりして、何となく不満顔になる。

そこで私が、自分のぶんの「零れ酒」を注いであげるようになった。ちょうどグラスの半分ぐらいか。つまり、私が加賀さんの「赤ワイン三杯半」の担当兼見張り役だったのである。

その後、加賀さんが会長になった「脱原発文学者の会」に私も入会、より昵懇《じっこん》になって、本郷のお宅はもとより、軽井沢の別荘にまねかれたりもした。そういうおりに、

「二人で文学や文化、この日本の社会のことなぞ、じっくりと話しあいませんか」

私が誘い、加賀さんが承諾。二人の対談が実現することとなった。

その一年ばかりまえに、加賀さんから化粧函入り全七冊セットの『永遠の都』が送られてきて、改めて熟読し、私がノートまで取っていたという事情もある。

それで牧野出版から出された対談本のタイトルも、『「永遠の都」は何処に?』となったのである。

その本のあとがき「至福の時――TAIDANの顚末《てんまつ》」の末尾に、私はこう書いている。

「……時と場所を変えての四度の語らいは和気藹々《わきあいあい》とした、たいそう楽しいものであったし、それ自体が私のなかでは、『人生の至福の時』だったという気がする」

加賀さんのほうのあとがき「対談を終えて」は、私との付きあいから評価まで、じつに端的にまとめられているので(少しく褒めすぎの感はあるが)、そのまま引用しておこう。

「岳さんとは酒宴のうちに知りあった。私は十二年の年月を籠《こ》もって、『永遠の都』を書き上げたあと、続編の『雲の都』を、また十二年ものあいだ世捨て人の生活をして書いた。その結果どうなったか。友人たちは次々にこの世を去り、私は八十歳すぎの老人になり、七十歳以下の若い人びとに知人少なく、私は孤独と病弱に苦しんだ。

そんなある日、久しぶりに文藝家協会の理事会に出てみると、何人かの知友に会えて、理事会後の酒宴で旧交を温め、同時に新しい知友を得た。岳さんとはそんな具合に、いつの間にか自然に知りあったのだ。

私は岳さんの作品を読み、代表作の『水の旅立ち』に描かれた夫婦生活の迫力に瞠目し、綿密で大部な伝記小説の『福沢諭吉』の確固とした目配りに教えられ、意表を突く構成と歴史眼の『吉良の言い分』により楽しまされた。

岳さんのほうも、私の作品を読み、ついに『永遠の都』という長い小説を熱を入れた態度で読み、作者と対談をして本にするという企画を考えてくれた。私のような老作家の作品を岳さんのような若い(本当に若い、私より十八歳も若い)作家が興味をもって読んでくれる、それだけでこの対談の本は素晴らしい企画だと、私は思った。ところが岳さんは私より十八歳も若いのに、実は作家としての閲歴《えつれき》は私とほぼ同じだと教えられて、びっくりもし、尊敬の念も覚えるようになった。作家岳真也氏が文壇にデビューしたのは、私と同じ一九六〇年代であり、ひょっとすると私の先輩であるというのが正しいということになってきたのだ。

岳真也さんよ、早熟な作家さんよ、ともに同じくらいの経験を持つ作家である人よ、ともに頑張ろうぜと、声を高める気に私はなっている。そして二人を結び付けたお酒の世界をこれからも続行しようぜと、酒杯を上げようと思っている」

ここで、肝心の「対談」の中身を簡単に見てみよう。

まずは「周縁から」ということで、現在の文学・文壇状況といった話をするが、私がもっとも語りたかったのは、加賀さん独自の文体について、である。加賀文学の魅力の一つは、ごく自然なかたちの比喩、メタファーだ。たとえば、こんな描写。

「初江は、一斉に剣を突き出す、歩兵部隊のような水平線を眺めた。この強風のさなかに一艘の漁船がよろよろと進んでいる。櫓を漕ぐ人の形が、波の加減で、点滅する感じで見える」

背景には、太平洋戦争末期の混乱した時代がある。その場の雰囲気に合わせた的確な比喩こそが最善。つねづね、そう思っている私としては、まさに「お手本」を見せられた気分になる。

もう一つは、人称―ナラティブの問題である。『永遠の都』の最初の単行本が出たときに挿《はさ》まれた小冊子の対談で、大江健三郎氏も褒めていたことだが、人称や話法の特異さだ。たとえば、それまで三人称だったものが途中の章で、いきなり、「僕」という一人称に変わったりする。

「これはね、人生最初の記憶っていうのを書いてみたかったんです。悠太という主人公の。すると、『オンモ』っていう言葉が急に出てきた。東京弁ではよく使うんだけども、外へ行くっていうのを、子どもは『オンモ』って言うでしょう。逆に田舎の人は、それを聞いてもよく分からない。この言葉には、そういうぎくしゃくした感じがあるんです。そして何か、どこか暗い中にいる、っていうイメージ。これは、僕の本当の遠い記憶なんですよ」

ふーむ。やはり、自然体なのだ。もちろん、「仕掛け」もある。ここまでは三人称で、悠太の母親の初江あたりを中心に書いてきているが、この「小暗い森」という章では、悠太、すなわち子どもの内面へと突然、はいっていく。

「そうして悠太の視点から見たものが、いかに母親の見たものと違うかっていうところを書きたかったんです。よく母親が子どもに対して、いろいろ『ああでしょ』『こうでしょ』と言うけれど、子どもからしてみたら、それらは全部、的外れ。そういうことを書きたかった。そこで、第三章だけは一人称で書いたんです」

急に人称が変わると、読者も戸惑うように思うのだけれど、しだいにそれに慣れてしまっている。その辺がすごい。さらに、人称が異なると、同じ場面が出てくることもあり得るが、正面から見る、横から見る、上・下から見る――そのちがいが、しだいに分かって来る仕組みなのだ。

二重写しの美学とでも言おうか。もしくはバッハなどのバロックの曲でいう「フーガ形式」、同じことをどんどん重ねていく。クラシック音楽でしばしば使われる、同じ旋律が繰りかえされる形態だ。主人公(らしき人物)もいろいろと入れ替わり、同じ内容のことを、ちがう話者、異なる文体で二重、三重に書いてゆき、唯一の「真実」に変えるのである、否、磨きあげるのである、

この「対談」では当然のことながら、原発や原爆の話題も出た。わけても原発に関してだが、加賀さんの話は、こう展開する。

問題は、一つの原発が大失敗をしたということで、それは他でも起こり得るわけだ。ところが今は、他の原発は事故が起こらないように注意して整備したから大丈夫だ、という考え方がまかり通っている。

しかし当初、あの原発は、自然災害など恐れるに足りぬ、大丈夫だということを科学者が証明していたにもかかわらず、メルトダウンが起きてしまったわけだから、一度あることは二度ある、二度あることは三度ある……絶対に全国の原発が安全だ、という保証はまったくないし、日本では安全な原発なんて皆無に等しいというのが、ふつうの考え方ではないか。

「そういう考え方がなくなって、まだ強引にあれで儲けたい、と。外国に原発を売りたい、ということなんですね。でも、開発途上国で原発を作って、日本人がそれを援助するとなって、もしもそのとき、原発が事故を起こしたら、日本はすでに多額の借金を背負っているのに外国を助けるために、また大量のお金が必要になるわけです。その危険のほうが怖いですよね」

さて、「文芸思潮」第75号(2020冬号)で、私は「今こそ加賀乙彦」なる特集を企画・編集した。『永遠の都』のロシア語版が刊行されたことを記念してのものだ。メインが鼎談で、加賀乙彦氏を中心に、ロシア文学者の亀山郁夫、スラブ系の文学が得手の評論家・沼野充義の各氏が出席。私が司会役をつとめている。

最初に、「なぜ『長篇小説』なのか」というテーマで語りあったが、ロシアの小説というと大長篇というイメージがある。加賀さんもみずから「私は長篇作家だ」と明かしている。それはどういうことか、との質問に対しての返答。

「ぼくの人生のなかで、長い小説というのは、だんだんに歳をとるにしたがって書きたくなって、四十五歳くらいになったら、短篇小説やめちゃって、長篇小説だけを書きだしたんですね。それは自分の直感で書いていったから、なぜそうなったのかは、いくら考えても分からないんですけど」

分からないけれど、一つ大事なことがある、と加賀さんは言う。

「四十四、五歳で『帰らざる夏』(講談社)とか『宣告』とか、長い小説を書き始めたときに、自分の幼年時代については、まるで書かなかった。これは、もっと面白い人たちのコレクションがあったので、自分の幼年時代を書くことは、まったく思いつかなかったんですね」

それが『永遠の都』では、けっこうなキーになる。

「もう一つ、あるんです。四十八のときにキリスト教に帰依《きえ》しましてね、それまで帰依するかどうか、自分にはっきりとした目的もなくて、ただ想像力でもって神を信ずるというのは、どういうものかってね、悩んでいた。

けれど四十八のときに思い切って、えいっというような気持で、カトリックの洗礼を受けました。そしたら、自分が書きたいと思うこと全体が動きだして、面白い人物、そうじゃない平凡な人たち、子どもたち……そういうふうに、いろんな階層の、そして、いろんな年齢の人たちの小説を、生まれて初めて書くことが出来るようになったのだと思います」

『永遠の都』と『雲の都』、この二つの小説は、加賀さんにとっては「宝物」であり、「遺言」でもある、そうだ。

『永遠の都』は「第一の主人公」ともいうべき、悠太の祖父(利平)の日記や回想が日露戦争、関東大震災に係わり、第一次世界大戦から第二次世界大戦(太平洋戦争)をへて、終戦へといたる。明治・大正・昭和を描いた壮大な歴史小説(じっさいに、第五回歴史時代作家クラブ賞特別クラブ賞を受賞した)でもあり、仲間うちの間では、

「今の日本でノーベル文学賞に値する小説は『永遠の都』で、小説家は加賀乙彦しかない」

ということになっている。

それはともかく、加賀さんは作家デビューよりまえに、精神科のドクターとしての確乎《かっこ》とした地位と立場を築いていたし、本名の小木貞孝著で出された医学関連の本も多数ある。じっは、私的な場でも、私はその小木貞孝医師の世話になっているのだ。

それは精神を病み、他の病院にはいっていた次男が、加賀さんの勧めとご尽力により、自身が勤務している病院に転院させてくれたこと。月に二回は加賀さんみずから診察に行き、そのおりには次男が加賀さんにまとわりついて離れなかったということである。

そのとき、次男は三十歳。加賀さんとは六十歳近くちがっていた。まさしく実の祖父のように思っていたのかもしれない。短期間のうちに先生の文学と思想、宗教に感化され、かつては神道と仏教に浸っていたのに、

「おれ、退院したら、キリスト教の大学にはいり直すよ」

と言いだした。しかし、その日はついに来なかった。退院の時を間近にして、心臓に異変をきたし、急逝したのである。

それから三年、私は、その次男の「三十年間の闘い」を一巻の小説にしようと苦闘。ついに

令和二(二〇二〇)年の秋、完成させて出版した。

それが『翔』だが、「良い作品だ、きみに賞をあげよう」と、他でもない加賀さんのほうから切りだし、翌年春、第一回の「加賀乙彦推奨特別文学賞」を受賞することとなった。

その後の加賀さんとの数度にわたる話しあいで、第二回は三田誠広『遠き春の日々』(みやび出版)と藤沢周『世阿弥　最後の花』(河出書房新社)に決定。二人の快諾も得たのだが、その矢先、加賀さんが入院、さらに介護施設に入所することになってしまった。齢九十三の誕生日を目前にして、である。

息子さんの話では、元気でいるらしいが、コロナ禍で家族はともかく、当面、他人の面会は禁じられているようだ。

最後の師にして「戦友」殿よ。是が非でも、無事に退所・復帰して、いま一度筆を執《と》っていただきたい。そうと私は願っている。

※私の願いも空しく、加賀乙彦氏はその後、二度と筆を執ることがなく、令和五(二〇二三)年の一月、不帰の人となった。残念でならない。

第二話

付かず離れずの親しき友・川村湊

川村湊とは、長い付きあいである。

最初に出会ったのは、さきに富岡幸一郎の項で語った批評研究会――「メダカの学校」。かの学校の、彼もまたメダカではなく、コイだったのだ。他にも私が主宰していた「蒼い共和国」のライバル同人誌「水脈」の有力同人として、佐藤洋二郎や菊田均の両氏とともに交わっていた。

以来、もう五十年近く、半世紀ほどもの歳月が流れている。が、それほど長く付きあってきたとは感じられない。

関係が途切れた、というより間遠になった時期が二度、三度とあったからかも知れない。一度目はたぶん、ごく自然な成り行きで、私が一身上の破綻をきたし、インドへと旅立ってしまったせいで、同人誌「えん」を出したころには、復活していた。

それかあらぬか、平成二(一九九〇)年八月発行の第八号では、三田誠広氏もくわえて鼎談〈テーブル・ディスカッション〈自己の『内』と『外』――現代若者気質《かたぎ》と文学」〉をしているし、同四年六月に発行された最終号(第十号)で、川村さんは「文学賞を論ず」なる興味ぶかい論考も発表している。

それは、こんなふうにして始まる。

「文学は政治であるとか、文壇政治といったことを批判する人は多いが、では実際に文学の世界でどんな〝政治的〟なことが行われているかということを、きちんと検証しようという人は少ない」

このあとで川村さんは、戦時中に賞賛されたのは「大陸文学」「外地文学」「現地占領文学」など、日本の帝国主義政策に呼応するようなものばかりで、第一回の芥川賞を受賞した石川達三の『蒼氓《そうぼう》』からして、そうだった、と書く。

戦後の芥川賞からは、そういう国策的な意図は失せたが、(国家権力をバックにした)「文芸ジャーナリズム主導による文壇の再編成」と無関係ではない。このころは安岡章太郎、吉行淳之介といった「第三の新人」ばかりが受賞し、武田泰淳、野間宏などの「第一次戦後派」は受賞しなかった。三島由紀夫でさえも、取ってはいない。

やがては石原慎太郎、開高健、大江健三郎らの受賞ラッシュ(昭和三十年代)が来るが、これは「まさにジャーナリズム、商業出版の側が」「主導権を握り始めた過程であった」という。「有望作家が芥川賞を受賞するのではなく、芥川賞が有望作家を作りあげるのである。おそらく、このころが芥川賞が最も大きな力を持っていた時期といえる」

その後は庄司薫、池田満寿夫、村上龍などの「話題の本命」が受賞するようになる。

「反面、古井由吉以外の内向の世代の作家は、ほとんど受賞しておらず(黒井千次、阿部昭、後藤明生、坂上弘)、また戦後生まれの団塊の世代では津島祐子、金井美恵子、立松和平、村上春樹、増田みず子などの有力作家たちも受賞していない」

その理由が面白い。

「これは大雑把な言い方をすれば、七〇年代後半から八〇年代にかけて芥川賞は、〈話題追随型〉の受賞を続け、八〇年代半ばから現在にかけてはむしろその反動としての〈話題無視型〉、あるいは芥川賞にとっては本来的である〈受賞することで話題になる〉という方向への転換を図っていたといえるかもしれない」

そこで、川村さんは主張する。

「私見を言えば、芥川賞は百回目を一つのけじめとして、賞の存在を問う論議をも含めて抜本的な改革を行うべきだった。その意味ではもはや改革の時期を逸しているといえるのだが、それでも以下のような改革はこれからでも可能なはずである」

その一番の改革は「選考委員制度」にあるとし、委員のなかに評論家やジャーナリストもくわえるべきなど、その具体策を書き連ねたうえで、

「……より根源的には芥川賞と直木賞の垣根をいかに取り払うかが今後の問題となるだろう」

と言う。

「つまり、純文学と非純文学との区別があるから、芥川賞と直木賞の垣があるのではなく、逆に賞の差異が文学作品を差異化しているのである」

私がこの川村湊の考え方を支持し、論考の「えん」への寄稿を頼んだのは、一つに私自身が芥川、直木の両賞に翻弄され、どちらの候補からも外された。そんな私的な事情もあったのだろう。

ついでに紹介しておくと、川村さんには「村上春樹」に関した著書が二冊あって、そのうちの『村上春樹はノーベル賞をとれるのか?』(光文社新書)では、村上氏の才はみとめつつも、

氏をめぐる「ノーベル賞狂騒曲は目に余る」としている。

「えん」より以降もしばらく、川村湊と私の付きあいはつづいた。

たとえば平成六（一九九四）年、私が雑誌「二十一世紀文学」を開始したとき、その創刊号の特集「海の向こうの文学Ⅰ　韓国・中国」に、韓国に詳しく、同国での教職体験までもつ川村さんが、「韓国の現代文学者群像」なる一文を寄稿してくれたりした。が、それからまもなく一つの「事件」が起こった。

法政大学に「国際文化学部」なる学部を新設する、という話があったおりのことだ。

その準備のために、川村さんが奔走しているのは知っていたが、一夕、大学近くの安い寿司屋に彼を誘いだして、酒を汲みつつ、「どうなっているのか？」と、私は訊《たず》ねた。彼はそれまで第一教養部の文学科の専任で、私は同じ教養部英語科の非常勤講師をしていたからだ。

訊かれて、彼は狼狽した。

「そうだ、岳真也の名前を忘れてたっ」

人選の話である。専任の選択肢のなかに私の名を入れるのを忘れた。しかも、追加はなく、もはや間にあわない、というのだ。当然のことに、私は唖然とした。

そのまま川村さんとは、文句も言わずに別れたが、私の心中には大きなシコリが残った。またぞろ冷や飯を喰わされる、辛酸をなめさせられる……それこそは芥川賞と直木賞、両方の賞の対象から外されたおりと似たような気分である。

川村さんと私とは絶交状態——そうとまでは言わずとも、本当に冷えきったかと思われた時期であった。

しかし、である。捨てる神あれば、拾う神あり。路頭に迷うのを惧《おそ》れて書きだした歴史時代小説がヒットして、『吉良の言い分』が大ブレーク。川村さんの盟友たる佐藤洋二郎に殴られたおかげというのは「お門《かど》違い」であろうが、もしや新学部の専任にえらばれていたら、私は歴史時代小説などに手を染めはしなかったろう。講義や会議などに追われ、年に十冊も書くだなんて、それどころではなかったにちがいない。

ほどなく、私は日本文藝家協会の理事となって、常務理事の川村湊や佐藤洋二郎との仲も元にもどる。「脱原発文学者の会」ができ、ともに活動することになったので、なおのことであった。

川村湊と私の「原発」観は、ほぼ一致している。その著『原発と原爆 「核」の戦後精神史』(河出書房新社)には、こんなふうに書かれている。

「広島・長崎の原爆被災以来の、第五福竜丸水爆被災、東海JCO臨界事故、美浜《みはま》原発の作業員死亡事故などと同様にあるいはそれ以上の画期となりうることは間違いないだろう。原子力発電の『安全神話』は木端微塵《こっぱみじん》に壊れたといっていい。もはや、原発推進派のウソとゴマカシとホラに満ちた言説に、簡単に騙《だま》される人間はいなくなるだろう」

しかし、この本には一言も当時の日本の首相だった菅直人のことに触れられていないが、別の一冊、日記風に綴られた『福島原発人災記　安全神話を騙《かた》った人々』(現代書館)には、当時の日本の首相だった菅直人氏の初動への批判がたくさん書かれている。

「官邸で緊急対策本部を作り、関係者の意見を聞いて対策を立てる」のが先決だったのに、みずからヘリコプターに乗って現地に向かったことなどである。

この点では、私は川村さんにくみしない。菅さんと私は、これまた半世紀まえからの知己だが、そういうことではなく、私は菅元首相のやり方が正しかった、他にどうする……あなたなら、どうする?と思っている。

つぎに本書に登場する森詠も、川村湊と同じ見方で、やがて私は「脱原発文学者の会」を去り、彼らとは距離をおくようになった。


そんな川村さんと私の間を取りもったのが、早くに亡くなった人たち——そう、故人が二人をみたび結びつけてくれたのだ。それは私の次男と河林満、そして川村亜子さんだ。

齢三十で急死した次男、そして平成二十(二〇〇八)年に五十七歳で逝った河林満のことは、他でも多く語っているので、ここでは措《お》こう。

ただ、コロナ禍ということもあり、久しく会えずにいた川村さんと昨令和三年の十月、全国同人雑誌協会の初会式で同席、河林さんの作品集を手わたされたときには仰天させられた。『黒い水/穀雨』(インパクト出版会)だが、分厚い、五百三十二ページにも及ぶ一巻を川村さんが中心になって、短中篇を一つずつ、じっくり繙《ひもと》きながら編んだというのだから。

川村さんだけではなく、河林満とも再会し、また新たに親交を結んだような気になったものである。

夫人の川村亜子さんのことも、同様だ。

平成二十七(二〇一七)年の七月、私の次男が亡くなった、わずかひと月後に亜子さんが病死する。享年六十六。葬儀の日、川村さんはひねもす泣き顔でいたそうだが、愛息を失ったばかりの私は、彼と「悲しみ」を共有したように思い、ふいに「近しさ」を感じた。

現実には私は亜子さんと、一度か二度しか会ったことはない。が、聡明で心やさしい人なのではないか、という印象をもった。

それが間違ってはいなかったことを、彼女の死後に刊行された遺作『たがめ・冬の川辺・蓬《よもぎ》』(作品社)、末尾にある佐藤洋二郎の「追想」と夫・川村湊の「あとがき」が明かしている。

佐藤さんは川村さんと同じ「水脈」の同人だったことはさきに書いたが、その合評会があった日のこと。

「……川村湊に、あの人はすごいねと、亜子ちゃんのことを言ったことがある。文学に明るく、小説もいい。すると彼はなんの返答もせずに黙っていた」

黙っていた理由は妻だったからのようだが、その時点ではそれを知らずにいた佐藤さんは、こう評する。

「実際、彼女の小説は深みがあり、文章も際立っていた。なによりも批評が的確で、だれに対しても自分の思いや考えを伝えた。はっきりものを言ってくれれば、聞くほうも判断ができる。手直しもできる。そういった人が本当はやさしいのだが、彼女はそんな人物だった。いつ聞いても納得することが多く、いずれこの女性は世に出る人だなと思っていた」

あとは川村夫妻の仲の良さを垂涎《すいぜん》の筆致でつづるばかりだ。

「……彼女と川村湊は同じ方向を見て生きていた。人間は自分が生きる中心に、なにを置くかで生き方が決まる。そこに金銭欲や名誉心を置けば、そういう生き方を目指すようになるが、彼らはそこに文学を置いた。すると貧乏は我慢しなければならないし、相当の覚悟がいる。だが彼らはなにも怖れず、気にして生きていないように見えた」

　では、当の川村湊の「あとがき」の一部を見てみよう。

「この本は、私、川村湊の亡妻、亜子が書き残した文章をまとめたものである。私と妻は、大学の文芸サークルで知りあい、結婚し、二人の子供をもうけたが、互いに文芸の道に進むことを念頭としてきた。私は文芸批評家として書くことを主たる仕事としてすごしてきたが、妻はそうした私を支えてくれるのと同時に、同人誌に参加し、自らの創作を継続する傍ら、韓国語の翻訳を始め、数冊の翻訳本を刊行した。

　また、韓国での生活体験や旅行体験を通じて得たものを、二冊の韓国に関するエッセイ集として出版もした。

　ただ、妻の本当の夢は、小説家となることであり、創作の道を進むことであったことは間違いないと思う……」

「まだそんな気にはなれない」と言っていた亜子さんの本が出たのが、彼女が逝去した一年後、さらに一年が経った年（令和元年）の夏に、川村さん自身が虚血性下肢《かし》動脈硬化疾患という大変な病気で入院。どうにか退院して、『ホスピス病棟の夏』（田畑書店）なる重い内容の本を著わした。

　こちらの後記には、「また、夏が巡ってくる」のあとに、こう書かれている。

「この本は、ほとんど病床で書いた。そして、『後記』を書く時点でも病床で書いている。虚血性下肢動脈硬化疾患の治療を受けるためだ。

縁起でもない連想だが、高気圧酸素のカプセルに横たわっていると、何だか柩のなかに入れられているような気がする、昼間のドラキュラ伯爵のように、一定の時間が経たなければ出ることが出来ない。私たちが、通夜や告別式で涙を流している間に、私の妻、亜子も一人で柩のなかに横たわっていて、何を感じていただろう（いや、何も感じても、考えてもいない）。一日に一度、一時間半の間は、私は何も考えず、感じず、ひたすら時が経つのを待っているだけだ。こうした疑似的な仮死を続けていれば、やがて本番の時となっても、何とか耐えることができるかもしれない。亜子の死が穏やかであったように」

第三話

「脱原発文学者の会」を代表する作家・森詠

森詠《もりえい》は、かつての私にとって、遠くはるかなる著名人であった。たしか「これからの日本の冒険小説を担う巨星」とか、よばれていたように思う。まだひたすら地味な純文学にしがみつき、冷や飯を喰いつづけていた私からすれば、眩《まばゆ》く、手の届かぬ存在だったのだ。

じつは知己の柄谷行人氏が「湾岸戦争に反対する文学者の会」をつくり、初の会合がひらかれたとき、中上健次氏や津島祐子氏らのあとについて、私も参加していたのだが、バネラーの一人に小柄ながら、がっしりとした体格の作家がいて、盛んに意見を述べていた。

それが私より五つほども年上の森詠氏であると、帰りぎわに知らされたが、声をかけるどころか、近寄ることすら出来なかった。そんな森さんといつしか、言い争ったりする仲になろうとは……これまた、ひょんなことから、付きあいがはじまった。

まぁ、加賀乙彦氏と同様、日本文藝家協会の理事仲間となったからではあるのだが、同協会の理事は三十余名もいる。すぐには友人知人にはなれない。

それが年に一度、五月にもよおされる総会でのことだった。私が理事になって初めての総会だったか、開始の直前、当時の事務局長だったK氏が私を手まねきして、

「ガクさん、一つ、頼み事があるんです」

「えっ、はい、何でしょう?」

うか」

「今日の総会の議長役、森詠さんにお願いしたんですが、途中で代わっていただけないでしょうか」

驚いて、理由を訊いてみると、二時間近く、一人で議長をつとめるのはシンドイと、森さんが言いだした。切りの良いところで、だれかと交代してほしい。「ガクさんに任せよう」と、森さんみずから告げたのだという。

「……ほう」と、森さんのほうを見ると、理事一同が顔をならべる雛壇の中央で、隣席を指さし、笑顔で手を振っている。

いまだ挨拶をした程度で、ろくに口をきいてもいなかったが、あの眩い存在の森詠氏の、たってのご指名である。否も応もなかった。けれど、終始黙っていればすむ副議長ではない、「二人議長」のかたちである。

「それじゃ、ここからはガクさん、頼むね」

またも笑ってバトンを渡してくれたから、何とか無事、こなすことが出来た。

加賀さんや川村湊さんらとの「零れワインの集い」に、森さんが誘ってくれたのも、そんな経緯《いきさつ》があったからだろう。そして加賀さんを会長にすえ、彼や川村湊、村上政彦、志賀泉の各氏らが「脱原発をめざす文学者の会」を結成したときも、代表格の森さんに言われて、私も会員(幹事)の一人になった。

それからは例の「ワインの会」の回数も倍近くに増えたような気がするが、川村さんらも交え、いっしょに原発事故の被災地である福島県の浪江《なみえ》町や南相馬《そうま》まで出向いたこともある。

森さんは会報(ニュースレター)に、いつも適切な文章を載せている。会の設立時のそれは、以下のとおりだ。

「東日本大震災と福島『原発災』が起こってから、早三年三ヶ月がすぎようとしています。東日本被災地の復興は遅々として進まず、福島原発事故はまったく収束のメドもついていません。いまも福島原発の放射能汚染水は増える一方で、海に垂れ流さざるを得ず、『アンダーコントロール』されていないのが現実です」

こう書いて、哲学者の故梅原猛氏が福島原発事故を「文明災」と称し、これも後に故人となった南相馬の詩人・若松丈太郎氏が「核災」とよんでいることを紹介。どちらにも共感するという。

「そのうえで福島原発事故を、あえて私は狭義に捉えて『原発災』としたい。一度、原発が暴走すれば、自然環境を放射能で汚染し、人や動物、あらゆる生き物に破壊的な被害を与える、そういう意味を込めての『原発災』です」

ここで森さんはスリーマイル島原発災やチェルノブイリ原発災などにも触れ、「福島原発災を風化させてはならない」と強調。発足の趣旨を宣言する。

「二年まえ、文学に携わる私たちは、反原発、脱原発の声をあげるために『脱原発社会をめざす文学者の会』(略称・脱原発文学者の会)を立ち上げました。

反原発運動を応援し、文学者として、脱原発の声をあげ、今こそ文学に福島原発災について書こう、というのが発会の趣旨でした」

私は被災地の浪江町には一度おもむいただけだが、森さんはいくどか足をはこんでいるようだ。その二度目の訪問後に記した「福島浪江町を訪ねて」のなかに、海岸付近に建っている

「請戸《うけど》小学校の廃墟」に立ったときの件《くだ》りがある。

「初めて訪れた会員たちは、言葉も少なく、校舎に残された津波の爪痕をカメラに収めたり、黒板に書き残された被災者激励の言葉を読み耽っていた。

二階の音楽室には、ぽつんと壊れたグランドピアノが残されていた。

『……ピアノの音が聞こえたような気がしたけど、幻聴だったのかしら』

桐生紀子さんが、後でぽつりと洩らした。

私は潮騒に混じって、子供たちの歓声を耳にしたように思った。

会員たちはそれぞれ、しばらくの間、沈思黙考していた。

時計は津波に襲われた時刻で止まっていた。この学校の時間は永遠に停まっている」

私自身、森さん、川村さんとともに同じ場所に行っているだけに、感無量である。次項に登場する菅直人氏に対する評価が分かれ、森さんとも「脱原発」問題に関しては、たもとを分かつ格好になってしまったが（他の交流は続けている）、こういう文章を読むと、なおさらに、それが惜しまれてならない。

しかり。森詠は類《たぐ》いまれなる「文章上手」だが、『燃える波濤』（徳間書店）や『雨はいつまで降り続く』（講談社）など、大長篇小説が多く、地理や物理、化学にまでも通暁《つうぎょう》していなければ汲みとれないような箇所もあるので、なかなか読みきることが出来ない。

私と業を同じくする歴史時代小説や、坪田譲治賞を受賞した『オサムの朝』（集英社）は例外で、このたびは「オサム――」を改めて熟読させてもらった。

修という少年の小学三年生のころから六年生くらいまでの暮らしぶりを中心にした、十二の掌短篇から成る連作小説だが、全体にやはり、文章が上手い。たとえば小三時の担任だった若い女性の先生を描いた人物描写。修と友人のテツオの描いた絵を見て、先生が褒める場面だが、「かすかに先生から芳《かぐわ》しい香りがする」のだ。

「母とは違った匂いだった。広瀬先生は抜けるように色白な肌をしていた。半袖から出ている腕には柔毛が陽光を浴びて金色に光っていた。丸顔の中央には小さな鼻があり、優しそうな目が笑っている。形のいい唇は健康的な赤い色をしていた」(「れんげ草」)

この先生の姿が、ありありと瞼に浮かぶようではないか。

同じ「れんげ草」中にある自然描写もまた、素晴らしい。

「あたり一面にれんげ草の花が咲き誇っていた。まるで赤紫色の花の絨毯だった。頭上のはるか高みで、ひばりが間断なくさえずっていた。勉(兄)たちの姿が花の間に見え隠れしている。修はれんげ草のたてる青臭い草いきれを嗅いでいた。風がそよぎ、目のまえの花たちが一斉に揺れるのに修は見とれていた」

朴訥な栃木弁を駆使した友人たちとのやりとりも面白く、そこかしこ取りあげたい箇所はあるが、つい引きこまれたのが「オニユリ」だ。

修とその友人たちは、ヒトダマ発見の探検に出た帰り、結局、居ないことに安堵して小川の側に行く。そこで「四人ならんで小川に立小便をし」ているうちに、「足許に咲いている鮮やかな橙色のユリの花を見つけ」るのである。

「『オニユリだんべ』

三千男が叫んだ。橙色の花弁に黒い斑点がまだら模様を作っていた」

放尿後、修が「オニユリの花を手折《たお》る」と、

「『あ、オサム、知んねえのけ。明日、雨になっぺ』

『何で?』修は一郎を見た。

『オニユリを取っと、雨が降るっていういい伝えがあんだ』」

この作の後半、修が可愛がっていた飼い犬のレオが死ぬ。それもめったに人の行かない森の奥で。修は「レオの魂が別れを告げようとしてヒトダマになった」のだと思う。そして、末尾。


——


「レオはオニユリが一杯咲いている場所を死に場所に選んだ。修はオニユリに手を伸ばし、何本も折った。一郎も真似してオニユリの花を折って集めた。

修はオニユリの強い芳香を嗅ぎながら、レオの亡骸の上にばら撒いた。一郎も花を撒いた。

不思議に涙が湧かなかった。

明日、土砂降りの雨が降るだろうなと、修は思った」

この連作集は、たぶんに森さん自身の少年時代が下敷きになっているのだろう。探検ごっこ、カジカ釣り、土蜂捕り、性の目覚め、闘鶏見物……さまざまな体験が、ほのぼのと、あるいはしみじみと、牧歌的に書きこまれている。

反面、登場する大人たちは、問題を抱えた者ばかりだ。新興宗教を信ずる鍼灸師《しんきゅうし》、威張りくさった県会議員、修とは十五も歳の離れた従姉《いとこ》の連れあいの朝鮮人博徒……父と母からして、どうにもならない。

絵を描くことしか能がなく、いつかは一流の画家になると嘯《うそぶ》きながら、画筆を持たず、他に働きにも行かない父。そんな夫をまるで理解しようとはせず、みずから働いて子らを育てる母。ついに彼女は愛想をつかし、家を出て、夫と離縁しようとする。

「絵を描く」を「文を書く」に替えれば、あれっ、俺のこと?と、身につまされてしまうが、このさい、それには眼をつぶろう。

母に引きとられるのか、父のもとに留まるのか。「主人公」はあくまでも、修＝オサムなのだ。そこで、オーラスの場面に行く。

「『おれ、自分のことは自分で決めてえんだ。もう父さんや母さんのいいなりにはなりたくねえんだ』

修は母の手を振り払って、応接室から走り出た。

『オサムッ』

『どこさ行くんだ』

背後から母や卜伝《ぼくでん》の叫ぶ声が聞えた。修は夢中で廊下を走り、校庭に裸足で飛び出した。駆けながら、涙が溢れて仕方がなかった。

修は腕で涙を拭いながら、教室の方に走った。窓から美雪や武内が身を乗り出して、手を振るのが見えた。

『おれは、どこも行かねえど』

修は大空に向って声を限りに叫ぶのだった」(「離婚」)

けだし。佳品である。

第四話

菅直人と「虎希《こき》の会」

菅直人は文学者ではない。政治家、それも内閣総理大臣（第九十四代）にまでなった人である。この場にはふさわしくないような気もするが、『大臣』（岩波書店）『総理とお遍路』（角川書店）『東電福島原発事故　総理大臣として考えたこと』『原発事故10年目の真実　始動した再エネ水素社会』（ともに幻冬舎）など、著書は多く、私との共著『カンカンガクガク対談・脱原発党宣言』（みやび出版）も出している。

私と二人でつくった「虎希の会」の集いには、加賀乙彦氏あたりも参加して、菅さんとはよく談笑したりしていた。

そういう意味では「作家」の一人と見なしてもかまわないし、「文壇」とも浅からぬ縁がある、と言って良いだろう。

その菅さんと私が知りあい、昵懇になったのは、今から十年近くまえ、彼が総理を辞めてしばらく経ってからのことである。

キッカケは、菅伸子夫人との出会いであった。その年の総選挙の直前のころに、私が足繁く通っていた高田馬場の小料理店「一歩」の隣席で、夫人は某早大教授を相手に話をしていた。私は一人きりで飲んでいたし、おのずと話し声が耳にはいってくる。すると、夫人は、「つぎの選挙では、うちのカン、危ないのよ」

などと言っているではないか。新たに選挙区となった府中市で元市長の候補に差をつけられて、落選しそうだというのである。

府中？と、私は思った。私は根っからの「競馬党」で、毎週のように同市内にある東京競馬場に出かけ、近辺には行きつけの店があり、友人・知人も一杯いるのだ。そこで、つい口をはさんでしまった。

「カンさんがヤバいだなんて……放っておけませんよ」

「あら、あなた、応援してくれるの」

初対面なのに、伸子夫人は気さくに応えてくれる。私は改めて名刺を渡し、府中ならば応援できそうだ、と先の事情を話した。

結果、菅さんと会うことになり、「応援団」ならびに私的な友としての交流がはじまるのだが、彼と私は、じつは半世紀ほども昔、二十代の半ばに出会っている。たがいに、参議院議員だった故市川房枝女史の「応援団」だったのだ。けれども、まさしく一期一会《いちごいちえ》で、親しく口をきくどころか、ろくに挨拶をかわすこともなく、それぞれ別の人生を歩んできた。

それは政治一辺倒の菅さんに対して、私のほうは文学（文筆）一途で来た。平行線ともいうべき軌跡をたどったからであろう。

私はしかし、まるで政治に興味がなかったわけではない。学生時代には、いささかなりとも全共闘運動に係わり、べ平連（ベトナムに平和を！市民連合）や社市連（社会市民連合）、社民連（社会民主連合）を、ずっと支援していた。

ただ、それらの組織はれっきとした政党ではなく、畢竟《ひっきょう》、「市民連合体」でしかない。菅さんはそこから一歩まえへ飛びだして、反自民の細川（護熙）連立政権樹立に貢献したのを機に、「新党さきがけ」に入党。自社さ政権では厚生大臣をつとめ、「薬害エイズ問題」で名をあげた。そうして鳩山由紀夫氏と組み、一次、二次の民主党を結成する。

平成の十年代、ちょうど二十世紀末から二十一世紀初頭にかけてのことである。

途中、年金未納問題で代表職を辞したりはしたが、不死鳥のごとく甦《よみがえ》り、代表に返り咲いて、鳩山氏の退任を受け、とうとう政治家としての頂点、内閣総理大臣の座に就いた。

ひそかにエールを送ってきた身としては、万々歳！　と喝采を送るべきところかもしれない。が、基本、私は権力者が好きではない。

「文学者は反権力でなければならない」と信ずる私からすれば、いっそう大きく菅さんとの距離がひらいたかのように思われた。

ところが、であった。そこへ例の「三・一一」――東日本大震災と原発事故である。

さきに書いた川村湊さんや森詠さんのように、あのおりの菅さんの初動、対応ぶりをあげつらう人もあるが、私は菅さんのやり方を支持した。彼はそれこそは「権力者」の冠を投げ捨て、誠実にして賢明な処理をしたし、その後も一貫して「福島原発事故」の被災者救済の活動と、脱原発・再生エネルギー活用の運動をつづけている。

このあと『脱原発党宣言』をひもとき、菅さん本人の発言を引用するつもりだが、いたずらに彼を弾劾《だんがい》・非難する人たちによって、菅直人は総理の座から曳きずりおろされた。

おそらくは総理退任後の総選挙で「危険信号」が点《とも》ったのも、そういうこととと無縁ではあるまい。

私は高田馬場の「一歩」で伸子夫人と出会って以来、これまでに四度、菅さんの選挙に係わったが(大國魂神社《おおくにたま》での立会演説会で、故江田五月氏らとともに演説をしたこともある)、応援して初めての総選挙では、菅さんは選挙区では落選、比例での復活当選でギリギリ(たしか、どん尻)議員職にとどまった。つぎはやや票を伸ばしたものの、やはり復活当選。残りの二度は、大差で勝利した。

私や府中の友人・知人たちの後押しのせいも、少しはあったのかもしれない。が、菅直人の政治姿勢を見直し、またぞろ彼を支持する人が増えたことが大きいのであろう。

さて、菅さんとの数度にわたる「カンカンガクガク対談」であるが、どちらかというと私は発言を控えめにして、聞き役に徹している。彼が総理として経験した原発事故当時のことや、それから後の再生エネルギーに関することについて、私が遠慮会釈なく質問し、いったんユーチューブに流したものを、一冊にまとめたのである。

なかでやはり、多くの人の耳目《じもく》を引きつけると思われるのは、事故時点での菅さんの動向だろう。そこで、そのことに関する二人の応答を、そっくりそのまま引用することにする。

「**菅**　私も三・一一を境に、以前の考え方が全く間違っていたと気づいたんです。日本の技術をもってすれば事故は起こさないと思っていたことが間違いだ、とはっきり分かりましたから、そこで百八十度、考え方を変えたわけです。

原発推進というエネルギー基本計画を白紙にもどし、原発をなくしていく方向に舵《かじ》を切る。同時に、外国への輸出もやるべきではないと、完全に方向を変えていくわけです。

岳　そのことが、あまり理解されていない。福島での事故が起きた直後の菅さんの対応についての一部の誤解も、それにからんでいるような気がします。

菅　誤解というよりも、いろんな不十分な報道をめぐる問題と、意図的にやられた部分と両方、あるんですね。

具体的な例をあげると、どの時点でメルトダウンしていたかということは、最初は分からなかったんですけど、じつは地震からわずか四時間後にはじまっているんです。今の検証でね。で、なぜ、それがすぐに分からなかったのかというと、一号機の水位計が壊れていた。そのことを現場も気がつかなかったわけです。水位計が、水がまだあるということを示していたものだから、そうと信じていた。

じっさいには水位計は壊れていて、水はあっという間になくなって、夜の六時五十分には、メルトダウンがはじまっていたんです。

岳　かなり早くから始まっていたんですね。

菅　そういうふうに、水位計の故障に気づかなかったせいで、現場がまず、正しい情報を把握していなかったということが一つ、あるんです。それから現場は分かっているけれども、東電本店がそれを正確に伝えてこないという問題が、二つ目。それも混乱で来ない部分と、責任をかぶりたくないから隠すという部分があるわけですね、東電という体質は。

これが、三つ目です。

その三つが複雑に混ざっているわけです。とくに激しかったのは、五月の六日に浜岡（原発）を止めてほしいという要請を出して、止めるわけです。

岳　菅さんの英断だと、私などは拍手喝采しましたが……。

菅　ところが、そのあとからですね、東電などの電力会社と経産省のトップ、ＯＢあたりが私に対して、ものすごい警戒心をもちはじめるわけです。このままでは全ての原発を止められちゃう、と。それで、私の追い落としをはじめるんです。その先頭に立ったのが、じつは安倍さんなんです。

岳　現在の首相の安倍晋三さんのことですか。

菅　そうです、ご存知かどうか……安倍さんが原発事故から二ヵ月ほどあとの五月二十日のご自身のメルマガで、「三月十二日、菅が海水注入を止めて事故がひどくなった。責任をとって総理を辞任すべきだ」という虚偽の情報を発信したんです。

安倍さんがメルマガを発信した翌日の五月二十一日、読売新聞が一面トップで、同じ内容の記事を書いているんです。菅が注入を止めさせたという、そういうキャンペーンを徹底的に張った……それにもとづいて、国会質疑もやったんです。そして結局、六月二日に不信任案まで出してくるんです。

ただちに責任をとって総理を辞任しろ、というキャンペーンを大々的に展開したのです。

いまだに海水注入は中断していなかったことを知らない一般の人びとのあいだに、私の事故対応がわるかったという見方が根強く残っています。他の部分でも、いろいろ言われているんですけど、とくにそれが強烈なんですよ。

私自身は、なんでそんなことを言われるのか、全然、心当たりがないわけですよ」

ほかにもいくつか、重要な発言をしているが、菅さんがもっとも強調したいのは、「再生エネルギー」の問題だろう。

「ソーラー・シェアリングとか再生可能エネルギーは、より一般的な問題でもあるわけで、日本では残念ながら福島の原発事故までは、どちらかというと原発にもっと依存しようとしていた。私自身も、そういうエネルギー基本計画に賛成していましたから、ある意味、原発推進の当事者そのものでもあったんですが、『三・一一』以降、百八十度考えを変えました」

実際のところ、世界の流れはずっと以前から変わっていたのだという。

「とくに再生可能エネルギーの促進ということでは、三・一一以降、ドイツなんかも積極的になったけれど、デンマークとか、多くの国では、福島原発事故が起きる以前から、ずっとはじめていたわけです。ヨーロッパでは、チェルノブイリの事故もありましたからね」

そういうものを、逆に日本は遮断してきてしまった。

「率直に言って、電事連などを中心とした『原子力ムラ』が、再エネがはいってきて、『再エネのほうが良いから、原発を止めよう』という流れが起きるのを、喰い止めようとした。逆に、再エネを抑えこんできたんです」

菅さんと私は千葉県匝瑳《そうさ》市にあるソーラー・シェアリングの現場まで出向いて行き、そこで対談したこともある。

ソーラー・シェアリングとは、どういうものか?

菅さんの著作(『原発事故10年目の真実』)の「まえがき(原発ゼロは実現している)」から、引いてみよう。

「ソーラー・シェアリングとは農地の上空3メートル程度の高さにソーラー・パネルを間隔をあけて配置する発電と農業を両立させる方法で、現在すでに各地で実施されている。私自身いくつかの施設を視察し、発電と農業とで十分な収入が得られていることを確認した」

カンカンガクガク対談をはじめたころ、ちょうど菅さんが七十歳で「古希《こき》」を迎え、一年後には私自身が古希になるということで、その記念に「虎希の会」を旗揚げしたのである。当初は何も考えず、ジャンルを超えた友達同士の飲み会でしかなかったが、回を重ねるごとに、何かしらテーマを決めたいという機運が盛りあがり、「脱原発」をモットーとすることにした。

かねてより菅さんは「植物党」など、「原発ゼロの社会をめざす」新たな政党を立ちあげたいと願っていたようだ。目下、それは成らないでいるが、「脱原発・虎希の会」は相応に活動している。

まえにも書いたように、私は政治そのものは嫌いではないし、かの実存主義の大家、ジャン・ポール・サルトルの「飢えた子どものまえで文学は可能か」という命題は、今も私の頭を去らない。サルトルがしきりに説いていたアンガージュマン(フランス語)「政治参加」である。

若いころの私にとって(たぶん、菅さんにとっても)、それは市民運動というかたちで小さく花ひらき、五十年後の今は「反原発」「脱原発」に集約されつつある。

どこまでそれが、わが国の人びとのあいだに浸透してゆくか。勝負は勝負だが、焦らず、「虎」の「希望」をもって、やっていきたいと思う。

第五話

三足・四足のワラジを履いた芦原伸

紀行作家の第一人者、芦原伸も「脱原発」で、例の「虎希の会」の集いにも、いくどか顔を出してくれたが、ここではもう、その辺のことには触れないでおく。

つい最近、彼は『旅は終わらない　紀行作家という人生』(毎日新聞出版)なる本を刊行。私は週刊「読書人」紙で、その書評を書き、ついでながら(勢いに乗って)、出版記念会の司会・進行役までもつとめることとなった。

最初に明かせば、三足・四足とは、著書のタイトルともなった「紀行作家」ばかりか、一般のノンフィクション・ライター、編集者と編集プロダクションの社長——経営者までしていることを言う。経営していたのは「ルパン」ついで「天夢人《てむじん》」という会社で、両方とも編プロとしては日本で一、二を競う規模を有していた。

つまりは、それだけ人を使うのが上手いというわけで、ここへ来て、私もずいぶんと乗せられたように思う。

けれど、さきの書評とも重なるが、当年とって七十七歳、芦原さんは私より一つ年上で、付きあいは五十年余に及ぶ。彼のことは何もかも、知りつくしているつもりでいた。

それが『旅は終わらない』を読んでいて、未知の事柄や思いがけない話がたくさん出てくるので、びっくりさせられた。

見知った人が書いた本を読むというのは、そういうことなのかも知れない。

芦原さんと出会ったのは、二十四、五歳のころ、彼が雑誌「旅と鉄道」の編集者として、私に取材と執筆の依頼をしてきたときのことだ。

「北海道に行き、SLほか道内の鉄道に乗って、見聞きした事柄や感じた思いを書いてほしい」

とのことだったが、芦原さんとは打ち合わせと称して、その取材旅行のまえに何度かいっしょに飲み、いろんなことを語りあった。

当然、彼が北大の出身であることを知ったし、青春(学生)時代の大半を北海道ですごしたことも耳にしていた。にもかかわらず、同大に入学するために初めて渡道したおりの緊張感だの、道内のさる牧場での労働の日々など、たいそう新鮮に読んだ。

その「青春彷徨編」には、私と似たような体験談も多く書かれている。

当時、左右に大きく張りだした登山用のリュックを背負って旅する若者は、「カニ族」とよばれていた。北海道がもっとも盛んだったが、芦原さんが道内を「彷徨」していたという一九六八年の夏、私は同じ「無銭旅行」を国外でしていて、イスラエルの集団農場キブツで働いたりしていた。

学生時代に盛りあがっていた全共闘運動。それに対して、芦原さんも私も、適当な距離をとりながら関心を抱いていた、という点でも共通している。

いちばん印象に残ったのは、「チチキトク」の電報で、両親が住む名古屋へと帰郷した場面だ。

衝撃的だったのはしかし、一週間と経たずに逝去された父上のことではない。自分の住まいのある札幌にもどったとたんに彼は、「連続射殺事件」の犯人と疑われて警察に連行されるのである。

郷里を出てから帰道するまでの足取りや普段の態度などが理由だが、すぐに誤認であることが明らかになり、釈放される。

「しばらくたち、一九歳の永山則夫が容疑者として全国に指名手配された」と、芦原さんは書く。結局、永山は逮捕されるが、

「以来、私にとっては同世代の永山則夫が他人とは思えなくなった」

とつづく。永山は獄中で『無知の涙』を著わし、多数の文化人が彼の死刑執行に反対した。それが空しく終わり、判決が下ったとき、芦原さんは「彼の漂泊の人生の深い悲しみを知った」と言う。

「永山の分まで生きてやろう。永山が果たせなかった旅を最後まで続けてやろう」

まさに『旅は終わらない』の真骨頂《しんこっちょう》である。

「私がふたたび見知らぬ旅へと駆り立てられたのはそのころだったように思う」。

『旅は——』はこのあと、「紀行作家」の本領を発揮で、シゴナナ（C57）やデゴイチ（D51）、「あさかぜ」や「さくら」「はやぶさ」といったブルートレインなど、鉄道の話、ついで「私の大航海時代」となる。芦原さんの外国旅行記だ。

これはこれで、面白かった。シルクロードなど、私自身が行ったことのあるところや国につ

いての話には共感を覚えたし、ケニアなど、おとずれたことのない国々には、素直に「行ってみたい」と思った。が、なかでやはり、いちばんに興味ぶかく読んだのは、ソヴィエト連邦崩壊の場に著者が立ちあった、という件《くだ》りだろう。

目下、プーチンひきいるロシアが、隣国ウクライナを侵攻している――ダブル・イメージが湧いてくるからだ。

大学卒業後に彼は鉄道ジャーナル社にはいり、同社を辞めてのちも、「ルパン」をつくって社長業のかたわら、同様の仕事をつづける。わが名が出た、と書いたが、なるほど長い付きあいとはいえ、最接近していたのは、あのころだろう。

その時分の私は小説家デビューは果たしたものの、「純文学(私小説)」では喰えず、芦原さんにガイドブックの仕事を頼まれては、あちこちへ取材に出かけ、ちょこちょこっと書きあげては彼のもとへ持っていった。すると編集アンカーとして彼は、赤ペンを取って、チェックをはじめる。自分の書いた原稿が、みるみる真っ赤になってゆく。

あの光景は忘れがたいが、文章の的確さ、短縮化を教えられたのは間違いない。チェックがすむと、芦原さんは笑顔を見せて、

「さぁ、ガクちゃん、飲みに行こう」

と、新宿はゴールデン街へくりだすことになる。

彼も私も大の「呑兵衛《のんべえ》」で、じつによく飲んだ。行きつけの「ムーミン」なる店で、カメラマンのSさんもまじえ、夕方六時から翌朝六時まで飲みつづけ、三人でサントリー・ホワイトだったか、720cc瓶のウィスキーを四本あけたこともある。一人でも最低、一本以上は飲

んだ計算だ。

ともあれ、「ルパン」は渋谷桜ヶ丘の２ＤＫから出発して、赤坂、築地、さらには代官山の豪邸跡へと場所を変え、そのつど社員数も仕事の量も増えていった。しかし好事《こうじ》、魔多し。平成十八（二〇〇六）年、芦原さんは一種の詐欺紛いの憂き目にあい、経営権を手放すことになる。

まもなく「ルパン」は消滅するが、芦原さんは昔なじみの赤坂で、今度は「天夢人」という編プロを創設する。

たいそうな苦労をしたようだけれど、その間の事情に私は疎い。私は「歴史時代小説」の分野に進出していて、たくさんの仕事を抱えていた。芦原さんとは飲むどころか、めったに会えないし、擦れちがっていたころだ。

やがて私はまた純文学の世界にもどるが、芦原さんの書く世界は異なっていた。『被災鉄道復興への道』（講談社）、『へるん先生の汽車旅行　小泉八雲と不思議の国・日本』（集英社）『ラストカムイ　砂澤ビッキの木彫』（白水社）と、代表作をならべるだけで、瞭然だろう。

今回の『旅は終わらない』にしても、当人は「初の自叙伝だよ」と言っていたが、妻、子、孫などの家族の話は一切、出てこない。要するに、家庭内不和だとか男女の愛憎、自己破綻とは、まったく無縁である。それでいて、一篇の長い（大河？）ドラマにはなっている。

例の書評の最後を、私はこう締めくくった。

「読者は特別仕立ての鈍行列車か観覧車の客のようになって、移りゆく『景色』をひたすら楽しんでいれば良いのである」

今ここで私は、自分がかつて名のった「マルチ考爵」の名を芦原伸に進呈したいと思う。あるいは「マルチ王」か、「マルチ翁《おう》」か？

第六話

文豪にして剣豪だった津本陽

「一歩」での出会いが、最初であった。高田馬場の裏通りにあった小料理屋で、基本的にママが一人で切り盛りしていた。そう、前回に登場してもらった菅直人氏の夫人・伸子さんと知りあった店である。

店構えはけっこう広く、七、八人ほどが坐れるカウンターと、掘りコタツ式の座敷があって、三十人前後がはいれる店だ。満杯になると、一人か二人、お手伝いさんが来るが、今から十二年まえの平成二十二（二〇一〇）年の秋、その店を貸し切りにして、「飲んでダべろう会」みたいなもよおしをもった。

発起人は作家の三田誠広と早見俊の両氏に私、編集者の加藤淳氏、谷口広寿氏（故人）あたりだったように思う。

『文芸年鑑』に掲載された歴史時代作家の大半に、案内状を送りつけてみたのだが、その席になんと斯界《しかい》の大物、直木賞作家にして『下天《げてん》は夢か』（日本経済新聞社、のちに講談社文庫、角川文庫）なる一大ベストセラーの著者、津本陽が顔を出してくれたのである。

ほかにも、同じく直木賞作家の北原亞以子さん（惜しむらくは、ほどなく病いに倒れ、三年後に他界）など、思いがけぬ方々がたくさん見えた。

津本さんも北原さんも口にしていたが、作家というのは孤独な仕事だし、歴史時代物を書く

者同士、

「気楽に会って、話しあう場がほしかったのですよ」

と言う。

そんなこともあって、その場で「歴史時代作家クラブ」なる会をつくることが取り決められ、津本さんが名誉会長兼顧問に就任、私が代表幹事に、加藤淳さんが事務局長に就くこととなった。

ところが、である。

さらに多くの人を誘っての会合を翌年の三月中旬にひらく予定でいたが、その打ち合わせをすべく、加藤さんらと「一歩」で待ちあわせた夕刻、例の三・一一――東日本大震災がおきてしまった。それでも四、五日おいて、

「来られる方だけ、お出で下さい」

との連絡をし、少人数での集まりが高田馬場ビッグボックス内の大衆酒場でおこなわれた。

そして三ヵ月後の六月十五日、正式の初会合が、当時ビッグボックスの九階にあった大ホールに、百人余りの参加者を集めてもよおされたのである。たしか、そのおりに、

「何か歴史時代小説の賞を設けないか」

との話が出て、加藤さんや井沢元彦さんらとあれこれ模索。「海音寺潮五郎賞」などの創設も検討されたが、

「いっそ、歴史時代作家クラブ賞としたほうが普遍性があって、良いんじゃないの」

ということになったのだった。

結果、文芸評論家の秋山駿氏を審査委員長に、三田氏や菊池仁氏などが審査員になって、第一回の受賞者が、つぎのように決定された。

新人賞、野口卓『軍鶏侍《しゃもざむらい》』。作品賞、諸田玲子『四十八人目の忠臣』塚本青史『煬帝』。シリーズ賞が鳥羽亮と鈴木英治の二人、実績功労賞が山本一力と岳真也、そして特別功労賞が津本陽である。

私本人の名まであるので、誤解なきように明かしておくが、すべて正当な過程をへて決定され、とくに「功労賞」は会員全員のアンケートに基づいて審査委員会が選抜した。いずれも賞状は出すが、賞金・賞品は無しである。

ともあれ、津本さんのクラブへの思い入れは強かった。

クラブ賞の授賞式(第一回は平成二十四＝二〇一二年六月十五日、神楽坂の日本出版クラブ会館にて開催)や、山岡鉄舟ゆかりの全生庵《ぜんしょうあん》庵主・平井正修氏(歴史時代作家クラブ会員)の招きによる「江戸の幽霊画を鑑賞する会」や、「鑑能会」「屋形船」など、いろんなイベントに参加するたび、津本さんは口癖のように、

「和気藹々《あいあい》として、本当に良い会だね」

と言って、嬉しそうに微笑むのだった。

クラブ創設時に知りあって以来、私は毎年欠かさず、津本邸へと年始参りに行くようになった。いつも大久保智弘、加藤淳の両氏といっしょである。

夜中に仕事をする津本さんが目覚めるのは昼近くだから、正月でも、目黒区は柿の木坂の津

本邸へ参じるのは午後遅くになる。ゆったりと寛ぎながら、どこかの名店から取り寄せたものらしいお節料理を頂戴し、天皇家御用達《ごようたし》の銘酒「惣花《そうばな》」を吟味する。

一度はフランス料理が出されたこともあるが、銀座の一流店のシェフを自邸のキッチンに招いての接待だったのには、驚いた。

津本さんはもとが郷里・和歌山の蔵元（今はお酒はつくっていないらしい）の御曹司《おんぞうし》だったのだが、『下天は夢か』他のヒットもあって、懐《ふとこ》ろ具合は相当なものだったようだ。それにしても私たちのような「若造」を相手に、さほどに気前よく、大らかに接してくれる姿には、毎度感動させられた。

そうした接待に応えられるだけの贈物などはむろん、持っていかれない。ただ、いつだったか、加藤さんが酒に酔った勢いもあってだろう、

「ほんの御礼の気持ちです」

と、「シアリス」なる薬を差しだしたときには、津本先生、大喜びだった。精が付く、そう、強壮剤だったのだ。

「一服、口にしただけで、あちらのほう、バッチリですよ」

「ほう。ありがたい……近々、試させていただこう」

嬉しそうに眼をほそめる津本さん。八十の峠はとうに越えていたのだが、年齢《とし》のことなど、いささかも気にしている様子は見せない。一同、改めて仰天、拍手したものであった。

その応接間には、時価百万近くするミロだかダリだかの版画も飾られていたが、いちばんに目立ったのは、本物の日本刀。津本さんは平気でそれを引き寄せて、刀身を皆に見せてくれた

こともある。

津本さんは剣客《けんかく》のことを何人も書いているが、自身も剣道三段の達人で、居合《いあい》など、お手の物なのだ。自作の短篇『祇園石段下の血闘』(昭和五十七年度　代表作時代小説/日本文藝家協会編/東京文藝社)のラストの場面を口にしながら、抜き身の刀をかざして披露してくれたのである。

「……藤次郎をとりかこむ人影は八人であった。いずれも羽織を脱ぎすて、袴の股立《ももだち》をとった見廻組隊士である。藤次郎は夢中で刀を抜き、トンボの構えで腰を落した。示現流《じげん》の構えは、トンボと称するものが、ただひとつである。その形は子供が打つぞといい、右手に棒を振りあげたとき、それに左手を添えた姿から取ったという。右肱が横に張りだしている形を羽根に、構えた剣を胴に見たてて、その名がついたのである」

主人公の指宿《いぶすき》藤次郎は薩摩藩士で、薩摩の「示現流剣法の達者」だが、上司の中村半次郎らに命ぜられて敵の新選組に潜入。隊士になりすましていたところ、それが知れて八人もの敵を相手に戦うこととなる。

「朝に三千、夕に八千といわれる示現流の立木打ちで鍛えた太刀筋は、おそるべき威力を見せた。鉄の噛みあう音が響き、敵の手から刀が離れ宙に飛んだ。藤次郎の流れるような動きはとまらず、立ち胴を抜かれた敵は血を噴きあげながら倒れ伏した」

ラストは「横あいから打ちこんでくる影を藤次郎は見た」が、「体をかわす余裕はすでになく、「無明の闇が眼前にひらいていた」で終わるから、ついに敵《かな》わなかったのであろう。が、朗読調で語りながら、抜き身の刀を手にして演ずる——私たち「観客」三人としては、ビクビクしつつ、感心させられたものであった。

さて、津本陽の他の作品だが、武の天才・織田信長の生涯を描いた『下天は夢か』や明治期の紀州太地《たいち》村を舞台に一大捕鯨の顛末をつづった『深重《じんじゅう》の海』(新潮社/第七十九回直木賞受賞作品)は大部にすぎて、ここでは取りあげにくい。

そこで今回は、津本さんの「信長観」を一書にまとめたエッセイ集『下天は夢か　信長私記』(日本経済新聞社)のなかから「人間信長の形成」と題された部分を引いておこう。

「信長の性格の特徴は、攻撃性と猜疑心の二つである。

彼は人生を高所から見渡すような、広い視野を持ち、きわめて日本人的な虚無感の持ち主である。

『人間五十年、下天のうちをくらぶれば、夢幻のごとくなり』

という幸若舞《こうわかまい》の敦盛の謡《うたい》を好んだが、生きている間は前途の障害をはねのけて、わが目標とするところへ突き進もうという攻撃性をそなえていた。

またどのような相手にも気を許さない。いかなる物事をも無抵抗に受けいれないという猜疑心があった。

何事をもいったん疑うということは、前例にとらわれず自らの感性のフィルターを通して、いま一度咀嚼《そしゃく》しなおすことである」

この二つの特性がなければ、戦国大名は生き残れなかった。

「信長はこの点で、乱世を生き抜く資質をそなえていたといえる」「彼は物事をその時代の常識に従って判断するような、偶像を心に持っていない」「世間の常識をかえりみない、自らの判断力によって前途を切り拓いてゆこうとする」というものだ。

信長も面白いが、私は「三英傑」のなかでは徳川家康に、もっとも惹かれる。雑誌「三田文學」に連載された小説が『家康と信康　父と子の絆』の題で、令和四(二〇二二)年の十月、河出書房新社から発刊されたが、その家康についても、津本さんはいろんなことを書き、述べている。

日本史家の二木謙一氏との対談本『信長・秀吉・家康　天下人の夢』(実業之日本社)中の、家康に関する津本さんの発言も、ちょっと紹介しておきたい。

「私は、家康のことを書いてもあまり好きになれないかなあと思っていたんですが、そうじゃなかった。根回しをして徳川家の基盤がしっかりするような布石はちゃんと打つんだけど、でもこれは生きている間だけのことさといった達観というか、潔さ、一種のニヒリズムのようなものが家康にはあるんです。

その点では信長も似ています。秀吉だけは違っていて、最初はストレートで凄いんだけど、位が上がって天下の富を集めるようになると現実にしがみついてしまうんですね」

平成三十(二〇一八)年、津本さんは八十と九歳でこの世を去ったが、じつは上中下三巻におよぶ大長篇の構想があったという。内容までは分からない。が、どうやら『深重の海』とテーマが似ていて、より重いものになりそうだったようだ。津本陽ファンとしては、その一端でも、かいま見ることが出来ないのは、まことに、残念でならない。

第七話

「歴史時代作家クラブ」の朋　大久保智弘

大久保智弘も、歴史時代作家クラブの集まりで知りあった作家の一人である。彼にはクラブの監事という大切な役をまかせたが、昼は会議、夜は酒宴で、公私ともども何度も会っている。

大久保さんは平成六(一九九四)年、『水の砦　福島正則最後の闘い』(講談社)で「時代小説大賞」(第五回)を受賞(前項の津本陽氏は審査員の一人)。その後も『江戸群炎記』『木霊《こだま》風説』(共に講談社)などを刊行、今も二見時代小説文庫でシリーズ物をつづけ、好評を博している。

『水の砦——』は良いタイトルだが、最初は「わが胸は蒼茫《そうぼう》たり」という、やや厳めしい感じの題名だったらしい。じっさい、出だしの詩的な自然描写からして、エンタメ系のそれではない。

「彦四郎は夢を見ていた。

白い馬が走っている。

目にも鮮やかな白い息を吐き、汗に濡れた逞しい背に、霧のような水滴を飛ばし、銀箔のきらめきを残して、流れる風のごとく、駆け抜けてゆく。

ここは戦場か。

一瞬の錯誤のなかで、彦四郎は思った。

目覚めたのは闇の中だった。

馬蹄の響きはもうしない。

あれは夢の名残りか、幻聴か」

本文は推理小説仕立てで、スラスラと読み進めてはいけるのだが、全体に謎が深すぎて難解なのも、大衆向きではない。たとえば「最後の闘い」というが、ふつう、闘いには相手がいる。その「敵」がいま一つ、定かではない。具体的には本多上野介正純のようなのだが、終盤、主人公の正則が正純と二人、茶を喫して語りあう場面がある。

その前段で、作者はおのれの見解を披露する。

「戦闘に臨む武将たちは、覚悟の死を直前にして最後の茶を喫した。それを戦陣茶という。死が日常のものであった戦国時代の遺風だ。この戦陣茶によって、茶道の精神はこの上なく崇高なものにまで高められた。ただ湯茶を飲むという単純な行為が、哲学的な内実を持ち得たのは、その作法の中に死を内包していたからだ。戦国時代を生き抜いて来た武将ならば、それがおのが体験として知っていた」

そして、茶を喫する「敵同士」の心情だ。

「常に死に接近していた前半生と、死に忘れ去られた後半生が、一瞬の間に、走馬灯のごとく正則の脳裏を過った。茫漠たる思いが、胸に満ちた」

「なんと可塑性《かそせい》の豊かな時代だったことであろうか。それぞれの者が、それぞれの者として生きていた。人が人として鮮明であり、だれもが、どのようにも成り得た時代だった。正則は桶屋の倅から槍一本で国持《くにもち》大名になった。正純の父の正信は一向一揆崩れの浮浪人だ、それが才気ひとつで、天下の政務に従事した」

「いまの正則は、あのころとは遥かに遠いところにいるという思いが強い。

正純も、この思いを共にするものであるということを、正則は瞬時にして理解した。戦国という苛酷で自由な時代を共有した者同士の、言葉なくして語りあえるものを感じたのだ」

二人の会話そのものは少なく、「釜に湯がたぎる音だけが、ことさらに静寂の感を深め」たりする。やがて別れの時が来て、「北に向かう正純の一行を、正則は荒れ寺の楼門に立って、いつまでも見送」ることとなる。

「すぎゆくものへの感慨が、急激に正則を襲った。

季節も人も、みなすぎてゆく。太閤殿下が薨《こう》じ、浅野長政が逝き、加藤清正、池田輝政、浅野幸長も死んだ。秀吉恩顧の武将のうち、生き残っているのは正則だけだ。そして豊臣を一掃した家康も死に、その懐刀《ふところがたな》であった本多正純も、いまその表舞台から去ってゆく。消えてゆくものに、敗者も勝者もない。ゆくものはみな、かくの如しか」

作者の「あとがき」には、こうある。

「福島正則は、生き恥をさらした男である。死ぬべきときに死ねず、守るべきものを守れなかった。賤《しず》ヶ岳七本槍の随一と謂われた正則の人気は、おなじ豊臣子飼いの猛将として知られる加藤清正に、遠く及ばない。

しかし、武将としての正則の勇猛さは疑いようもなく、豪快な性格にも魅力がある。水府・広島の基礎を築いた、領国経営の才も並ではない。時代の転換期には、正則のような立場に追い込まれる者は数多くいるはずである。正則は、そのようなリストラ時代の、まさに象徴的な存在であると言うことができる」

この「解説」は分かりやすいが、作品じたいがもつ、ある種の「難解さ」はやはり、「純文学」に匹敵するものだ、と私は思う。

これまでに大久保さんが発表した作品のほとんどが歴史時代小説で、「エンターティメント」の枠組みに入れられてしまうが、彼の評論やエッセイには、過激なほどに鋭く「純」なものが多い。たとえば「文芸思潮」誌の第75号『今こそ、加賀乙彦特集』に寄せられた「加賀乙彦論序説」だ。

「加賀乙彦は、『周到な作家人生』を歩んできたように見える。あるいは作家加賀乙彦となるために、『逆算された人生』を意志的に選んできたように見えるかもしれない」

加賀さんは陸軍幼年学校に学び、戦後は東大医学部に進み、フランスに留学してフランドルの精神科病院に勤務している。それらの経験は「欠かせない」として、大久保さんは、こう書いている。

「死刑囚や無期囚が拘禁されているゼロ番区の医務技官になったのも、ドストエフスキー『死の家の記録』に描かれた囚人たちの心理を検証するためではなかったか。加賀さんが『加賀乙彦』となるには加賀さんが選んだ生のすべてが、必要不可欠であったように思われる」

なるほど、なるほどとなるほどでる。

大久保さんは当然のことに、「加賀文学」の集大成といわれる『永遠の都』にも触れる。

「加賀さんが五十七のとき書き始めた『永遠の都』は、読書好きな小説家が、知る限りの手法を駆使して織り上げた、二十世紀文学の集大成と言えるだろう。数多くの作家たちがいた。彼らが踏みしめてきた文学土壌の先に、加賀乙彦の作品が独歩している」

「加賀乙彦は世界文学を書こうとした数少ない作家の一人で、四半世紀にわたる『都』執筆によって、間違いなく世界文学の頂点を築いたといえるだろう」

加賀さん自身が最終決定した第一回「加賀乙彦推薦特別文学賞」の審査に、大久保さんも係わった。その受賞作の拙著『翔』に関しても、加賀さんのこととからめて、彼はこんな書評をしている(「狂気を内包する作家―岳真也と加賀乙彦の場合」早稲田文学21年春号)。

「恐ろしい小説を書いてしまう作家がいる。狂気としか思えない衝動に駆られて。作品に何が書かれているかではない。それを書かざるを得なかった作家の内面が恐ろしいのだ。何故そのような小説を書くのか。それが文学だと信じているからか。あるいはそれが作家の宿業なのか。

たとえば岳真也の新作『翔wing spread』は、一卵性双生児のような精神的構造を持つ父と子の物語だが、小説の現在が始まった時点で、息子は原因不明の突然死を遂げている」

このあと、大久保さんは、精神を病んでいた息子と父との交流と、さまざまな葛藤《かっとう》について書く。

「これを社会問題として掘り下げ、仰々しく展開すれば、現代の病根を抉り出す格好のテーマになるだろう、しかし岳真也は、敢えてそういう方法をとらなかった。私的な体験として饒舌を抑え、伝統的な『私小説』の手法で書いたのだ」

『翔』に出てくる「K先生」が加賀乙彦であることを明かしたうえで、大久保さんは論をつづける。

「この『K先生』と岳真也の繋がりを、意外に思う人もいるだろう。『藝術と実生活』において、むしろ対極にある作家に見える。加賀氏はフランス仕込みの紳士、著名な精神科医で、入念な構想期間を挟んで、日本人離れしたスケールの大きな長編小説を書いてきた」

「岳真也は学生作家としてデビュー。Nouveau Roman風な小説の書き手として、ルポライターやディスクジョッキーなどもやっていた」「私小説風の『水の旅立ち』が代表作で、その後は『吉良の言い分』で歴史時代小説に転向したかに見えた(執筆量は圧倒的にこの時期が多い)が、辛いときに辛い思いで書いた『翔』によって、私小説作家としての意地を見せた」

双方を比べて、大久保さんは「この二人の作家に共通項などありそうもない」と言う。ところが。――

「はじめは意外に思われたが、これは価値観が逆転した時代を生きた、元陸軍幼年学校生の秘められた思いかもしれない。『加賀乙彦自伝』や氏のエッセイを読むと、この場面には実際の体験が色濃く反映されている。戦後の東京は『見知らぬ街』にすぎない。この『違和感』こそ、転換期を生きた作家が膨大な資料と想像力を駆使して、大河小説を書き続けてきた原動力だった。二十数年を軽井沢の山荘に籠もり、昭和という激動の時代を丸ごと捉えた大長篇を書く。紳士的で温厚な加賀乙彦は、暗い狂気を内包して生きて来た。そして封じ込められた狂気を『作品』として定着させたのだ」

ここで「狂気」の共通性を、大久保さんは指摘する。

「それは岳真也における内なる狂気とも通底するだろう。タイプが違うと思われた、世代を異にする作家の共通項を、そこに見出すことが出来るかもしれない。突然に襲われた過酷な現実(逆転した価値観・相似形をした自己の死)を、これだけは書かねばならぬ、という内的な衝動に駆られ、作品世界に定着させる。そんな『恐ろしい小説』を書かざるを得なかった宿業は、作家の内に秘められていた狂気(デーモン)なのだ。苦しい真実だと言ってもよい」

ふーむ。当の私としては、唸るしかない。

第八話

クラブから協会へ　藤原緋沙子と加藤淳

この辺で一つ、避けては通れない話をしておかねばなるまい。

ほぼ七年間、つつがなく歴史時代作家クラブの代表幹事をつとめてきたつもりの私だったが、そろそろ疲れたかな、と感じたころ、T氏ら一部の会員から突き上げを喰らった。「運営の仕方が悪い」とか「金の使い方が不明瞭」といったものだ。

覚えがないわけでもなかった。何しろ、最初から手探り足探りでやってきたことだ。物書きはたいていそうだろうが、「宵越しの金は持たない」し、「どんぶり勘定」である。が、T氏の後押しをしていたイラストレーターのI氏が撒き散らしたとおぼしき噂のように、クラブの資金の数百万円をおのれの懐ろに入れるような真似はしていない。

だいたい資金とは言っても、年会費が一人二万円、事実上の会員数が五、六十人——百万そこそこであり、連絡費やイベント経費の不足分などで、またたく間に消えてしまう。年中赤字で、初期のころは私個人の「持ちだし」でさえあったのだ。

I氏が口にしたという、四百万だの五百万だのといった浮き金があるはずもなかった。

クラブ運営の一方で、文筆活動はもちろんつづけていたし、私生活の面では、愛息が突然死するという不幸にも見舞われていた。そんな私を励まそうという意味あいもあったのだろう、その年の夏におこなわれる参議院選挙に、

「どうだ、出てみないか」

と、例の菅直人氏に誘われるなどもしていた。

あとになって考えたら、私が吊し上げを喰ったのも、妙な噂が立ったのも、「選挙出馬」を検討中のことであった。結局は、元参院議員である友人の俳優・中村敦夫氏の、

「ガクちゃん、落選したら大ケガするぞ」

の一言もあり、断念した。

すると、どうだろう。私に対する「個人攻撃」がピタリとやんだのだ。弁護士の大城聡氏に託して、「名誉毀損」の訴えを出そうとしていたこともあったのかもしれない。

その代わりに、狙われたのが、私のつぎに代表となった藤原緋沙子であった。優れた作家であることはもとより、その心の寛大・寛容さからしても、

「歴史時代作家クラブの代表幹事にふさわしい」

と、事務局長の加藤淳氏と私の二人が推薦。幹事会で了承されたのである。

藤原さんは甲府の手まえ、石和《いさわ》温泉に近い笛吹《ふえふき》市に住んでいて、何年かまえに、「石和の湯に浸かり、武田の遺跡を巡る」というクラブのイベントがあったとき、参加者全員が招待されて、彼女の自宅をおとずれたことがある。

T氏らはなんと、その笛吹の藤原さんの住まいにまで押しかけてゆき、

「歴史時代作家クラブの商標登録は取ってある。こちらに代表の権利をゆずりなさい」

と迫ったらしい。

いかに寛容に見えても藤原さん、土佐の高知の生まれで、「いごっそう(土佐の男)」となら

び称される「はちきん（土佐女）」なのだ。本当のところ、気の強さでは天下一品。T氏らの押しつけをはね除《の》け、

「それほど商標登録にこだわるのであれば……」

と、クラブを譲渡し、加藤さんとともに、新たに日本歴史時代作家協会を設立してしまった。

当然、大半の会員がそちらに移行する。七年の間、歴史時代作家クラブを牽引してきた私としては、クラブへの愛着もないではない。が、相手の奇妙なやり口に屈しない、ということでは納得もさせられるし、喝采ものであると思う。


ここで、作家としての藤原緋沙子に話を移そう。

藤原さんは第二回歴史時代作家クラブ賞のシリーズ賞を受賞しており、「墨田川御用帳」シリーズ（廣済堂文庫）、「橋廻り同心・平七郎控」シリーズ（祥伝社文庫）、「藍染《あいぞめ》袴お匙帖」シリーズ（双葉文庫）など、書き下ろし文庫シリーズ界では、以前より「女王」とよばれてきた人だ。

私にはしかし、一篇ずつの単行本『番神《ばんがみ》の梅』（徳間書店）と『茶筅《ちゃせん》の旗』（新潮社）のほうが興味ぶかい。

『番神の梅』の主人公たる紀久は、夫・鉄之助が所属先の桑名藩から飛び地・柏崎への出向命令を受けたために、嫡男《ちゃくなん》の鐐之進一人を桑名の父の元に残し、一人娘の八重を連れて移住する。

今日で言う「左遷」であり、寒冷の地、越後の柏崎で、度し難い貧困に耐えながら、数年を暮らす。

「『ご新造さま』

粂蔵爺さんは即座に紀久に乞うた。

『昨年、この番神堂にあった、たった一本の梅の古木が枯れやして、新しい苗木を探していたところでございやす。二本のうちの一本を、この番神堂にお譲りいただけませんか……桑名からはるばるやって来た梅がここで育っていると知れば、参拝客も喜んでくれるに違いありやせん』

紀久は即座に快諾してくれた。

それが番神堂と紀久との縁だが、紀久が陣屋に植えた苗木はその年の夏のうちに枯れてしまって、番神堂の梅だけが根付いたのだった。

紀久は、それもあってか、たびたび番神堂にやって来て、梅の生育を確かめるようになった」

柏崎に移住してきてまもないころのあたりだが、「梅の木は背は伸ばしても、花を咲かせることはな」く、「紀久は、ますます梅が花を付けることに固執《こしつ》してい」き、「それは、この不慣れな地での生き甲斐のようにも見えた」。

近隣の人や知己との触れあいなども、作品には丹念に描かれている。だが読者として、いちばんに気になるのは「梅」だ。

「相変わらず蕾ひとつもつけてない梅の木を見ても、もう恨みごとを言うよりも愛おしさを感じていた。

——ここにこうして、桑名の梅の木が元気で育っている。

それだけでも有難いと、桑名の梅にいじらしさを感じていた。

桑名に帰りたいという望みを捨てた訳では決してない。だが、番神堂の庭に桑名の梅の木が有るだけで、その梅の木が番神の海を見詰め、更に番神の海に繋がる遠い桑名の海に自分の思いを届けてくれていると思えば慰められた」

しかし、いくつもの苦難が紀久を襲う。生後長らく疱瘡《ほうそう》を病んだ真之介は何とか成長したが、つぎに生まれたりんが、喉に痰を詰まらせて亡くなってしまう。産後の紀久の体調もわるく、生死不明のままに物語は終わる。

「『おまえさま……番神の梅が咲きました……」

『何……』

鉄之助は手紙を置いて、ぎょっとする。

『紀久、紀久……』

鉄之助は声を荒らげて紀久を呼ぶ。

だが、紀久の脳裏には、番神堂から見えるはるかな海と、その海を眺めるように立つ梅の木の枝に、白い梅の花が陽の光に輝いているのが見えている」

そこへ知りあいの女性が手に反物《たんもの》の包みを抱えて、やってくる。

「一瞬紀久の顔が華やいで見えた。大きな声で呼びかけると、慌てて反物を出し、紀久の体に掛けるようにさあっと広げた。

鶯色の布地に、白梅を散らした美しい反物だった。

すると、紀久の瞼が僅かに動いた。

目元に涙が光るのが見える」

「『紀久、紀久……』」

鉄之助は呼び続ける。

もはや紀久から反応はない。ただ紀久の口もとが、うっすらと微笑んだように見えた。

『紀久!』

鉄之助は叫んだ。

——目を開けてくれ、おまえの着物だ、見てくれ紀久……。

鉄之助の目に、血の色に染まった涙がふくれあがった」

皮肉と言えば皮肉なことだが、ちょうどそのころ、現実に番神堂の白菊は、ようやくにして花を咲かせるのである。

『茶筅の旗』に関しては、版元の新潮社のPR誌「波」(二〇一七年十月号)に藤原さんへのインタビュー記事が載り、そこに「あらすじ」が書かれている。そのまま引用させてもらおう。

「戦乱の世に凜《りん》として立ち向かう、女御茶師のひたむきな半生。京都・宇治。古田織部の覚えめでたい朝比奈家の一人娘・綸《りん》は父の跡を継ぎ、極上茶を仕立てる「御茶師」の修業に励んでいた。そこへ徳川・豊臣決戦近しの報が。大名と縁の深い御茶師たちも出陣を迫られる。茶園を守り、生き抜くにはどちら方につくべきか……茶園主たちの知られざる闘いを通して女の成長を描く劇的時代長篇」

インタビューには、「二十年以上かかった卒業論文——ライフワークを書き終えて」とのタイトルが付けられている。出だしは、こうだ。

「心底ホッとしています。これを書かずに作家生活は終れないと思っていましたから。構想を得たのはもう三十年近くまえ。そのころ、私は作家を志しつつ、ドラマのシナリオを書いていました。ある時、歴史ものを書くための資料を探しているうち、茶の栽培から生産までを手掛けた宇治の〈御茶師〉に行き当ったんです。戦国時代、茶の湯が政治と強く結びついていたことはよく知られていますし、秀吉と千利休を題材にした小説も山ほどあるけれど、茶を生産する者までもが政治に巻き込まれ、戦場に駆り出されていたことは誰も書いていない。『絶対に私が書かなければ！』と決心したんですね」

じつは私も『織田有楽斎　利休を超える戦国の茶人』（大法輪閣）を著わし、茶の湯のことは調べつくしている。そこで分かったのは、お茶を点《た》てることは女人《によにん》にはゆるされていない、御法度《はっと》、タブーだということだが、藤原さんのこの作はその辺を絶妙に擦り抜けている。

「女御茶師」という言葉じたいが、何とも新鮮ではないか。私は単純に、面白いと思った。

藤原さんは歴史を改めて学ぶべく、四十代も後半になって、立命館大学の史学科に入学したという。「卒論は？」との質問には、「御茶師ですよ。私はこの小説を書くために史学科に行ったので、入学まえから卒論のテーマは決まっていたのです」と答えている。

「でも、もう一度同じことをやれと言われても絶対無理。特に語学には手こずりました。英語のクラス分けテストで、読み上げられる問題すら聞き取れずに難儀したのを思い出すと今でも笑ってしまう。

ただ、歴史小説、時代小説の場合はどうやって物事を調べていくかが基本ですので、史料のあたり方、見方を大学でしっかり身に付けられたのは本当によかった。だから、この作品は私にとって、二十年以上かけてやっと仕上げた卒業論文でもあるんですよ」

パチパチパチ、である。

本文からも多くを引用したいのだが、はや枚数が尽きる。主人公の綸の姿かたちだけでも写させてもらおう。

「利助の背後に馬を止め、ひらりと馬から飛び降りたのは、宇治郷で茶薗を営む朝比奈道意の娘で、今年二十一歳になった綸という娘である。

色白の肌、目鼻立ちの涼しげな顔立ちに漆黒の髪を根結いにして後ろに垂らし、紅綸子《べにりんず》に四季の花模様を施した小袖に袴を着けている。

陽光を受けたその姿は、気品を備えた出雲の阿国のようでもあり、凛々しい若衆のようでもある」

この項の最後に、これまでも幾度か出てきた加藤淳の名前を、きちんと揚げておきたい。いずれは加藤さんも、元の「小説新潮」編集長の校條剛(免条剛)氏のように、作家としてデビューするかもしれない。私より十近く年下なのだから、可能性は皆無ではない。けれども、ここでは純粋に編集者としての加藤淳、歴史時代作家クラブと日本歴史時代作家協会——二つを繋ぐ功労者としての加藤さんを取りあげよう。

祥伝社の書き下ろし文庫シリーズの編集長として、私の「湯屋《ゆや》守り源三郎捕物控」シリーズも手がけてくれたのだが、さきにあげた藤原緋沙子さんの「橋廻り同心・平七郎控」に関して、泣かせる逸話がある。

ある孤独死した方の枕もとに、そのシリーズ本が置かれていたというのだ。それを見た縁故の人から、加藤さんは、

「あの人は一人ぽっちで亡くなったんじゃない、藤原緋沙子さんの文庫がそばに重ねて置かれていたのだから」

と知らされた。そのことを伝えると、藤原さんは故人を悼《いた》むとともに、喜びも覚えた。

そうと聞いて、加藤さんは、「同志ですねぇ、その方もふくめて、みんな同志ですよ」と応えたという。

つい最近、加藤さんは藤原さんに対して、「もうそろそろ、事務局長はやめさせてほしい」と申しでたらしいが、

「加藤さんがやめるなら、わたしもやめます」

藤原さんはきっぱりと、そう言いきったようだ。

その話を耳にして、私は思った。

「そだねー、道産子《どさんこ》の加藤さんだもの、はちきんの土佐の女人には負けますよ」

どちらにしても、そう、皆、「同志」なのである。

新たに「心友」となった赤川次郎

人と人の仲は、付きあった時間の長さばかりで決まるものではない。

以前に登場してもらった加賀乙彦氏にしても、何十年もまえからの知己ではなかった。赤川次郎は、もっと最近になって知りあった友だ。

それでも七、八年ほどになるだろうか、赤川さんが新任の理事として、日本文藝家協会の理事会に顔を見せたのが初対面になる。

その後、彼は常任理事、そして副理事長と一足飛びに「出世」するが、ひっきょう、文藝家協会は日本ペンクラブと同様、ボランティアで成り立っている団体。が、いくらかは「名誉職」の面もあるから、赤川さんの知名度と、「いいよ」「やるよ」と何でも快く引き受ける心やさしさで、そこまで押しあげられたということだろう。

知りあった当初は、出会えば挨拶をかわす程度でしかなかったが、朝日新聞の「投稿」を読んで、私が「赤川次郎と名前が出てたけど、まさか、あなたじゃないよねぇ」と訊くと、即座に答えが返ってきた。

「いえ、ぼくです」

びっくりした。赤川さんは「三毛猫ホームズ」シリーズ（光文社文庫・角川文庫）や「三姉妹探偵団」シリーズ（講談社文庫）、「幽霊」シリーズ（文春文庫）など、いずれも売れに売れて、六百冊もの本を出している天下のスター作家だ。それが、一個人として一般の新聞に投稿し、数千円の図書券を謝礼として受けとったのみだというのである。

たちまち、私は彼が、彼の人格が、好きになった。投稿の内容も、「権力と権力者の横暴をゆるさない」といったもので、根っからの左派ではないが、新リベラルというか、新ニュートラルというか……私の考え方とぴったりあうのだ。

その時分、私は日本ペンクラブの理事も兼任していて、たまたま同クラブ平和委員会の編纂《へんさん》によるアンソロジー『憲法についていま私が考えること』(KADOKAWA)の原稿集めを手伝っていた。

そこで、私と同じく日文協とペンの両方の理事をしていた高橋千劔破さんと二人して、「赤川さんにもぜひ、何か、書いて頂きたいですね」と誘った。すると、彼はちょっと首をかしげて、

「ペンの会員の方々が執筆しておられるんでしょう」

「ええ、そうですけど」

と答えると、自分はペンクラブにはいっていない、と赤川さんは言う。嫌なのか、と問うと、そんなこともない、ただキッカケがなかっただけだとのこと(のちに私のほうがペンを去るが、その経緯は次項に明かす予定)。

そこで高橋さんと私が推薦する格好で、ペンクラブの会員になってもらい、浅田次郎や落合恵子、三田誠広氏らとならび、晴れて赤川さんの一文が『憲法についていま私が考えること』に掲載されることとなった。内容の一部を紹介しておこう。

「私にとって、憲法とは条文でも理念でもなく、父と母の記憶のしみついていた『生活』そのものへの実感である」

赤川さんのご両親や家庭環境については、のちに改めて語ることにする。ここでは、彼の「憲法」に関する思考(志向)を抜き書きするに留めておきたい。

「私は大勢の中に入っていっしょに熱狂することができない。また、したいとも思わない。かつてのオリンピックも万博も、私にとって無縁の遠い出来事だった。

思想、信条の自由も、私には『個人』こそ大切なのだから、考えるまでもなく、当然のことだ」

「私は憲法について、特に学んだ記憶はない。むしろ高校を出て勤め人となって、母と家族の暮らしを支え、小説を書いて、それが幸運にも世に出て作家になった。その生き方が、気が付けば『憲法にあっていた』のである」

「憲法は私にとって、与えられたものではなく、まして押し付けられたものなどでもなく、いつもそばにいる友のようなものだ」

「大切な『憲法という友』を守らなければ、と改めて思う」

ついでに、私自身の原稿も少し掲げておく。

「……私にとって、日本国憲法は生まれ育った場所――『温床《おんしょう》』なのである。居心地のいい苗床《なえどこ》であり、揺りかごなのだ。これはもう、善だの悪だの、是か非かなどと問う以前のことにほかならない」

「たとえ一人一人は、ごく小さなアリンコのようなものであったとしても、私たちは力を合わせて、われらの一穴《いっけつ》たる『温床』を、日本国憲法とそれを培《つちか》った戦後レジームを、守っていかねばならない」

どこかしら、赤川さんの発想と似てはいないだろうか。

赤川さんは酒を嗜《たしな》まないので、酒席での付きあいはないが、その後も日本文藝家協会の理事会前後によもやま話をしたり、電話でのやりとりなど、交流はつづいた。超多忙な赤川次郎のことだ、私用の携帯の番号はごく限られた友人にしか教えていないらしいが、私は知らされていて、ときおり電話を入れる。

「ガクさんのタイミングがとても良い。午後一時か二時くらいでしょ……ぼくは夜中に仕事して、朝寝るから、ぴったり目が覚めるころあいなんですよ」

たしかに、たいてい出るし、何か用事があって電話を取れないときは、ちょっと間をおいて、必ず彼のほうから掛けてきてくれる。

律儀な人なのだ。

「文芸思潮」編集長の五十嵐勉氏を中心とした「全国同人雑誌協会」が発足し、令和三(二〇二一)年の十月末、お茶の水界隈で初会合をもったとき、参与なる役についている私に、五十嵐さんが言った。

「講演を頼みたいんですけど、どなたか名前があって、適任の方はおられませんかね」

「ふーむ。赤川次郎さんなら、どうでしょう」

同人誌に係わったことはないようだが、作家になるまでの彼の苦労話は、いろいろと聞かされている。

「いいですね。でも、赤川さんは売れてるから、忙しすぎるんじゃないですか」

それでも、さっそく電話をしてみたら、「ちょうど、その日は空いてるから」と即諾《そくだく》してくれた。

題して、『小説稼業事始め』。その講演の内容が面白い。「触り」の部分を引いておこう。

まずは、デビューのころの件りだ。

「……『三毛猫ホームズ』が話題になったおかげで、それ(光文社)以外の新潮社とか講談社とか、主要な出版社との間に年間三本とか四本の短編を書くという約束ができました。これはもう書けば載せてくれるというわけで、定期収入になるわけです。この時点で初めて、わたくしは、『ああ、じゃあ書くことでやっていけるかな』というふうに思ったんですね」

「ともかく書くことが楽しい、書くことが好きだったから書いていたというだけのことなんですね」

「たとえば、一年間仕事しなくていいよと言われたら、じゃあ暇になったら何をするかと言ったら、やっぱり小説を書いていると思うんですよね」

ふーむ。すごいなぁ、と怠惰な私などは率直に感心させられる。

赤川さんの講演を聴いていて、私は彼の生い立ち、というか、少年時代や家族のことにも興味をもった。たとえば、こういうところだ。

「(家が貧しく、修学旅行にも行けぬくらいだったが)それでもなんとかかんとか高校に通って、三年生になろうとするころに、つぎの大事件が起こるんです。父親が会社の上司と喧嘩して会社を辞めちゃったんです。そうすると、我が家はまったくの無収入になってしまいました」

「簡単に言うと、ウチの母親は本妻さんで、三人子供がいたんですが、ウチの父は外に女性をつくりまして、そこでずっと暮らしていた人なんですね。ほとんど実際の奥さんのところには顔を出さないという人でした。わたくしも年に一度か二度顔を見るだけ。だから小さいころはどこの家にも父親はいないもんだと思っていたんですよ」

私が赤川次郎に近しいものを感じたのは、同い年(三ヵ月、彼のほうが遅い)であり、かつ隣接した私立のライバル校に通っていたということがある。赤川さんは桐朋高校、私は駒場東邦高校で、名前も似ているが、いくぶん桐朋のほうが格上だったか。

どちらも進学校で、生徒のほとんどすべてが東早慶などの名だたる大学にはいる。ところが赤川さんは「桐朋高校二十期生の三八五人のうち、ただ一人大学へ進学せずに就職し」ている。そこまで父親の失職は「大事件」だったようだが、じつは、彼の心の奥底に何か、わだかまっているものがあるのではないか。

それは「父親」という存在(不在、を含めての)に関して、である。

赤川さんの父上は明治生まれで、戦時中は満州にいたようだが、私の父は大正二年の誕生で、徴兵されてビルマ戦線に狩りだされ、九死に一生を得て帰還している。そして私が生まれたわけだが、父は勤勉一途で、家庭大事な人だった。

大酒飲みではあったが、女遊びも博奕《ばくち》もしない。その点、息子の私はちがっていて、飲む、打つ、買うの三拍子。浮気者だし、一度は離婚を経験し、再婚後も女友達を何人かつくった。ひょっとして、この私は、赤川さんの「父親」と同類の人間になるのかも知れない。

赤川さんも本当は、たまにしか会わない父上のことが好きだったようだが、私の次男も幼いころは「ガクしゃん子」で、そばにいると懐《なつ》いて離れなかったたし、家族のだれかが私の悪口を言ったりすると、「ガクしゃんは悪くなんかないんだ」と弁解してくれた。

その次男が精神を病み、五年まえに心臓の発作で突然死した。そうした事情を、私は『翔』なる小説にして上梓したが、そこで描いた自分と息子の話を戦国時代に移したらどうだろう、と考えて、「父と子　家康と信康」という小説を季刊の文芸誌「三田文學」に連載。それが河出書房新社から、『家康と信康　父と子の絆』と題名を変えて、つい最近、刊行された。

同書の出版が決まったおり、書評誌「読書人」の編集者と相談し、その書評を私は赤川さんに頼むことにした。これをも、彼は快く引きうけてくれた。

私が赤川次郎に書評を依頼したのは、前述の父親へのこだわりの問題があるが、ほかにもある。彼の代表作の一つといわれる『ふたり』(角川書店)が、拙著のヒントになっていることだ。当初はさほど意識していなかったものの、この世から去った者が、再登場する――「生きかえる」という意味で、両作は重なっているし、そのことは赤川さんみずから「書評」のなかで触れている。

「ふたり」の内容は、文庫版の鶴見俊輔氏の解説に要領よく示されているので、そちらを揚げておこう。

「なくなった姉が自分の守護霊となって、自分の内部にすみつく。妹は、強姦されようとした時、ほとんど気力をうしないながら、姉の声に助けられて、左の手をのばすとそこに石があり、その石で、自分の上にのしかかっている男の頭を力いっぱいたたく。

この時、妹は、突然にきこえた姉の声に助けられた」

作品の重要な部分も少々、見ておこう。まずは、姉の千津子が妹の実加（主人公）の目のまえで事故死する場面での会話。

「千津子は、ちょっと咳込んで、胸の痛みに顔をしかめた。

『お姉ちゃん……』

『いい？　自信を持つのよ。自分の生き方に。あんたの人生なのよ。先生や、お父さんやお母さんが何と言っても、迷ってはだめ。――しくじることを怖がらないで。あんたが自信を持っていれば、誰が笑ったって、構やしないわ。分った？』

『お姉ちゃん！　死んじゃだめ！そんなのひどいよ！私、お姉ちゃんがいなきゃ、何もできない……』

『できるわよ。やってみれば、できるわよ』」

千津子が甦るのは、実加が暴漢に襲われるシーンだが、それは前述しているので省かせてもらう。

だが、実加が暴漢を撃退した直後、甦った（生きかえった）千津子の「声」について、実加が考える記述がある。

「でも、実加がいちばん気になっていたのは、あの時聞こえた『声』だった。

あれは何だったんだろう?

幻聴や、ただの空想というには、あまりにもはっきりと、千津子の声が聞こえて来たのだ」

やがては、その「声」も、父母や家族皆を巻き込む父の「不倫事件」のなかで消えてしまうのだが、そこにはやはり、作者の赤川次郎自身の体験、というか、こだわりがある。つまりは私小説的な「自己投影」がうかがわれるのだ。

ともあれ、実加はついに「姉離れ」して、自立する。それを描いたラストが良い。千津子の遺影に向かって、実加は「私、お姉ちゃんを別の方法で捕まえることにしたのよ」と告げ、原稿用紙を机の上に置く。

「『お姉ちゃんのことを、書くの。元気だったころのこと、死んでからのことも ね。――誰も信じないかもしれないけど、そんなの構わない。人に読んでもらうためのものじゃないんだから。お姉ちゃんのこと、いつまでも忘れないためなんだからね』」

千津子の書きぐせのついた万年筆を手に取り、実加はまた姉の写真を見て、笑いかける。

「それから、ちょっと目を宙へ向けて、考えてから、ウン、と軽く肯き、原稿用紙にまず題名を書きつけた。

〈ふ　た　り〉

と――」

さて、例の書評である。表題は「父親としての英雄　新たな歴史小説の地平を切り拓く」とある。

さきに赤川さんは、映画や大佛次郎の著書など、先行した信康関連の作品のことを書いて、こうつづける。

「しかし、そこに新たに加わった、この岳真也さんの『家康と信康　父と子の絆』は、おそらくこれまでになかった『信康』であり、かつ新たな歴史小説の地平を切り拓くものではないか」

そのあと、冒頭の幻想的な部分を「無気味な怨念ではなく、懐しさだ」とし、「それはファンタジーという新しい戦国物語。非情な権謀術数だけの物語ではない、『やさしさ』に包まれた世界なのだ」と紹介。歴史小説らしく、信長の死や秀吉の野望などの話も展開するが、焦点となるのは、家康と「亡き信康との『対話』」だと指摘する。

「死んだ信康の『過去』ではなく、天からの声として、信康は父家康に助言し、冷静に状況を捉えて聞かせるのだ。これは今までになかった場面ではないだろうか」

「岳さんはこの新作で、息子が父と話しながら、見守っていく、その親子の絆を描いている。もちろん、それは『信康だったらどう思うか』という家康の自問自答とも言えるかもしれないが、岳さんにとっては、『息子自身の父への声』であることが大切だったのだ」

赤川さんは、私の次男の死についても触れ、この小説のモチーフ(動機)がどこにあるかも、しっかりと捉えてくれている。自分は「英雄嫌い」と記し、ゆえに歴史小説は苦手、といったことも書いているが、最後をこう締めくくる。

「その点、この『歴史ファンタジー小説』は『父と子』の家庭小説とも読める。そして岳さんはラストに、『ファンタジー』にふさわしい結末を用意している。その一行のためにも一読をおすすめする」

私としては、感謝するしかない。深謝、深謝、である。

この数年間――高齢となってから急接近した赤川次郎との友誼《ゆうぎ》をこれからも、ずっと大切にしてゆきたいと思う。

第十話

日本文藝家協会・初の女性理事長　林真理子

「えっ、ガクさん、松川さんをご存じだったの」

十年ほどまえ、日本文藝家協会主催の写真展の会場でのことだった。何かのキッカケで理事仲間の林真理子と話をしたとき、故松川邦生氏の名前が出て、林さんが訊いたのだ。もしかして三田誠広氏も、そばにいたかもしれない。

「ご存じも何も、一時は毎日、会っていたくらいですよ」

松川さんは、かつて主婦の友社が出していた若い女性向けの月刊誌「アイ」の編集部にいて、旅行記やエッセイなど、私の担当をしていた。当時、私と前妻が住んでいた初台の家のごく間近のアパートに彼は一人で暮らしていて、原稿依頼や打ち合わせなどで始終、往き来していたのだ。

ずいぶんまえに登場した高橋三千綱の項に書かれているが、高橋さんが突然、三田さんを伴って、わが家を「来襲」したおり、もう一人、Mという同伴者がいた。それが松川さんで、林真理子の出世作『ルンルンを買っておうちに帰ろう』の担当編集者でもあったのだ。

『ルンルン――』の「あとがき」にも、「M氏」は「私のできあがった原稿を見ては、いつもゲラゲラおなかをかかえて笑う」編集者として登場。さらに林さんは、みずからを「ストリッパー」に喩えたうえで、こう記している。

「最後にショウの演出家として非常に苦心されたであろう、M氏こと、主婦の友社第二出版部の松川邦生さんに、踊り子林真理子はお礼を申し上げます」

松川さんは私より少し年下だったが、四十代で病み、早世してしまった。彼よりもさらに五つ六つ年少の林さん、写真展の席で松川さんの姿格好を思い出したのだろう、ちょっと下唇を噛むようにして、

「惜しい方を喪ったわよね」

「ええ。いつかおりを見て、偲ぶ会みたいなものを持ちましょうよ」

「そうしましょう。わたし、必ず参加するわ」

なかなか、その機会はおとずれない。が、林さんも私も、松川邦生氏のことは忘れがたいと思っている。それだけは確かである。

ところで『ルンルンを買っておうちに帰ろう』の中身だが、最近、角川文庫版のそれを読み直していて、私が面白いと感じた箇所を抜き書きしておこう。

「若い女が持っているものなんてタカがしれているじゃないか、と私はいいたい。

ヒガミ、ネタミ、ソネミ、この三つを彼女たちは絶対に描こうとしないけれど、それがそんなにカッコ悪いもんかよ、エ！

とにかく私は言葉の女子プロレスラーになって、いままでのキレイキレイエッセイをぶっこわしちゃおうと決心をかためちゃったのである。

ものすごい悪役になりそうだけど、ま、いいや。どうせはかない女の命、大輪の花、いやネズミ花火となって果てましょう」

こちらは「まえがき」からの引用で、つぎは後半部、「林真理子はなぜ林真理子か」という表題からのもの。

「これはあまりにも大胆な意見だから、めったに人にいったことはないけれど、実はこのすごい自意識によって、いまの私はあるといっても過言ではない。ひとは私のことを目立ちたがり屋といってののしるが、この世には生まれ落ちた時から人の注目を浴びるように運命づけられた人間がいるのを、あなたたちは知らないのだろうか」

ふーむ。幾十年かをへた現在の林さんにも通じそうな話、ではある。

ここで、『ルンルン――』の後に書かれたエッセイのなかから、私の目に付いた文章をいくつか揚げておこう。

「少し前まで『カマトト』という言葉があった。現在よく使われる『ぶりっ子』とは、少しニュアンスが違う。その中には、いい年して……という意味あいが含まれている。

女にはその年齢にふさわしい言動があるのに、まるでネンネのように何も知らないふりして、という非難の言葉だ。しかし今やこれは完璧に死語となった。〝ぶりっ子〟のように演技を非難されることがあっても、女はもはや〝らしくあれ〟ということで咎められることはない」

(『強運な女になる』中公文庫)

「今の私はまあ、人に好かれている方だと思う。もちろん顔と名前をさらす仕事をしているために、私を嫌いという人はそれこそ何十万単位でいるに違いない。まわりで陰口を言う人もいるだろう。

が、私は年下の女友だちからこう言われたことがある。
『ハヤシさんに一度でも会えば、誰でもハヤシさんのことを好きになりますよね』
この言葉は私に自信を与えてくれたのである」(『中年心得帳』講談社)
「老いというのは下りの斜めのラインではなく、階段状になっているものなのだ。白髪もシワも出来ない、私って結構このままでいけるかもとタカをくくっていると、ある日鏡を見ると大きなたるみが発生している。ある日突然、という感じでガタガタと崩れる。これを何とか押しとどめるために、年増女は切磋琢磨しているわけだ」(『運命はこうして変えなさい』文春文庫)

林真理子はもちろん、小説も書く。むしろ、そちらのほうが本流で、高く評価され、『最終便に間にあえば・京都まで』で昭和六十一(一九八六)年、第九十四回の直木賞を受賞する。最初、それを知ったとき、私は独立した長い小説かと思ったが、短篇小説の、いわば「連作集」であった。

いろんな小説が組み入れられると、読者それぞれ、どうしても好みが分かれてしまう。なかで私の印象に残ったのは、「エンジェルのペン」と「京都まで」であった。前者は小説を書きだしたばかりの新進の女流作家の恋愛(志向)話。

「もう彼の心の中に、自分への愛情がないのはわかっている。それでも会いさえすれば、彼が習慣的に自分を抱くのもわかっている。それで自分が苦しんだり悩んだりしたとしても、それは浩子の望むところだった。とにかく愛憎の憎の方だけでもいい。なにか劇的なことが起こってくれなければ、浩子は原稿を書くことができないのだ」

「劇的なこと」を期待する、ついには自分でそれを作りだす。そこに迫真性がある。そういう主人公の浩子に、担当編集者の緑川は言う。

「『あのね、小説からおとぎ話の部分は抜いとこうね。だけど全部書こうね』

『お母さんもずたずたにしちゃったわ。そして生まれて初めてあんなに愛した人まで。ペン先でみんなを傷つけて、そして私も傷つけて、それでも私、書かなきゃいけないの』

『あたりまえだよ』

夕陽が反射して、ペン先も浩子も異様にキラキラと輝いていることに、緑川はまだ気づかない」

「京都まで」も男と女の別れ話だが、小説とか文学とかには直接、関係しない。その意味では、より普遍性がある。

「久仁子はどうして自分が高志という男に魅かれていったか、いまはっきりとわかった。恋をしたかったのだ。

それも最適な場所で、最適な男と恋をしたかったのだ。京都は久仁子の好みにあい、高志は久仁子の好みにあった。なにもかもできすぎの舞台装置だったと、今さらながらため息がもれる。

その時だ。久仁子は耳をすませた。遠いどこかで、芝居が終る拍子木が聞こえたような気がしたのだ」

いずれも読んでいて、いつしか作品の世界に引きこまれてゆく。男の私が、つい主人公の女性の心理や行動とみずからを重ねあわせてしまうのだ。

たいした力量である。


林さんと私は、個人的にはそう深く付きあっているわけではない。ただ、キーポイントというか、彼女は私にとって、わりと大切な局面に立ち会っている。

たとえば日本文藝家協会の入会委員会(現・組織委員会)に一人、欠員ができたとき、だれよりも強く私を推《お》してくれたのが、同会の委員長だった林さんらしい。

「ガクさんが良いわ。彼にしましょう」

そう常任理事会で言い張ったのだ、と冷やかしながら、あとで三田さんが私に打ち明けた。

そのころ、私は彼が仕切る著作権委員会(現・知的財産権委員会)の副委員長の役にあったが、どちらかというと閑職であったし、入会委員会もまた暇そうなので、掛け持ちもできるし、断わる理由がない。

じっさい、入会委員会は名のとおり、日文協への入会希望者を選別するのが主な役割で、文書のみですませることが多く、慌ただしい役務ではなかった。

一種大事な局面というのは、この私のほうが同委員会に属した事実を利用した?点にある。

私がヒラの委員で、林さんが委員長なら、彼女は私の「上司」ということになるわけだ。それで六年まえ、私が満七十歳で、古希を迎えたとき、「虎希《こき》の会」への出席を請うた。同会は前年、古希となった菅直人氏とともに結成した、基本、「飲んで語るだけの会」である。

「ハヤシさん、上役として、出席して下さいよ。なに、ちょいと顔を出してくれれば良いんですから」

林真理子は、前項の赤川さんと甲乙つけがたいスター作家だ。無理かな、と思ったが、出席してくれて、酒宴がはじまるまえから、注目をあつめ、何人かの参加者と記念写真を撮ったりしていた。そこで、そばに寄ってゆき、私は耳打ちした。

「さすが、人気者ですね。いっそ、乾杯の音頭《おんど》を取ってはもらえませんか」

「えー」とは言ったが、林さんは引きうけた。結果、場慣れしているというのだろうか、急な申し出だというのに、そつなく、上手に大役をこなしてくれたのである。

もう一つ、既述したように、これも十年くらいまえに私は歴史時代作家クラブという団体をつくり、同時に同クラブ賞を創設した。その一回目の実績功労賞が山本一力氏と私、特別功労賞が津本陽氏だったことも書いたが、しばらく特別功労賞は出さないでいた。

それが五回目に加賀乙彦氏、そのつぎに北方謙三氏とつづき、平成三十(二〇一八)年、第七回の受賞者には林真理子さんが選抜された。前年秋に刊行された『西郷《せご》どん』を評価されてのものである。

このときは下選考の段階で、私が推しまくった。三田誠広氏ら選考委員のほかに、代表幹事である私にも、発言権があったからだ。『西郷どん』は同年のNHK大河ドラマの原作であったが、それ以前に(雑誌「本の旅人」に連載中すでに)、私は、これまで林さんが書いた小説のなかでも一番といえるほどの秀作だと断じていた。

選考委員の決定が、その方向に進んだとき、私は日文協の理事会のおりに言っておいた。

「ハヤシさん、わたしの面子《めんつ》もありますからね。こんどの賞、絶対に受けて下さいよ」

「もちろんよ。光栄なことですもの」

歴史時代作家クラブの内部で、いろんな揉めごとがあったのは、それからまもなくのことだった。人と争うのが嫌で、私はいったん代表の任を下りて、相談役という顧問格の役職に就いた。

そのことを林さんは知らない。授賞式に晴れの着物姿で現われた彼女は、驚いた顔をしていたが、代表の座を辞しても、私は推し通した。今回の特別賞は林真理子の『西郷どん』しかあり得ない、と。

何より、文体が良かった。西郷どんこと西郷吉之助が主人公で、その生涯を描いていることは間違いない。が、小説の冒頭からして吉之助ではなく、彼が奄美に流刑《るけい》されていたときに当地で生まれた息子の西郷菊次郎が、京都市長になる話ではじまる。

それがやがて隆盛の幼少期、小吉(幼名)が中心となり、長じて後の吉之助に移ってゆく。途中、私も小説に書いている橋本左内(『麒麟　橋本左内伝』角川書店)なども登場するが、ときおりまた息子の菊次郎に視点がもどり、彼の「語り」となる。前後二巻五百ページに及ぶ長篇のオーラス部分の述懐も、そうである。

「(隆盛と部下の桐野利秋だといわれる)二つの星は寄り添いながら十一月まで光り続け、人々は熱狂しました。

私は考えるのですよ。あの熱狂は何だったのだろうと。単なる判官贔屓《ほうがんびいき》でもない。失われた時代への懐古でもない。

悲しいことに、私はまだそれを見つけることが出来ません。しかしあと百年たったら、答えが出るような気がします。

その時の日本は父が言ったとおり、どれほどかましな国になっているでしょうか」

とにかく、全体の構成というか、作法が見事なのである。

令和二（二〇二〇）年の五月、林真理子は日本文藝家協会初の女性理事長に就任した。理事会で、前理事長の出久根達郎氏に推挙されてのものだったが、全会一致で承認された。二年後の再選も、軽くパス。私も賛成した理事の一人である。

いろんな分野で女性がみとめられ、活躍している。そういう流れもあろうが、やはり、林さんの実力以外の何ものでもないだろう。さきにも引用した「この世には生まれ落ちた時から人の注目を浴びるように運命づけられた人間がいる」（『ルンルンを買っておうちに帰ろう』）という、あれを地で行っているのである。

山好きの元「国文検」チーム長　高橋千劔破

先述したように、私は日本ペンクラブ編纂の憲法関連アンソロジー本の著者に赤川次郎氏をくわえたいがために、高橋千劔破と二人で赤川さんにクラブへの入会を勧めた。それなのに、じつは今から四年ほどまえ、私自身がペンクラブを辞めてしまったのである。

キッカケは、そのころおこなわれた理事選挙にあった。僅差で私は落選したのだが、そのことはべつに構わない。高橋さんと同じく、日本文藝家協会の理事もつとめているのだし、むしろ一本化したいくらいであった。ただ、その選挙には「不正」とまでは言わず、ある「策謀」があった、ということを後で聞かされたのだ。

反体制、反権力、平和と民主を表看板とするペンクラブだが、内実は一般会員の上に理事がいて、それをさらに常務理事や専務理事、正副会長の「執行部」が管理するという一種のヒエラルキーがあって、そういうことに抵抗する「反執行部派」と「執行部派」に分かれ、日ごろから対立していた。

話が長くなるので詳細は省くが、私個人はそんな事情もよくは知らず、昔からの年長の友人、小中陽太郎氏に推薦されて、理事となり、四年間二期つとめた。そしてその小中さんが「反執行部派」の巨頭だったから、おのずとそちら側に組みこまれた。

先年の選挙では、ある幹部の思惑と暗躍によって、その一派がおおかた落選したらしい。

「日文協」とはちがい、「ペン」は単なる文学者の集団ではない。文学周辺にいる大学の教師、ジャーナリスト、弁護士に医師など、会員の職種はきわめて雑多であった。

なかで、トップに近い立場（地位）にあった作家でも何でもない、一人の大学教授がすべて計らったと言われているが、さきの理事選挙まえ、多くの会員に理事候補者の推薦状を送り、その人たちが大半、当選。「反執行部派」は、ほぼ一掃されたそうなのだ。

私が憤ったのはしかし、そのことではない。

まだペンの理事だったころ、私は「日本語教育と文学」問題検討（略して「国文検」）チームをつくり、みとめられて、座長に就任していた。

理事選挙の直前、コロナ禍が発生し、「国文検」の活動は中断されたが、そのまえには国語教育問題に詳しい三田誠広氏や伊藤氏貴氏（ともに日本文藝家協会理事）、現役の高校教師でもあるミステリー作家の針谷卓史氏らを招いて、チームの全員が彼らの話を拝聴したりしていた。

それが選挙の結果として、私は理事の職を解かれると同時に、「国文検」座長の椅子をも奪われ、「国文検」そのものが放擲《ほうてき》されることとなったのだ。

私は事務局長や新たにペンの会長となった桐野夏生氏にあてて、何度も「国文検」はどうなるのか、とのメールを送ったが、桐野さんからはまるで返答が得られない。梨の礫《つぶて》である。

私の不満の理由は、もう一つあった。選挙後の新体制は、どなたが決めたのか、分からない。が、長年、副会長の役にあり、形式的にとはいえ、私の上位に立つ「国文検」のチーム長であった高橋千劔破さんも副会長職を解任され、ヒラの理事になってしまったのだ。

同じく副会長だった下重暁子、西木正明の両氏もいっしょである。下重さんとは、ペンクラブにはいるまえから旅行関連の仕事などで面識があり、西木さんとはペンの理事会のあと、酒好きが集う二次会で親しくなり、二人きりで「三次会」と称し、新宿のゴールデン街で夜っぴて飲んだこともある。

三人ともに私より年長であるし、温厚で賢明、副会長にふさわしい、と私は思う。わけても高橋千劔破さんとは古い仲で、若いころから何かと世話になっている。「国文検」のチーム長として、私が彼を快く迎えいれたのも、それがためである。

高橋さんは大衆文学研究会の幹部でもあったし、長らく雑誌「歴史読本」の編集長をつとめた。現在はエッセイスト・評論家であり、歴史物のエッセイや批評を書かせたら、右に出る者はいない。

平成十二(二〇〇〇)年の秋、私の最初の歴史時代小説『北越の龍　河井継之助』(初出は角川書店)が学研で文庫化(M文庫)されたとき、解説を書いてくれたのも、高橋千劔破さんである。その解説で、最初に彼は継之助終焉の地、八十里越《はちじゅうりごえ》について、簡単に触れたのち、こう説く。

「本書は、継之助が八十里越を越えたものの結局会津へは行きつけずに、塩沢村で四十二歳の生涯を閉じたところで終る。物語の発端は戊辰《ぼしん》北越戦争の勃発である。越後長岡藩が、苦衷《くちゅう》の選択のなかで薩長を中心とする西軍と戦うことになり、すさまじい攻防戦の末、いったん奪われた長岡城を奪回したものの、結局は敗退するまでの数ヵ月間を、河井継之助を主人公に描く」

このあと拙著の内容を紹介し、ラスト近くに作者の私について書く。

「……岳真也は、四十代の半ばを超えて、この作品『北越の龍　河井継之助』により、歴史作家として新たなる出発をする。その後岳は、『村上武吉』『麒麟《きりん》　橋本左内伝』『吉良の言い分』『梅嶺院《ばいれいいん》富子の場合』『逃げる家康天下を盗《と》る』等、つぎつぎに歴史小説を発表して今日に至っている。『吉良の言い分』は、ちょうどNHK大河ドラマが赤穂事件をテーマとした『元禄繚乱』を放映中であったこともあり、ベストセラーとなった。今や岳真也は、本人が好むと好まざるとに関わらず、歴史小説家として認知されることが多くなった。その出発点が本作なのである」

こんなふうに、褒めてくれてもいる。

「本書は、北越戦争の数ヵ月間が舞台なのだが、読むにしたがって戦いの経緯が明らかにされるとともに、継之助の過去が語られる。岳は、長岡城攻防戦と若き日の継之助をフィードバックさせつつ、継之助の精神《こころ》に迫ろうとする、そしてそれは、見事に成功したといえよう。本書に描かれた継之助の精神、それは取りも直さず作者の史観の反映でもあるが、多くの史料を読み込んだことと、越後人の血が、その史観を納得のいく確かなものとしたといえる」

高橋千劔破さんには、自他ともにみとめる代表作がある。『名山の日本史』『名山の文化史』『名山の民族史』（いずれも河出書房新社）の三部作だ。

さきにも明かしたように高橋さんは登山が好きで、私も筆名にしたくらいだから、共通の趣味を有している。彼自身、『名山の日本史』の「まえがき—日本人にとっての名山」に書いている。

「なぜ、名山の歴史と文化に興味を持ったかには、わけがある。

高校・大学を通じて、筆者の思い出の多くの部分を山が占めている。思い出を語るとどこかで山の話になってしまうのだ。それほど山に夢中になった。高校に山岳部を創立し、大学に進学して山岳部に入部した」

たしか立教大学だったと思うが、その立大山岳部を高橋さんは「一年で退部してしま」う。「思い描いていた山岳部」とは「あまりに違っていたから」だという。

「かわって高校時代の山仲間と山岳会を組織し、より高き・より険しきを目指して、岩登りや雪山にも挑んだ。ヒマラヤの未踏峰を初登攀《はっとうはん》するのが夢であった。山に行かないときには登攀記に熱中し、内外の山の名著を読みあさった」

そして、「名山の文化」の真髄を語る。

「名山には多くの場合神社が鎮座し、さまざまな神が祀られている。古代から日本人は、山が生命の源である水の恵みを与えてくれることを知っていた。大河もその源流をたどれば必ず山に至る。水の神としての信仰、農耕神としての素朴な信仰が、はっきりと宗教性を帯びるのは、仏教伝来以後のことだ。名山は、神仏習合による山岳信仰の霊場として栄えていく」

こういう事実も面白い。

「一般の人たちが山に憧れ登山をするようになったのは、近代になってヨーロッパのアルピニズムが伝えられてからと思われがちだが、そんなことはない。日本人は山登りが大好きであり、昔から多くの人が山に登っていた」

わけても天下太平の「江戸時代は、空前の登山ブームであった」らしい。

「富士山をはじめ、立山や白山、木曾御岳などの高峰から各地の低山まで、名山といわれる山には、シーズンになると登山者の行列ができた」

本文は全国各地の「名山」に関し、さまざまな蘊蓄《うんちく》が傾けられていて、飽くことがない。が、キリがないので、ここでは東京郊外の高尾山について書かれた一節を引いておこう。

「薬王院の歴史がはっきりするのは、中世以降のことである。京都の醍醐寺から南北朝時代の永和二年(天授二＝一三七六)ごろ、高尾山中興の祖といわれる俊源が入山してからだ。俊源は信濃の飯縄山《いいづなやま》(飯綱山)から飯縄《いづな》権現を勧請し、神仏習合の一大山岳霊場・高尾山薬王院有喜寺を中興し隆昌に導く」

数年まえ、体調を崩してからは、高橋さんはほとんど控えているが、昔は彼ともよく飲んだ。

飲めば文学の話、そして歴史……山登りと、尽きることがない。

人付きあいの良い彼は、みずから酒を口にしなくなってからも、同じアウトドア派の西木正明さんを交えての酒席、日本文藝家協会の理事仲間たる加賀乙彦、三田誠広、川村湊氏らとの酒の会にも、しばしば顔を出した。

ウーロン茶一杯で酔っている歴史好きの山男、高橋千劔破の笑顔たるや、百万貫に値いするのではなかろうか。

第十二話

五十年来の友　山崎行太郎

昨年の十一月末、拙著『家康と信康　父と子の絆』（河出書房新社）の出版記念を兼ねた「虎希の会」が新宿の割烹居酒屋「嵯峨野」でひらかれた。元総理の菅直人さんのほか、数人、名だたるゲストが顔を見せたが、なかに文芸評論家として活躍中の山崎行太郎がいた。

本会は無事終わり、二次会は「新宿の文壇バー巡り」なる特別の企画で、二丁目のスナックバー「ｂｕｒａ」と靖国通り下の「風花」へ行くことになった。そこに山崎さんもくわわっていたのだが、女流作家の比留間千稲さんも交え、私と三人、タクシーで向かった。

二丁目もしかし、ずいぶんと様変わりしていて、ここいとおぼしき辺りで車を降りたものの、迷ってしまい、「ｂｕｒａ」に着くまでには二、三十分もかかった。

「久しぶりに新宿の街をさまよい歩いたな」

私が言うと、山崎さんが応えた。

「昔は毎晩のように、二人して飲んでまわったのにね」

毎晩というのはオーバーだが、けっこう飲み歩いたとは思う。山崎さんと私の「出会い」に関しては、彼が最近、ＳＮＳ（ブログ）に私と私の作品について書いているが、そのなかで、明瞭に語られている。

「私は、小さい時から、友人というものをもったことがない。少なくとも、私が、対自的に自覚している限り、友人らしい友人は、一人もいなかった」

　これが出だしで、「高校、大学時代は、極端に内向的、自閉的な生活を送」り、「友人や仲間……というものを拒絶していた」とまで明かす。

「そういう私に、岳真也という友人が、しかも『生涯の』とも言うべき友人が出来たのだから不思議である。『岳真也という友人』は、慶應義塾大学時代の同級生だった、ということになっている」

　しかし、学生時代には「同じキャンパスですごしたはずなのに」面識はなかった。「実は、卒業後に知りあった」のだ。

「それも厳密に言うと、私の方から直接会いに行ったのである。新宿にある新潮社の近くの小さなマンションだった。私は、そのころ岳真也さんが主宰していた『蒼い共和国』という同人雑誌に、原稿を売り込みに行ったのであった。岳真也さんは既に『三田文學』に小説を発表し、テレビにもレギュラー出演している新鋭作家だった」

　その日、私は「友人たちとマージャンをしていた」ようだが、憶えていない。山崎さんは隣室でマージャンが終わるのを待ち、やがては二人で「神楽坂を登って、下りになるあたりの貧乏居酒屋に呑みに行った」とある。

「私ともっとも対極にある人物が、岳真也さんだった。社交的で、行動的、物怖じしない対力……。少なくとも、私にはそう見えた。しかも仕事熱心で仕事が早い、締め切り厳守……。二十二、三歳のころの話だ。あれから、何年、経ったのだろう」

けだし。山崎さんと私は同い年で、今や七十五歳だから、二人の付きあいは五十余年、半世紀を超えている。さきの文中にもあるとおり、慶大時代にはお互い知らなかった。そして、これまた、私は失念していたが、彼は「蒼い共和国」に売り込みに来たのだと分かった。

じじつ、創刊号に山崎行太郎の名はないが、昭和四十六(一九七一)年に発行された第二号に「書くことのテロリズム—小林秀雄小論」を発表している。

「われわれは、何故〈書く〉のか、何故表現という活動を選ぶのか。

私は、別に、この手垢にまみれた問題に、目新しい解釈や解答を試みようというのではない。ただ、私には、小林秀雄という批評家の存在について考える時、どうしても、この問題を無視することが出来ないと思われるだけだ。〈書く〉人はだれでも、その存在の仕方たる〈書く〉という行為の意味を問いつめているように見える。だが、彼らは、問いつめてみるだけだ。決して生きようとはしない。昨今の言語論ブームも、所詮は、商圏の拡大に貢献しただけで、にぎやかなおしゃべりの格好の餌食《えじき》になったにすぎない」

冒頭部だが、これが改筆されて「三田文學」に載り、さらに他の論評と併《あわ》せて、二十年後の平成三(一九九一)年、一冊の本『小林秀雄とベルクソン—「感想」を読む』(彩流社)になる。

そちらの冒頭は、こうだ。

「矛盾にぶつからない思考が合理的なのではない。矛盾にぶつかることを恐れない思考が合理的なのである。つまり矛盾に直面しない思考とは、中途半端な思考であり、いわば矛盾することを恐れて、問題を回避した思考なのだ。しかし人はしばしば、矛盾に直面しない思考が合理的思考であり、矛盾をはらむ思考は非合理的思考である、と思いこんでいる。むろんこれは逆である」

小林秀雄が登場する「本論」も多少、引いておこう。

「小林秀雄は、しばしば『非合理主義者』であるとか『独断家』であるとか言われてきた。これはまちがっている。小林秀雄はきわめて合理的な思索家である。すくなくとも、文学や思想の世界においては、小林秀雄ほど過激な合理主義者はほかにいない」

こういう箇所もある。

「では小林秀雄の問題とは何か。ぼくの考えでは、それは過激な合理主義者としての小林秀雄の思考の問題だといってよい。小林秀雄が、しばしば非合理主義者であるとか独断家であるとかいわれるのは、小林秀雄の合理主義が、いわゆる合理主義という世界観的地平を容易に突破するような、そういう種類のラディカルな合理主義だからである」

かの本が刊行されたのとほぼ同時期に、私の連作小説集『東京妖かし』(河出書房新社)が出た。そこで高田馬場の「SELES」なる場所(ふだんは結婚式場)をかり、合同の出版記念会をもよおしたこともある。よく新宿のちまたを彷徨していたのは、その時分だろう。

この五年まえの昭和六十一(一九八六)年、「えん」が創刊され、三田誠広、笹倉明、富岡幸一郎氏らとともに、有力同人(編集委員)として、山崎さんは「中村光夫論」(創刊号)をはじめ、ほとんど毎号、さまざまな論評やエッセイを執筆した。

「えん」が十号で終刊して、平成六(一九九四)年、より本格的な「二十一世紀文学」が創刊されてからは、秋山駿、柄谷行人、吉増剛造、川村湊氏らへのインタビューを担当し、編集委員と新人賞の選考委員を兼任するなどしている。

その山崎行太郎の文学観を眺めるべく、彼が生の声で語った「えん」最終号の座談会(「今、文学すること―終焉からの出発」)、同じく「二十一世紀文学」第二巻の第二号の座談会(「三枝和子氏を偲んで」)での発言を取りあげてみよう。

初めは「えん」の最終号(平成四年＝一九九二年)から。

さきに山崎さんが「文学は力を持っている」と言い、それに対して、出席したもう一人の批評家・菊田均氏が「どういうことか」と訊く。その答えがこうなる。

「浅田彰が『構造』とか『力』と言ったけれども、いわば構造をこわす力を、文学は持っている。例えば、今、批評に関していうと、批評家というのはまず、現代の文学とか小説というのが沈滞しているという、そういうところからまず批評を書きはじめる。そういうパターンが出来上がってしまっているんですね。でもぼくは、そうじゃないと思う。やっぱり文学っていうのは影響力を持っているし、文学に入れ込む度あいというのも変わらないと思う。文学が時代を切り開いていく力っていうのは、ぼくは変わっていないと思うし、これからもたぶん変わらないと思います」

ここで山崎さんは、かつての「批評研究会」の「政治派」を批判する。

「……彼らっていうのはやっぱり、生き方がうまいっていうかね、集団で押し寄せてくる。政治派だから、そういう意味では、文学とちょっとやっぱり異質な人たちだったと思うんですよ。それが今、文芸ジャーナリズムを押さえている。だからぼくは、これはやっぱり根本的に批判して、否定していかなくてはならないと思っているわけなんですよ」

なるほど。そういう一派の一人に、女性問題で早大教授の座を辞したW氏がいた。彼は根っからの構造主義者で、文学を○×式で括《くく》ろうとした。ある文芸誌の時評で、私の短篇小説に×を付け、「論ずるに値しない」と書いた。めったに怒らない私が激怒して、W氏の襟首をつかんだのを憶えている。

同人誌の役割についても、山崎さんは言及している。

「……文学の変わり目にはやっぱり、同人雑誌的なものが出て来る。戦後の『近代文学』も、どちらかっていうと同人雑誌的なグループだったし、古いところでは小林秀雄なんかの『文學界』グループとか、新しいところでは、吉本隆明の『試行』とか。変わり目とか、隙間に出て来る。だからぼくは同人雑誌の役割っていうのは、今も大きいんじゃないかと思います」

つぎの座談会はタイトルどおり、直前に亡くなった三枝和子氏を追悼してのものだったが、彼女の作品は高く評価したうえで、その時点(平成十六＝二〇〇四年)での自分の状況や文学観を山崎さんは語っている。

「僕は、『三田文學』に『季刊・文芸時評』を書いていますので、今年も、かなり熱心に文芸誌を読みました。読み続けていると、やはり日本では文学や小説というものは重要だなと思います。テレビや新聞が口当たりのいい、大衆に受け入れられやすい論理や語り口で通俗的な物語を垂れ流しているなかで、文芸誌にはかなりアブナいようなものが結構載っている」

平成十二(二〇〇〇)年、山崎行太郎は『小説三島由紀夫事件』(四谷ラウンド)を出版した。今回、再読してみて、面白いと思ったし、「小説」と銘打ちながら、いかにも批評家らしい論評なども多く、その辺のことも捨てがたい。が、すでに枚数が尽きた。「あとがき」の一部のみを引いておこう。

「……この『三島由紀夫事件』には、私はふかく感動した。

私は、いったい何に感動したのだろうか。

三島由紀夫の思想にか、その文学にか、その行動にか。あるいはそのスキャンダラスな事件にか。

正直に言わせてもらえるならば、私は『三島文学』にではなく、『三島事件』に感動し、衝撃を受けた者である」

山崎さんは『保守論壇亡国論』（ケイアンドケイプレス）『ネット右翼亡国論』（メディアバル）などの本を出し、一部右派の批判もしているが、彼自身が、ライトがかったニュートラルであると思う。私が、かつての「全共闘」や「ベ平連」を引きずりつづけているレフト系のニュートラルだとすると、「対極」とまでは言わず、だいぶズレがある。

だが、まるで同じではつまらない。対立というよりも、ズレがあるからこそ、興ぶかく、長く付きあいつづけていられるのではないだろうか。

山崎行太郎は東工大や日大などで講師をする一方、「三田文學」と「読書人」で文芸時評を担当してきた。ほかにも、パソコンのインターネットを利用し、「毒蛇《どくじゃ》通信」なるメールマガジンを発行、人気を博している。現在は「月刊日本」誌に「江藤淳とその時代」を連載中でもある。

そうして多忙なのにくわえ、埼玉の自宅と鹿児島の実家の間を往き来している。なかなか会えないでいるけれど、先日の会のようにたまさか会うと、甦るのである。ともに新宿のちまたを飲み歩いた日々のことが。

第十三話

思えば遠くへ来たもんだ　三田誠広

三田誠広と知りあったのも、早い。前項の山崎行太郎氏との出会いから数年あとだが、その間に私は結婚し、神楽坂の仕事場兼住居から、実家に近い初台の一軒家に引っ越している。

これまでいくどか書いているように、三田さんは亡き高橋三千綱氏に連れられて、もう一人、これも故人の編集者・M氏こと松川邦生氏とともに、わが新婚家庭に押しかけてきたのだ。彼が芥川賞を取って、まもないころのことである。

それから五十年近い付きあいで、「えん」「二十一世紀文学」「えん21」と私が主宰してきた同人誌の常連(同人、編集委員、新人賞の選考委員)となり、歴史時代作家クラブにも参加した。ここ十年ほどは(三田さんは現副理事長、私は一般の理事)でもいっしょだから、月に一度、いや、ときには二度三度と会うこともある。

普通ならマンネリ化して飽きそうなものだが、山崎さんと同様、二人の間にはズレがある。いや、政治信条的にはあまり変わらないのだけれど、生き方がまるでちがうのだ。やはり、異なるからこそ、「あう」のかもしれない。

正直なところ、私生活上の三田さんは、面白みがないというか、「道楽性」に欠ける。酒だけは飲む。が、煙草は吸わず、競馬もしなければ、パチンコもしない。若いころ、ガールハントに誘ったが、話を聞こうともしなかった。たいへんな堅物なのである。

一方の私は、「飲む・打つ・買う」の三拍子。これまた、対極にある、と言える。

その中間が、早大で三田さんと同級だったという直木賞作家の笹倉明氏で、三人して「二十一世紀文学」誌上で鼎談《ていだん》を連載し、それが一冊にまとまって本になった件は、笹倉さんの項ですでに明かした。平成十(一九九八)年に刊行された『大鼎談』(朝日ソノラマ)だが、そこでは三田さんみずから、こう語っているのだ。

「私は自分は変態だと思っているんだ。非常に観念的だから、たとえばサドとかも好きだしね。小説とか映画とかに出てくる観念的なイメージに強いあこがれを持っているから、実際の女の子と話をして、何か期待をもつということはほとんどないですね」

当人の「想像力のほうが、現実を上まっていると思っているから、現実から何かを学ぼうという気持ちはまったくない」というのである。

この本では「作家生活」「恋愛主義」「政治分析」「宗教小説」「教育激論」がテーマ(見出し)となっているが、読みかえしてみて、興味深いのは政治分析——これは現実の政治、まつりごとを取りあげるのではなく、「七〇年代は、一種の戦国時代」なる項目でも察せられるように、私たちが体験した「全共闘運動」を中心とした世代論になっているのだ。

三田さんは述懐する。

「文学に対する絶望感もからめて、文学でいくら反体制運動をやってもしようがない、肉体でやるしかないんだという認識があると同時に、既存の共産党や社会党ではだめで、少したつと革マル、中核といった、学生運動の党派もだめで、そこで全共闘運動が出てきた。それは政治的な反体制運動というものを超えた、お祭りとしての一種のトレンドだった」

まつりごとではなく、「本当の『お祭り』」であり、「自然発生的で、組織されない暴動みたいなものだから」「ポリティックパワーはまったくない」とつづく。

「ただ若者たちが集まると、何かぶっ壊そうかとか、そういう不思議なエネルギーがあった。それはいろんな文化領域で見られたよね。フォークソングだとか、アングラだとかも、マスコミをふくめた既存の秩序を全部壊したうえで、とにかく何かやれば新しいことが起こるんだという世界的な動きのなかで、多くの若者がむちゃくちゃなことをやった」

七年後の平成十九(二〇〇七)年、ちょうど六十歳、還暦を迎えた年に、三田さんと私は二人きりで対談本『団塊─再生世代の底力』(心交社)という本を出すが、そちらでも彼は相似たことを語っている。

「あの時代は、反戦・平和の意識というより、何かわけのわからないフラストレーションみたいなのがあって、やっぱりこの世の中は間違っている、俺たちは面白くないよ、という気持ちが強かったね。

そういう人たちが集まってくると、ようするに暴走族と同じだから、本気で破壊行為に出たりするわけ。昭和四十三年の『新宿騒乱事件』なんかは、まさにそうでしょう」

三田さんは(じつは、私も)「我が(団塊の)世代には暴力性がみんなある」ことをみとめ、その「暴力性」を単純に排除しようとはしない。

「塊でいることのいいところといったら、多様性があるということじゃないかな。若い時からずっと上の世代を批判してきたり、下の世代を批判したりとかね。つまり、なんか問題提起はやっているわけですよね。なかには、自分の世代を否定するやつもいる。そういう、自分とは、ちがう、いろんなやつがいるからね、そのことを否定してもしょうがないよね」

そして三田さんと私とは（還暦を記念して？）「老人全共闘」を結成しよう、という結論に達するのだ。

「何か利権を得るために議員になる人たち」よりも、「ヒマだからやるよっていう議員が増えていけば、世の中はよくなると思うんだ」と、三田さんは言う。

「たとえば、老人全共闘みたいのをつくって、彼らが地方に行って、みんな出ると」

話が前後するが、三田誠広は『大鼎談』中のエッセイで、こんなことを書いている。

「作家は持続しなければならない。売れなくてもいいが、まったく売れないということもないという、ぎりぎりのところで踏みとどまって、作家として生き残っていく強い意志が必要だ。そういう意味では、笹倉明も、岳真也も、しぶとく頑張って、生き残っている。

彼らと飲み、語りながら、ぼくは大切なものを学んでいると思う」

新世紀のはじまる平成十五（二〇〇〇）年には、その三人が競作のかたちで祥伝社文庫から書き下ろしミステリーを出している。

各人のタイトルを見ただけでも、それぞれの趣向嗜好《しこう》が分かって面白い。三田さんの小説が『蓼科高原の殺人』、笹倉さんのは『上海嘘婚《シャンハイうそこん》の殺人』、そして私のは『京都祇園祭の殺人』。いずれも、あまり売れはしなかったようだが、一部識者の間では、けっこう評判になった。

さて、多数ある三田誠広の著作のなかで、私は初期のころの短篇集『命』（河出書房新社）と

『日常』（角川書店）の二作を高く評価する。とくに「命」の一番目に収録された「髭」という作品は良い。最初のほうに、こういう一文がある。

「いつのころからか、私は父親をほとんど無視するようになった。扶養されているのだし、小遣いも貰っているのだから、有難いとは思っていたが、それだけのことだ」

三田さんは明らかにしていないが、この父親とは、一時は日本中知らぬ人のなかった(私はニューヨークでも、大きく輝く広告灯を見た)三田コピーの社長である。

社長こと「父親」はしかし、ひとたび会社を離れると、「教養も趣味もない、面白みのない人間だった」と、三田さん。「同じ家の中にいても、めったに口をきかないから、格別の親しみもわか」ず、「結局のところ、自分と父親とは何の関係もない、と思っていた」。

小さな町工場からはじめて、会社を大きくするのは「苦しかっただろうと思」うが、「おそらく、父親は、自分が苦しみつづけていないと、不安でしようがなかったのだ」。「裸一貫から出発して、一代で会社を築きあげた。運もよかったのだろう」。

三田さん自身、作家になるまえに業界誌の仕事もしていたので、「運」だけではなく、たいへんな「危険を覚悟し」たであろうことは、分かっている。「もしかしたら父親は、苦しむことが好きだったのかもしれない」とまで三田さんは記す。「父親は自分を苛《いじ》めて、苦しみ続けなくては、不安でたまらなかったのではないだろうか」。

私が「おや」と注目したのは、そういう父親が「寝ている私の頭を撫でまわす」と明かした件《くだ》りだ。

「……私が幼児だったころばかりではない。高校生になってからも、時おり、父親は私の部屋にこっそり入ってきた。父親が目を覚ます朝の五時前後だった。ちょうどそのころは、私はまだ横になったばかりで、目は覚めている」

父親は長らく「薄明の中で私の顔を眺め」る。「やがて、手が伸び」てきて、息子の頭を撫でるのだ。

「私は時にうす目を開けて様子を窺った。部屋を出ていく父親の後ろ姿が見えた。父親は私よりも背が高かったが、そんな時の後ろ姿は、背中が丸まり、いくらかしぼんで見えるようだった」

つぎの箇所も、いろいろと考えさせられる。

「そうだ、いまなら、父親に向かって、自分の気持を説明できそうな気がする。あの一年間の休学期間に自分が求めていたのは、牢獄であり同時に避難所《シェルター》でもあるような小さな空間に閉じこもり、じっと苦しみに耐えていたいということなのだ」

父親が亡くなったとき、三田さんは遺品の電気シェーバーを借りて、自分の髭を剃《そ》ろうとする。が、上手く使えないので、横のボタンを押して、「刃の付いたカバー」を外す。

「開けてみると、白い粉がいっぱいつまっていた。これでは動かないのは当たりまえだ。手近の紙切れの上にぶちまけようとして、ふと、この粉は何だろう、と思った。一呼吸、二呼吸と考えてみたが、粉の正体はわからない。それから突然、気がついた。私は息をつめるようにして、その白い粉をじっと見つめた。父親は、頭が禿げていたのでわからなかったが、髭は、すっかり白くなっていたのだ。そう思った途端、それまで一滴も流れなかった涙が、だしぬけにあふれだし、頬を伝い落ちるのがわかった」

感動的なラストシーンである。

中期の脂《あぶら》の乗った時代には、三田さんはやたらと長い小説を書いた。私は、使徒トマスの視点でキリスト・イエスを描いた『地に火を放つ者』(トレヴィル)と、例によって想像力を駆使し、名僧・空海を若き日から描いてゆく『空海』(作品社)を買う。が、『空海』は五百枚くらいだが、心惹かれる部分が多すぎるし『地に火を放つ者』は、じつに千八百枚。とても、ここでの引用は難しい。著名を出しておくほか、手がないだろう。


本項の最後に、またぞろ我田引水めくが、三年まえの「三田文學」冬季(一四四)号に、三田誠広は拙著『翔《しょう》』に対する書評を書いてくれた。そのときの編集後記には「友情溢れる岳真也作品評」(関根謙編集長)と記されている。前回の山崎行太郎のSNSの同書に関する書評にも同じものを感じたので、ここで三田さんの評とならべて、一部を紹介しておこう。

まずは山崎さんの書評。——

「岳真也こそ、『本質的な作家』である、と私は思う。『売れる小説』を書き続けることは、容易かもしれない。が、『売れない小説』を書き続けることは 容易ではない。特殊な、天賦《てんぷ》の才能が必要である。作家・岳真也には、そういう天賦の才能がある。売れようと売れまいと、書き続けなければならない『何か』を持っているのだろう。岳真也が『本質的な作家』だという意味は、そういうことである」

『翔』は急逝した次男を主人公にした小説だが、山崎さんは、息子と私が「重なってみえる」と書き、どうしても私(ならびに私の小説作法)の話に偏《かたよ》りがちになるという。そして、こう結ぶ。

「私小説とは、目に見える現実ではなく、その底に横たわる、目に見えない『もう一つの現実』を描こうとする文学的営為である。そこに私小説の恐ろしさと魅力がある。この『翔』という私小説は、私小説の恐ろしさが分かる小説である」

三田さんの書評は、「業を負って生きるということ」という表題で、こんなふうに書かれている。

「息子さんの突然の死から始まり、小説家が自らの人生を振り返りながら思い悩むようすが克明に描かれている。時にはセンチメンタルに、時には冷徹な創作者の目で綴られる文章の一つ一つから、文学というものの苛酷さと奥深さが、読者の胸に伝わっていくはずだ」

結びは、つぎのとおり。──

「ここに登場する父親は、多忙な小説家であるにもかかわらず、かなり誠実に家族の問題に対応しているし、父親としての責任をしっかりと果たしている。ふだん飲み屋で文学について熱心に語り、時には陽気に冗談を言う岳真也しか見ていなかったぼくにとっては、岳真也のもう一つの面を見たように思った。彼はこんな厳しい現実に追い立てられ、心の中に闇を抱えていたのかと驚かずにはいられなかった」

直後に三田さんと会ったとき、私は異議を唱えた。

「ありゃあ、書評じゃなくて、あんたの小説だな。だって、岳が心の中に闇を抱えていただなんて、驚いた……よく書くよ。これだけ長く付きあってきたのにさ」

三田さんはただ、「ふふふ」と意味ありげに笑っていた。じつは、私が彼の書評に満足し、深く感謝している——その「心の光」を読みとっていたのであろう。

ごく最近、二人きりで飲んだとき、

「いつも言ってるように、おれは死ぬのは怖くないよ。でも、たぶん、長生きしちまうだろうなぁ」

ふと三田さんがつぶやいた。

ふーむ。彼とは私の葬儀委員長をしてくれる約束をしてあるし、もしや逆だったら、私がその勤めをすることになっている。それにしても、五十年……ずいぶんと長く歩いてきたなぁ。

思えば遠くへ来たもんだよ、ほんと。

あとがき

本書のタイトルの『百期百会』とは、お祭しの方もあるかと思いますが、「一期一会《いちごいちえ》」をもじったものです。一人ではなく、(ほぼ)百人の「人との出会い」をつづったエッセイです。過ぎ去りし昭和・平成時代に私が出会った、主に文壇上の人物を、令和となったいま、顧みるかたちで描いていて、一種の文壇史にしたつもりですが、「私史」と銘打ったのは、私情が多く含まれているからです。

本文中にも書きましたように、「我田引水」とでも言いましょうか、とくに後半は私小説か、自伝とおぼしき部分も見られます。

全体としては三部構成で、「第一部　青春時代―『マルチ考爵』を名乗った若きころ」、「第二部　岐路の季節―朱夏の坂を登る」「第三部　素秋・白い秋―熟れるか更けるか」に分け、それぞれ十二〜十五人を対象としました。

ということは、百人に達せず、見出し(話・題)になっているのは、すべてで四十四名ですが、文中に出てくる――いわば「脇を固めた人たち」をくわえれば、悠《ゆう》に百人を超えているはずです。

本書は季刊誌「文芸思潮」の令和二（二〇二〇）年夏号（76号）から令和五（二〇二三）年春号（87号）まで、十二回、連載されたものです。

その間、同誌の五十嵐勉編集長ならびに編集部の皆さんには、お世話になりました。また、本書を出版して下さった牧野出版社長の佐久間憲一氏にも、たいそう手数をおかけました。

この場をかりて、謝意を表しておきます。

岳　真也

二〇二三年秋

岳真也（がく・しんや）

1947年、東京生まれ。慶應義塾大学経済学部卒、同大学院社会学研究科修了。1966年、学生作家として「三田文學」でデビュー。作家生活50余年間に、著書約160冊。2012年、第一回歴史時代作家クラブ賞実績功労賞、2021年、『翔　wing spread』（牧野出版）で第一回加賀乙彦推奨特別文学賞を受賞。代表作は『水の旅立ち』（文藝春秋）『福沢諭吉』（作品社）。

近年、歴史時代小説に力を入れ、『北越の龍　河井継之助』『麒麟　橋本左内伝』（共に角川書店）『土方歳三　修羅となりて北へ』（学習研究社）『坂本龍馬最期の日』（集英社）などがあるが、忠臣蔵の定説を逆転させた『吉良の言い分』（KSS出版）は1999年度上期のベストセラーとなった。

最近作は『今こそ知っておきたい災害の日本史』『徳川家康』（共にPHP文庫）『此処にいる空海』（牧野出版）『行基　菩薩とよばれた僧』（角川書店）。『織田有楽斎　利休を超える戦国の茶人』（大法輪閣）『家康と信康　父と子の絆』（河出書房新社）など。

現在、日本文藝家協会理事。全国同人雑誌協会参与。

百期百会　ひゃくごひゃくえ
令和のいまに顧みる昭和・平成文壇私史

2023年12月8日 初版発行

著者	岳 真也
発行者	佐久間憲一
発行所	株式会社牧野出版 〒604-0063 京都市中京区二条通油小路東入西大黒町318 電話　075-708-2016 ファックス（注文）　075-708-7632 http://www.makinopb.com
DTP	株式会社ウエル・プランニング
印刷・製本	中央精版印刷株式会社
装丁 本文デザイン	神長文夫＋坂入由美子（WELL PLANNING）

内容に関するお問い合わせ、ご感想は下記のアドレスにお送りください。
dokusha@makinopb.com
乱丁・落丁本は、ご面倒ですが小社宛にお送りください。
送料小社負担でお取り替えいたします。

ISBN978-4-89500-242-4